古典文獻研究輯刊

二 編

曾永義 主編

第 7 冊

張說與開元文壇

徐 靜 莊 著

元次山詩文研究

李 建 崑 著

國家圖書館出版品預行編目資料

張說與開元文壇　徐靜莊　著／元次山詩文研究　李建崑　著
— 初版 — 新北市：花木蘭文化出版社，2011〔民 100〕
目 2+110 面＋序 2+ 目 2+86 面；19×26 公分
（古典文學研究輯刊　二編；第 7 冊）
ISBN：978-986-254-494-5（精裝）
1. 中國文學 2. 文學評論 3. 唐代
820.8　　　　　　　　　　　　　　　　　　100000958

ISBN-978-986-254-494-5

9 789862 544945

古典文學研究輯刊
二 編 第 七 冊　　　　　　　　ISBN：978-986-254-494-5

張說與開元文壇
元次山詩文研究

作　　者　徐靜莊／李建崑
主　　編　曾永義
總 編 輯　杜潔祥
出　　版　花木蘭文化出版社
發 行 所　花木蘭文化出版社
發 行 人　高小娟
聯絡地址　新北市永和區中正路五九五號七樓之三
　　　　　電話：02-2923-1455／傳眞：02-2923-1452
網　　址　http://www.huamulan.tw 信箱 sut81518@ms59.hinet.net
印　　刷　普羅文化出版廣告事業
初　　版　2011 年 3 月
定　　價　二編 30 冊（精裝）新台幣 48,000 元

張說與開元文壇

徐靜莊　著

作者簡介

徐靜莊，1991 年畢業於東海大學中國文學研究所碩士班，現任教於弘光科技大學。
專長：唐宋文學、歷史。
興趣：文學、電影。

提　要

　　張說在唐代社會變革的背景下，以文學受擢，又因其在宮廷政變中所扮演的角色，忠君報國、謀猶智略、固守大節的性格及君臣間的敬信關係，終得秉大政，輔弼玄宗，與姚崇、宋璟等並為開元名相，而其政風重文，亦得玄宗器重，故其一生，寵顧不衰，政治地位甚顯。

　　開元文壇環境可論者有三。一為文教的推動，玄宗好經術。張說侍讀東宮時亦曾上請以文治世，故君臣合力推行，使開元之際呈現崇禮黜浮、尊儒重道、博采文士的風氣。二為士風的轉變，武后、中宗、睿宗時的齷齪文士或卒或敗，開元之際，多士盈廷，以清簡賢能為主。三為文學的發展與變革，詩律已見成熟，文章有駢散將合之兆，文學風格則邁向雅正復古之途。

　　開元以前，張說即曾與初唐文人代表楊炯、陳子昂、崔融、李嶠、蘇味道、宋之問、沈期佺等人交游或共事。又與「皆天下選」的文辭之士共編典籍，觀其表現，可與諸人并為一時文秀而有愈見挺出之勢。開元之世，以宰輔之位，提攜獎擢人才，當時文人如尹知章、趙彥昭、王翰、張九齡、孫逖、徐堅、趙冬曦、賀知章、呂向、崔沔、裴崔、裴寬、韋述、王丘、張浩、康子元、敬會真、常敬忠、唐穎等，皆曾受其獎掖，亦多游其門下，儼然文人宗主。盛唐大詩人於開元之時多已成年，或曾干謁於張說，或曾受拔於張說獎擢之人，對盛唐詩風、古文運動的推展皆有影響。

　　刊正典籍、整理圖書為開元文教一大重點，集賢殿書院總司其事，張說早年因修「三教珠英」開始接觸編典工作，此后錄史料、修國史、編文集，以其豐富的修典經驗，主掌集賢院，此大任，而又薦賢入院、廣求書籍，發明典章，前后幾三十年，對開元文化工作的貢獻，可謂至矣。

　　張說承四傑、子昂、沈、宋之先路，對律體之成熟發展有襄贊之力，且完全脫離六朝消極、浮艷的風格。不論邊塞、山水、贈別、詠物、應制等內容，皆呈現積極入世的儒家精神，及以「仕宦意識」為中心文學特色。在宦游型山水詩方面，為有唐以來首位大量創作者，可謂啟盛唐山水詩之端。

　　張說的文學觀念以「質文兼重」、「廟堂之制，須有文華」為主，故所為文可見雄渾、典贍、清雅三種風格，而在唐代文風丕變中，前受子昂影響，延入開元，以宏茂廣波瀾，文風為之一振，下接蕭穎士、李華，並受古文家柳宗元、皇甫湜、蘇轍的推崇；在唐文形式變革中，以散行句式寫駢文，增加雜言句以舒緩四六固滯的文氣，使駢文成為應用文的正格。

　　綜觀張說對文教推動、士風變革、典籍編修的貢獻，及對文學發展的影響，實可視為開元文壇領袖。

目

次

前　言

　　一個傑出的文學家常有上流作品傳世，對當代文學風格產生影響，但是一個身兼文學家與政治家的人，其影響往往超越文學本身的範圍，而兼及整個時代的文化活動，中國傳統士大夫便經常扮演這種角色。

　　張說（667～730）活躍於武后至玄宗開元時代，文學作品流傳頗多，清人推崇其成就，以爲「有唐一代，詩文兼擅者，唯韓、柳、小杜三家，次則張燕公、元道州。」〔註1〕正史亦稱其「爲文屬思精壯，長於碑誌，世所不逮。既謫岳州，而詩益悽婉，人謂得江山助云。」〔註2〕此其文學有可觀之處；又終其一生，三秉大政，三掌軍戎，得玄宗親敬，政治地位極隆，實傳統士大夫文學家與政治家融於一身之典型，則於當時應有超越文學以外之影響。本文主旨即在探討以政治家的身份而言，他對開元文壇各方面——包括文教推行、文獻整理有何貢獻、與前後期文人有何關係；以文學家的身份而言，他的文學特色何在，與唐代詩文發展的關係如何，終則對他在開元文壇的地位作一說明。

　　前人對張說之研究成篇者有三，一爲王毓秀《張說研究》，是 1981 年臺大中文研究所碩士論文，分生平、交遊、文學三篇著論；一爲陳祖言《張說年譜》，是 1982 年上海社會科學院文科研究所碩士論文，1984 年由香港中文大學出版社出版。兩篇皆以人物研究爲主，前者雖偶見誤謬，但草創之功不可忽，後者考證頗力，本文參酌引用其繫年之處甚多，不一一註明；三爲中井紀子《張說與其詩》，是 1987 年輔大中文研究所碩士論文。

〔註 1〕洪亮吉《北江詩話》卷一。
〔註 2〕《新唐書》卷一二五〈張說傳〉。

　　本文所引用之張說文集版本以商務印書館影印《文淵閣四庫全書》《張燕公集》爲主〔註3〕，引文時直標卷次，若引其他版本，則加註明。

　　本文撰寫蒙　楊承祖老師指導，於此特致謝忱。

〔註 3〕 詳細說明見本書第五章第一節附錄。

第一章 張說的時代及其行事

第一節 張說的政治環境

　　張說字說之，一字道濟，生於唐高宗乾封二年（667），武后天授元年（690）策詞標文苑科，所對第一，授校書郎，自此步入仕途，歷仕武后、中宗、睿宗、玄宗四朝，封燕國公，卒於玄宗開元十八年（730），年六十四。張說歷官四十一年，其間三遭貶抑，三秉大政，且經武后移鼎、中宗時的亂局，及玄宗銳意圖治的開元盛世，由於張說常處於當時政壇中心，故重大政治活動多與其直接、間接有關，今略論之。

　　陳寅恪論武后有意破壞關中本位政策之影響，乃寒門平民成為新興階級的社會變革，且外廷顯貴之士多以文學見擢，並為開元大臣〔註1〕。張說河東人〔註2〕，祖張洛無事功記載，父張騭曾任洪洞丞，名位皆不顯，說亦自言「門代非祿，數葉單緒，族無親房」〔註3〕，然以此寒門，終登相位，封燕國公，子張均尚寧親公主，致使當時「與張氏為親者，乃為甲門」〔註4〕，張說家世的隆顯，當以此社會變革為背景。

　　又武后以文章選士，公卿百辟，多以文章達，一時進士如宋璟、裴耀卿、賀知章、蘇頲等皆有文章功業，或至玄宗朝仍受大用，即陳寅恪所謂「武

〔註1〕 陳寅恪《唐代政治史述論稿》上篇。
〔註2〕 張說籍貫之歧說、考證，見陳祖言《張說年譜》，頁1，今從其河東之說。
〔註3〕 《張燕公集》（下文簡稱《本集》）卷十三〈讓起復除黃門侍郎表〉第三表。
〔註4〕 《國史補》卷上：「張燕公好求山東婚姻，當時皆惡之，及後與張氏為親者，乃為甲門。」

則天專政破格用人後，外廷顯貴多為文學特見拔擢之人，玄宗御宇，開元為極盛之世，其大臣大抵為武后所獎用者。」〔註5〕張說見擢在天授元年，時武后甫移唐為周，正大搜四方遺逸，應制者幾萬人，后親御雒陽城南門臨試，張說所對，擢為天下第一，並令其於尚書省撰寫策本，頒示朝集蕃客，以光大得賢之美〔註6〕。是知張說見用，正以文學，故孫逖〈張公遺愛頌〉序云：「初公之大用，實以詞宗。」〔註7〕此後，在武后朝以編修《三教珠英》初露頭角，遷右史、內供奉，拜鳳閣舍人，中宗朝任職兵部、工部，而真正得君展才，發展政治事業，多在開元之世，實陳氏所謂新興進士階級的典型。然論張說於玄宗朝得受重用，則不可不注意政局變動中，張說與玄宗的關係。

自武后末年至玄宗初期，發生四次宮廷政變，其政局大致如下：

第一次：神龍元年（705），張柬之等五人共誅張昌宗、張易之兄弟，迎立中宗，武后旋死；後韋后、安樂公主與武承嗣、武三思父子弄權。

第二次：景龍元年（707），太子重俊率羽林軍誅武氏父子，後韋后、安樂公主欲奪帝位，鴆死中宗。

第三次：景雲元年（710），臨淄王李隆基聯合太平公主誅除韋后及安樂公主。睿宗即位，朝中形成太平黨與太子黨二派勢力的對立。

第四次：先天二年（713），玄宗鏟除太平黨羽，穩固皇權。

張說於長安三年（703）遠謫嶺南，未睹二張伏誅，中宗即位，召回任職，此後經歷三次宮廷政變，在玄宗鏟除太平黨羽的過程中，尤其扮演了重要的角色。

臨淄王李隆基性英武，誅韋后、安樂公主後，睿宗曾對其泣曰：「宗社禍難，由汝安定，神祇萬姓，賴汝之力也。」〔註8〕睿宗即位，即立其為皇太子，作為傳位的準備。時太平公主亦因誅易之、韋后有功，頻著大勳，軍國大政，事必參決，宰臣甚或就其第議事，故益顯驕縱，有效武后奪位之計。張說於睿宗景雲元年任東宮侍讀，次年擢升同中書門下平章事，首次拜相，

〔註5〕同註1。
〔註6〕《大唐新語》卷八〈文章十七〉。
〔註7〕《全唐文》卷三一二，原為〈唐故幽州都督河北節度使燕國文貞張公遺愛頌〉，今簡稱〈張公遺愛頌〉。
〔註8〕《舊唐書》，〈睿宗本紀〉。

然當時政局誠如其〈幽州論戎事表〉所云:「內當沸騰之口,外禦傾奪之勢。」
〔註9〕張說爲助玄宗順利即位,先是密謀贊畫,保全元獻皇后的身孕,使肅宗
得以平安誕生〔註10〕,次則斷絕讒人設計,請太子監國,穩固玄宗地位,此
事初見於《大唐新語》卷一:

> 景雲二年二月,睿宗謂侍臣曰:「有術士上言,五日內有急兵入
> 宮,卿等爲朕備之。」左右失色,莫敢對。張說進曰:「此有讒人設
> 計,擬搖動東宮耳。陛下若使太子監國,則君臣分定,自然窺覦路
> 絕,災難不生。」姚崇、宋璟、郭元振進曰:「如說所言。」睿宗大
> 悅,即日詔皇太子監國。

張說並撰〈命皇太子監國制〉,此文見錄於《舊唐書》〈玄宗本紀〉,是見此事
張說著力甚鉅。太平公主素忌東宮,自是尤爲不悅,遂排擠張說,景雲二年
十月,睿宗制說停知政事〔註11〕,實即太平公主之志,故張說首次任相爲時
僅十個月。但次年,玄宗即登帝位,說請監國之功,實不可忽。太平公主續
扶黨羽,當時宰相七人,五出其門〔註12〕,在外惟聞公主,不聞太子,張說
留司東都,不在長安,王琚曾進言玄宗曰:「誠召張說、劉幽求、郭元振等計
之,憂可紓也。」〔註13〕說亦遣使獻佩刀,意欲玄宗斷割,先事討之,玄宗
深嘉納焉,乃於先天二年七月四日鏟除太平黨羽,次日睿宗下詔曰:「朕將高
居無爲,自今軍國行政一事已上,並取皇帝處分。」至是,張說輔佐玄宗登
基之業始告完成。

　玄宗正式執政,首封功臣,開元元年(713),拜說爲中書令,是爲張說
第二次拜相,同時封爲燕國公,食實封三百戶。然是年十二月,卻因爲姚崇
之故,再度罷相,距七月任中書令不到半年〔註14〕。短短三年之間,因政局

〔註9〕　《本集》卷十四。
〔註10〕《次柳氏舊聞》,《舊唐書》卷五十二〈后妃下‧元獻皇后楊氏傳〉亦採之。
〔註11〕《冊府元龜》卷三三四〈宰輔部‧譴讓〉:「睿宗景雲二年十月,御承天樓引
　　　　安石及……同中書門下三品平章事張說制責之曰:『自頃以來,政教尤關,時
　　　　或水旱,人多困弊……豈惟朕之薄德,固亦輔佐非材,安石可尚書左僕射、
　　　　東都留守,元振可吏部尚書,……說可尚書左丞,並停知政事。』」
〔註12〕是時宰相有竇懷貞、蕭至忠、岑羲、崔湜、陸象先五人爲太平公主所引,劉
　　　　幽求、魏知古則爲睿宗所用,惟陸象先雖出公主之門,但並不與其連謀。
〔註13〕《新唐書》卷一二一〈王琚傳〉。
〔註14〕《冊府元龜》卷一二八〈帝王部‧明賞二〉:「說可封燕國公,食實封三百
　　　　戶。」又先天二年十二月庚朔,改元爲開元,開元元年十二月即先天二年十
　　　　二月,故云說爲相不及半年。姚崇因拒太平公主而出爲申州刺史,太平既

動亂而官職起伏不定，但力佐玄宗平太平異黨，建立君臣親信的關係，爲日後再秉大政奠下根基，故任外職九年後，得復踐中樞，歷官拜相，以迄病卒，而其開元時期的政治生活，又與玄宗的治道密切相關。

玄宗在位四十三年，其中開元二十九年，前期再創有唐盛世，是爲「開元之治」，治道的一大特色在擇賢任相〔註15〕，其中尤須注意玄宗委事宰相的態度，《新唐書》卷一二四〈姚崇傳〉：

> 崇嘗於帝前序次郎吏，帝左右顧，不主其語。崇懼，再三言之，卒不答，崇趨出。內侍高力士曰：「陛下新即位，宜與大臣裁可否。今崇亟言，陛下不應，非虛懷納誨者。」帝曰：「我任崇以政，大事吾當與決，至用郎吏，崇顧不能而重煩我邪？」崇聞乃安。由是進賢退不肖而天下治。

玄宗大事必參議決，細事聽任處置，任賢信賢的態度，使宰臣得以發揮長才，領導治國政策，時以爲頗識人君之體〔註16〕，故姚崇、宋璟治國，常「力不難而功已成」〔註17〕，姚、宋以後，張嘉貞、張說、李元紘、杜暹、韓休、張九齡等俱爲名相，共鑄開元盛世，玄宗用人不疑的任相之道不可忽也，由此，亦不得不注意諸相的爲政風格。

《資治通鑑》卷二一四〈唐紀三十〉稱開元「所用之相，姚崇尚通，宋璟尚法，張嘉貞尚吏，張說尚文，李元紘、杜暹尚儉，韓休、張九齡尚直，各其所長也。」蓋姚、宋經武、韋等亂局，故刑政多端，藉以安國，乃「救時之相」〔註18〕，嘉貞沿之，長於吏治，可謂糾以典刑，律以軌儀的時期。

誅，徙爲同州刺史，先天二年玄宗幸新豐講武時，崇以十要事說玄宗，帝甚聽納，即於十月召崇入相。其時，玄宗初御宇，而崇勸勿用功臣，劉幽求、鍾紹京等佐玄宗除太平黨羽者，皆因姚崇之故而遭貶，王琚、崔日用亦未見重用。張說素與姚崇不諧，崇在同州，說曾諷趙彥昭彈劾之；崇拜相，說亦擬阻之，故姚崇既入，張說自難仍安於位。《資治通鑑》卷二一○〈唐紀〉對姚崇諫罷張說的經過，載之甚詳。

〔註15〕《舊唐書》卷九十九〈贊曰〉。

〔註16〕《資治通鑑》卷二一○〈唐紀二二〉：「會力士宣旨事至省中，爲元之道上語，聞者皆服上識人君之體。」

〔註17〕《新唐書》卷一二六〈贊曰〉：「觀玄宗開元時，勵精求治，元老魁舊，動所尊憚，故姚元崇、宋璟言聽計行，力不難而功已成。」

〔註18〕《資治通鑑》卷二一一〈唐紀二七〉：「（姚崇）謂紫微舍人齊澣曰：『余爲相，可比何人？』澣未對。……崇曰：『然則竟如何？』澣曰：『公可謂救時之相耳。』」

張說以文學見重，入主中樞，崇儒尚雅，佐佑王化，延納賢士，至此開元政風由初期的法治、吏治趨向文治。《新唐書》〈百官志一〉亦指出，開元以後如重某事，常以宰相兼領其職，「故時方用兵，則爲節度使，時崇儒學，則爲大學士，時急財用，則爲鹽鐵轉運使。」張說任相期間，即兼大學士，並掌全國圖書禮樂之司，則玄宗委以推動文教之意甚明。說自開元九年（721）第三次拜相，至十四年罷相停職，歷時四餘年，開元以來宰相二十餘人，僅源乾曜、裴光庭任期長於張說〔註 19〕，然源乾曜每事推讓，唯諾署名，裴光庭開元十七年始爲相，故玄宗前期，主持朝政最久而卓有政績者實爲張說。

開元盛世，天下大理，物殷民阜，安西諸國，悉爲郡縣，四方豐稔，百姓樂業，政治、文化、軍事、經濟皆上軌道，史家稱嘆「幾至太平」！〔註 20〕諸相之功，皆不可沒。張說非出高門，秉其文才而入仕途，及太平用事，納忠惓惓，立君臣親信關係，再居衡軸，輔弼玄宗，政風因而改變，亦開元之治一重要特色。

第二節　張說的性格與行操

《新唐書》〈本傳〉云：「說敦氣節，立然許，喜推藉後進，於君臣朋友大義甚篤。」觀其一生行事，確如所述，今旁及於其作品中所見之性格，兼而論之。

一、固守大節，持志終孝

處太平之世，不易見人之操守，臨危持志而不改，方知秉性之高下。張說行事可見其節操且尤可稱者有二，其一爲魏元忠案之立場，其二爲辭詔起復黃門侍郎，今述之。

（一）魏元忠案中之立場

魏元忠以出將入相之勢，立身武后之廷，對張昌宗、張易之之蠱亂朝政，深爲不滿，曾上奏曰：「臣承先帝之顧，且受陛下厚恩，不能徇忠，使小人在

〔註 19〕 參閱王吉林〈由唐玄宗時代的宰相看安史亂前的政局〉一文，「玄宗前期宰相任期表」，中央研究院《國際漢學會議論文集・歷史考古組》上冊，民國 70 年 10 月，頁 413。

〔註 20〕 《新唐書》卷五〈玄宗本紀〉。

君側，臣之罪也。」〔註21〕此時則天春秋已高，政事多委於易之兄弟，元忠直言抨擊，二張既怒且懼，遂誣指其有挾太子以令天下之異圖，武后惑此言，下元忠獄，並召太子、相王、諸宰相及二張、元忠於殿前參議〔註22〕，張昌宗因張說甫助其修畢《三教珠英》，遂引說出供偽證，事在長安三年（703）九月，說年三十七，任鳳閣舍人。

當時二張在朝中的熾焰甚高，讜正之士有所顧忌，雖多不肯苟合，亦不願切直反抗，二次廷議，位居三品的諸宰相，竟無有言者〔註23〕，張說以五品的鳳閣舍人，為佞黨指定出供偽證，其性命仕途的考量，實「附易之，有台輔之望，附元忠，有族滅之勢。」〔註24〕然說守正重義，不詔不佞，以忠臣當效伊周之理，與張易之展開駁議，理直氣嚴，尤見其志節，論辯經過如下：

> 說佯氣逼不應，元忠懼，謂說曰：「張說與易之共羅織魏元忠耶？」說叱曰：「魏元忠為宰相，而有委巷小兒羅織之言，豈大臣所謂？」則天又令說言元忠不軌狀，說曰：「臣不聞也。」易之遽曰：「張說與元忠同逆。」則天問其故，易之曰：「說往時謂元忠居伊、周之地。臣以伊尹放太甲，周公攝成王之位，此其狀也。」說奏曰：「易之、昌宗大無知，所言伊、周，徒聞其語耳，詎知伊、周為臣之本末？元忠初加拜命，授紫綬，臣以郎官拜賀。元忠曰：『無尺寸之功，而居重任，不勝畏懼。』臣曰：『公當伊、周之任，何愧三品！』然伊、周歷代書為忠臣，陛下不遣臣學伊、周，使臣將何所學？」說又曰：「易之以臣宗室，故託為黨。然附易之有台輔之望，附元忠有族滅之勢。臣不敢面欺，亦懼元忠冤魂耳。」遂焚香為誓。元忠免死，流放嶺南。〔註25〕

〔註21〕《新唐書》卷一二二〈魏元忠傳〉。

〔註22〕《舊唐書》卷九十二〈魏元忠傳〉。

〔註23〕所謂「諸宰相」應指長安三年九月任鳳閣鸞臺平章事的文武大臣，據《新唐書》卷六十一〈宰相表〉，知當時宰相有李懷遠、李迥秀、姚元崇、蘇味道、李嶠、朱敬則、唐休璟諸人，其中李迥秀、蘇味道、李嶠傾附二張一黨，唐璟休、姚元崇、朱敬則素忌二張，其態度應是支持魏元忠一方的，然不見抗言相救之詞。

〔註24〕《大唐新語》卷二〈剛正〉條。

〔註25〕同註24。《唐語林》卷三〈魏元忠以摧辱二張〉條、《資治通鑑》卷二〇七〈唐紀二三〉所載略同，以《大唐新語》成書最早，故引之。

說亦因忤二張意，配流嶺南，在此須加以說明者有二，一為說仗理直言是否出於主動，一為說是否促請吳兢修改《武后實錄》對此事的記載，二事皆因《新唐書》〈吳兢傳〉有如下記載：

> 兢……初與劉子玄撰定《武后實錄》，敘張昌宗誘張說誣證魏元忠事，頗言「說已然可，賴宋璟等邀勵苦切，故轉禍為忠，不然，皇嗣且殆。」後說為相，讀之，心不善，知兢所為，即從容謬謂曰：「劉生書魏齊公事，不少假借，奈何？」兢曰：「子玄已亡，不可受誣地下。兢實書之，其草故在。」聞者嘆其直。說屢以情蘄改，辭曰：「徇公之情，何名實錄？」〔註26〕

說出供證詞前的態度，史料有說偽允昌宗，或昌宗略以美官，說始應允的記載〔註27〕，今天偏引一說為證，而遂以張說對二張的態度加以辯說。實武后末年政局紊亂，起自二張的得倖弄權，修《三教珠英》時，說即曾上〈諫避暑三陽宮疏〉〔註28〕，明為進言武后不宜久滯三陽宮，實則直斥二張乃暴戾猛獸，蕩誘上心，危害蒼生，且用辭激切，指責嚴厲，絕非當時阿附求進的無行文人所可比，說自言「未沃明主之心，已戾貴臣之氣」〔註29〕，知其本不畏與二張相抗，魏元忠案廷議時能直言，與此態度一致，應屬合理。又觀宋璟、張廷珪、劉知幾等人於廷議前所語〔註30〕，雖見警策之意，實亦出於危急關鍵時之切望，《新唐書》〈吳兢傳〉衍為「賴宋璟等邀勵苦切，故轉禍為忠」，亦過於武斷。蘄修改實錄一事，唯見前引書所載，《大唐新語》、《舊唐書》、《冊府元龜》、《唐會要》皆不載，孤證晚出，所言亦頗可疑。

張說因魏元忠一案，結束了武后朝的政治生涯，然「不屈二兇之威，獨全一至之節」〔註31〕的氣節，甚為世所重，玄宗撰〈神道碑〉云：

> 一言刺回，四國交亂，公重為義，死且不辭，庭辯無辜，中旨有忤，

〔註26〕《新唐書》卷一三二〈吳兢傳〉。

〔註27〕如《唐會要》卷六十四、《資治通鑑》卷二〇七所載。

〔註28〕《本集》卷十五。

〔註29〕同註28，見〈諫避暑三陽宮疏〉一文。

〔註30〕《資治通鑑》卷二〇七〈唐紀二三〉：「說將入，鳳閣舍人南和宋璟謂說曰：『名義至重，鬼神難欺，不可黨邪陷正以求苟免！若獲罪流竄，其榮多矣。若事有不測，璟當叩閣力爭，與子同死。努力為之，萬代瞻仰，在此舉也！』殿中侍御史濟源張廷珪曰：『朝聞道，夕死可矣！』左史劉知幾曰：『無污青史，為子孫累！』」

〔註31〕《全唐文》卷十六中宗皇帝〈答張說讓起復黃門侍郎制〉。

左右爲惕息，而公以之抗詞，反元忠之營魂，出太子於坑陷，人謂
此舉，義重於生，由是長流欽州，守正故也。〔註32〕

所謂「義重於生」、「守正故也」，適爲其不屈大節之明釋。

（二）辭詔起復黃門侍郎

中宗景龍元年（707），說任工部侍郎，因母馮氏卒，丁憂去職，時年四
十一。景龍三年，中宗詔起復除黃門侍郎，說三上〈讓官表〉（《本集》卷十
三），一上〈與執政書〉（《本集》卷十七）固辭，則其以孝親終喪爲先之舉，
又有可道者。

說年十三喪父〔註33〕，馮氏撫養孤藐，躬加訓受，說得以克紹基構，忝
列簪裾，甚感馮氏之恩，然從官歷年，晨昏多闕，遠流嶺南，又使馮氏愁懼，
益增痼疾，疾首痛心，懇請辭詔之情，盡溢言表：

> 顧復無答，報養何追，心所摧感，語不能喩。……臣事朝廷日長，
> 戀几筵日短，乞寢嚴命，許達私情。（〈讓起復黃門侍郎第一表〉）

> 臣母憂臣以終身，臣其忍服縗以從事，情既不同常例，望在特降殊
> 恩。……木植有性，枉之則折，人願在心，違之則苦，雖強爲用，
> 將何以堪，銜泣仰天，冀蒙哀允。（〈讓起復黃門侍郎第三表〉）

三上表而仍不獲上體恤，則語轉絕決，寧被刑罰，不虧志節：

> 若以此情可矜，猶冀聖人，萬一哀憫，若將遺越，甘心待罪，謹狀。
> （〈與執政書〉）

其欲盡人子哀思之情，可與李密〈陳情表〉相接，此其主觀情感之可念者；
而由客觀環境視之，說有兩兄一妹，甥姪九人，又有中表相依，幾成百口之
家，衣食所需，俱依張說〔註34〕，其時去職停俸，僅以鬻文持家，生計之窘
困概可想見〔註35〕，且當時「禮俗衰薄，士以奪服爲榮」〔註36〕，若隨俗拜
職黃閣，則厚祿清班，舉宗榮賴，不抑人情所欲？而說固節懇辭，堅請終制，

〔註32〕《大唐新語》卷十一〈褒錫・張說既致仕〉條所引，玄宗所撰碑文今已失，
部份引文唯見於《大唐新語》。

〔註33〕《本集》卷二十一〈唐贈丹州刺史先府君神道碑〉：「府君諱騭，……調露元
年（679）十二月乙卯捐背於縣廨。」

〔註34〕〈讓起復除黃門侍郎表〉第三表所云。

〔註35〕《本集》卷二十四〈李氏張夫人墓誌〉（說姊張德墓誌）云：「景龍三年，家
疾居貧，季弟君（應爲說）鬻詞給。」

〔註36〕《新唐書》〈本傳〉。

祈陳哀到，其安貧守禮以追思慈恩之志，天下高之，亦可稱矣。

二、謀猶智略，富於才幹

《全唐文紀事》卷三十一〈智略類〉論張說云：「蓋謀猶智略，是其所長。」觀張說謀劃之績，最顯者莫過於推動文教，然除此文物彬彬、佐佑王化之業外，尚可於他處見其才略，如請太子監國，助玄宗登基，即頗堪稱道，此前文已述，不復贅載，今以決獄、備邊諸事，彰明其才幹豐富、智勇兼具之性行。

睿宗景雲元年（710），譙王重福以己為中宗庶子，當承帝位，遂潛募勇士，謀於東都作亂，然因留守出大兵搜索，形勢窘迫，投河而死。時東都留守捕繫叛黨數百人，考訊結構之狀，經時而不能決，說任雍州長史，睿宗詔往按察，「一宿捕獲重福謀主張靈均、鄭愔等，盡得其情狀，自餘枉被繫禁者，一切釋放。」〔註37〕不枉良善，不漏罪人的審鞫結果，得睿宗嘉賞，以為「非卿忠正，豈能如此？」〔註38〕判獄求實，固須忠正，然一夕即能釐清案情，善惡定讞，亦須有慎密之智謀與果決之吏幹，實事所見，說誠兼之。

開元六年（718），說以右羽林將軍兼檢校幽州都督，初至之時，邊儲匱少，革車帑藏甚缺，說採銅於黃山以興鼓鑄之利，循平糴法以通林麓之材，市駿馬，搜粟穀，「一年而財用肅給，二年而蓄聚饒羨，軍聲武備，百倍於往時矣。」〔註39〕七年，檢校并州大都督府長史，次年秋，為安撫諸部，僅率輕騎二十人，持節徑至其部落，副使李憲諫以夷虜難信，不宜輕涉不測，說曰：「吾肉非黃羊，必不畏喫；血非野馬，必不畏刺。士見危致命，是吾效死之秋也。」〔註40〕辭義凜然，於是義感九姓。九年，討叛胡康待賓，統馬步萬人出合河關掩擊，大破之，且以「先王之道，推亡固存，如盡誅之，是逆天道也」〔註41〕，因奏置驎州，安置餘黨，復其居業。十年，任朔方軍節度大使，往巡五城，處置兵馬，再破康待賓餘黨。

張說以詞臣見用而效命沙場，開發幽州經濟資源，深入敵境，「驅貔虎之

〔註37〕《舊唐書》〈本傳〉。
〔註38〕同註37。
〔註39〕《全唐文》卷三一二，孫逖〈遺愛頌〉。
〔註40〕同註32。
〔註41〕同註32。

師，斷獮戎之臂」、「惟幽都克慎厥始，惟太原克和厥中，惟朔方克成厥終，三駕而時靡有爭。」〔註42〕又以久在疆場，具悉邊事的資歷，奏請罷邊兵二十餘萬、立彍騎代府兵〔註43〕，皆爲玄宗所採。其經文緯武、智勇兼俱之才，誠如開元九年命相敕文所云「體文武之道，則出將入相，盡終身之節，亦前凝後丞，諒可以弘此大猷，總其邦政，允釐庶績，保乂皇家。」〔註44〕而說再居衡軸，輔弼玄宗，卒爲一代宗臣，謀於智略、才幹豐富之因實不可忽。

三、銳意求進，許身報國

因科舉取士的施行，社會風潮重視官爵功名，士子多不以飽讀詩書爲滿足，猶望投入仕途，爲國立功，故銳意求進幾是唐代文人的普遍心態。張說生於此時，爲時俗所漸，是可以理解之事，在其詩作中即充滿了許身報國的熱情，如：

> 劍舞輕離別，歌酣忘苦辛。從來思博望，許國不謀身。(《本集》卷四〈將赴朔方軍應制〉)

> 去年六月西河西，今年六月北河北。沙場磧路何爲爾，重氣輕生知許國。人生在世能幾時，壯年征戰髮如絲。會待安邊報明主，作頌封山也未遲。(《本集》卷八〈巡邊河北作二首〉)

> 髮白思益壯，心玄用彌拙。冠劍日苫蘚，琴書坐廢撤：唯有報恩字，刻意長不滅。(《本集》卷八〈岳州作二首〉)

據前文所述，張說亦確實爲國立下許多功績，成其報國之志。然而一旦仕途

〔註42〕前見《舊唐書》卷九十七〈史臣曰〉，後見孫逖〈遺愛頌〉。

〔註43〕彍騎的建立起因於府兵制的漸壞。傅樂成論唐代兵制時指出，唐初襲北周之府兵制，有兵農合一之長，除輪番宿衛京師外，無事時耕於野，有事時命將以出，事解輒罷，兵散於府，將歸於朝，故其特色在於中央直接統領全國軍權，中央軍與地方軍無嚴格界線。高宗、武后時，天下久不用兵，番役多不以時，貧弱又逃亡略盡，府兵寖壞，宿衛不能正常番替。開元十年，張說因請一切罷之，另召募強壯之士，命其宿衛，且不問色役，待遇優厚，逋逃者爭相應募，旬日即得精兵十三萬人，於是分繫諸衛，以實京師。十一年，號爲「長從宿衛」，十二年，改名「彍騎」。以彍騎代府兵，確實杜止兵士的逃匿，但自此彍騎專司宿衛京師，戍邊則委之藩鎮，中央軍與地方軍的界線漸趨明顯，朝廷對全國軍事的主權，亦有減弱，其後邊鎮兵馬愈強，終於釀成安史之禍。(見傅樂成《中國通史》，大中國圖書公司，頁466)

〔註44〕《冊府元龜》卷七十二〈帝王部·命相〉。

受挫，橫遭貶斥，則抑鬱難安，且對京都充滿強烈思念，極欲重返中朝，再創仕途的高峰，如：

> 老親依北海，賤子棄南荒。有淚皆成血，無聲不斷腸。此中逢故友，彼地送還鄉。願作楓林葉，隨君度洛陽。(《本集》卷六〈南中別蔣五岑向青州〉)

> 陳焦心息盡，死意不期生。何幸光華旦，流人歸上京。愁將網共解，眼與代俱明。復是三階正，還逢四海平。誰能定禮樂，爲國著功成。
> (《本集》卷八〈赦歸在道中作〉)

在此心態下，尋求復用機會之心益切，開元三年（715），坐累徙岳州時，說甚惶懼，遂作〈五君詠〉〔註45〕贈宰相蘇頲，蓋說與頲父蘇瓌素善，〈五君詠〉之一即爲紀瓌而作，說俟其忌日，使人致之，「頲覽詩嗚咽，未幾，見帝陳說忠謇有勳，不宜棄外，遂遷荊州長史。」〔註46〕此事甚可見說圖思進身之用心。而立身朝廷，君臣相合之要，除才略外，微順上心之道，亦稍知一二，檢校幽州都督時，曾著戎服入朝覲見，時玄宗頗重開邊，見之因而大悅〔註47〕。觀此諸事，亦銳意求進心態下，欲得君展才，立功朝廷始有之行事。

四、延納後進，篤于友誼

　　張說於獎掖提拔人才一事，著力甚鉅，如賞識張九齡，提攜房琯，皆對二人後來的政治生涯影響頗大，由於獎掖後進之事甚多，在本書「張說與文人的關係」一章將予詳細說明，此處先論其篤于友誼之行跡。張說甚重朋友大義，出言相救以挽危厄之事頗多，二次上言請保郭元振尤爲特出。

　　郭元振，名震，魏州貴鄉人，少有大志，任俠使氣，不拘小節，「與狄仁傑、朱敬則、魏元忠、李嶠、韋安石、趙彥昭、韋嗣立、薛稷、張說爲忘年之友。」〔註48〕張說與郭元振情誼尤篤，爲其所撰行狀，洋洋二千六百八十餘字，爲集中之冠。武后時，元振任涼州都督，闢屯田，開水路，生產力大增，河西諸郡爲建生祠，立碑頌其功德。由於功績甚著，爲宰相宗楚客所忌，誣元振有異圖，「則天惶懼，計無所出。……張說等二十五人抗表請保，如公

〔註45〕《本集》卷十。
〔註46〕《新唐書》〈本傳〉。
〔註47〕同註46。
〔註48〕《本集》卷二十五〈兵部尚書贈少保郭公行狀〉。

有異圖，並請身死籍沒，則天由是稍安。」〔註49〕先天二年十月，元振因虧軍容，張說再次犯鱗上諫，以保元振，《冊府元龜》卷一二四〈帝王部·講武〉載之甚詳：

> 玄宗先天二年十月癸亥，親講武於驪山之下，徵兵二十萬，旌旗連亘，……五十餘里，戈鋌金甲照曜天地，列大陣於長川，坐件進退，以金鼓之聲節之，三軍出入號令如一。帝親擐戎服，持沉香大鎗立於陣前，威振宇宙，長安士庶奔走縱觀，填塞道路。兵部尚書郭元振以虧失軍容，坐於纛下，將斬之，宰相劉幽求、張說跪於馬前諫曰：「元振翊戴上皇，有大功於國，雖犯軍令，不可加刑，伏願寬宥，以從人望。」帝乃捨之，配流新州。〔註50〕

首次相救時，宗楚客當朝弄權，說冒死捐生，以「身死籍沒」為請；閱軍首重紀律威嚴，元振虧軍容，自是失職，說兩次挺身保全朋友性命，其敦氣義，篤友誼之性情自可見也。

據〈郭公行狀〉，張說、趙彥昭、李嶠等皆為忘年之交。中宗崩逝時，嶠曾上表密請處置相王諸子，勿令留於京師，及玄宗踐祚，獲其表於宮內，或請誅嶠，張說言：「嶠雖不辯逆順，然亦為當時之謀，吠非其主，不可追討其罪。」〔註51〕嶠因得免死，此又為故交請命之例也；開元三年，說稱薦趙彥昭曾與密謀誅除太平黨之事，彥昭因拜刑部尚書、封耿國公〔註52〕，然而史料未見彥昭預其事的記載，說之薦引，應出以提攜故舊之情。

早先官位不顯時，說寧以身家性命抗表營救至友，待宦途稍達，又不忘護佑、提攜故交，史言「敦氣義，重然諾，於君臣朋友之際，大義甚篤。」〔註53〕實信而有徵。

論人宜大處著眼，張說一生守正終孝之志節，謀猶智略、允文允武的才幹，引用賢才，重於義氣，皆有可稱者，而銳意求進的心態，亦基於許身謀

〔註49〕同註48。據《新唐書》卷六十一〈宰相表上〉，宗楚客在武后朝二次為相，第一次是神功元年（697）六月至聖曆元年（698）正月，第二次是長安四年（704）三月至七月，但張說於長安三年配流欽州，中宗景龍元年（707）始回，長安四年不在洛陽，且聯名抗表人狄仁傑卒於久視元年（700）九月辛丑，故此事應在宗楚客第一次為相時期內。

〔註50〕亦見《冊府元龜》卷一五二〈帝王部·明罰一〉。

〔註51〕《舊唐書》卷九十四〈李嶠傳〉。

〔註52〕《舊唐書》卷九十二〈趙彥昭傳〉。

〔註53〕《舊唐書》〈本傳〉。

國的渴望。關於其爲人，亦有好財賄、好面折人、佞倖小人之記載，如《開元天寶遺事》，〈言刑〉條：

> 燕公說有宰輔之才，而多詭詐，復貪財賄，時亦多之亦汙之。每中書議事，及眾僚廳或有所忤，立便叱罵，爲眾所嫌，故朝彥相謂曰：「張公之言，毒於極刑。」言好面辱人也。〔註54〕

《朝野僉載》卷五云：

> 燕國公張說，倖佞人也。前爲并州刺史，諂事特進王毛仲，餉致金寶不可勝數。後毛仲巡邊，會說於天雄軍大設，酒酣，恩敕忽降，授兵部尚書、同中書門下三品。說謝訖，便把毛仲手起舞，嗅其鞾鼻。

王毓秀在《張說研究》中曾一一加以論辯駁斥〔註55〕，頗揚善隱惡，實則諸事殆張說不護細行之故。巡邊塞北，恩賜忽降，把手起舞，可見其不檢小節之率眞及仕途得意之欣喜，以佞倖論之，亦甚過矣；貪財賄、好面折人，史載者僅一、二事例，亦毋須刻意掩飾，蓋不足以貶抑其人格大節也。

第三節　張說與玄宗的關係

張說在玄宗一朝地位頗高，除才幹卓越，政績顯著外，君臣間的關係，亦頗密切。

張說與玄宗的關係，始自東宮侍讀時，時說以儒雅之道，甚得玄宗親敬，〈命張說等兩省侍臣講讀敕〉曾云：「朕往在儲副，旁求儒雅，則張說、褚無亮等爲朕侍讀。詩不云乎：『如切如磋，如琢如磨』，斯之謂也。咸能發揮啓迪，執經尊道，以微言匡菲惠者，朕甚休之。」〔註56〕是說早年即受玄宗見重。至太平公主欲奪帝位，說又策畫密贊，玄宗三夢神人盡覆藥爐，則釋元獻皇后身孕乃天所命，不可棄去；皇后思酸味，則進經時袖懷木瓜以獻〔註57〕；監國事成，則獻刀示速決與太平之爭，卒協玄宗登上帝位，君臣

〔註54〕《資治通鑑》卷二一三〈唐紀二九〉亦載：「說有才智而好賄，百官白事有不合者，好面折之，至於叱罵。惡御史中丞宇文融之爲人，且患其權重，融所建白，多抑之。中書舍人張九齡言於說曰：『宇文融承恩用事，辯給多權數，不可不備。』說曰：『鼠輩何能爲！』」

〔註55〕見該書，頁97～101。

〔註56〕《唐大詔令集》卷一〇五〈崇儒〉部份。

〔註57〕《次柳氏舊聞》所載。按元獻皇后所生即肅宗，後祿山之亂，說子均受僞命

相得基礎，益爲深厚。

張說文學尤受玄宗重視，在公務上，說爲翰林待詔，掌表疏批答、應和文章〔註 58〕，亦時爲玄宗代撰文詞，王仁皎爲王庶人父，王君㚟、郭知運爲當朝大將，姚崇爲開元名相，撥川王爲沙場勇將，諸人卒，玄宗爲示親重，皆命說爲撰碑文〔註 59〕；開元九年十二月，增修蒲津橋，命說刻石爲頌，並命撰〈華嶽碑〉〔註 60〕。開元十一年，扈從玄宗自并州還，君臣唱和之作甚多，其中〈扈從南出雀鼠谷〉乃說所作，玄宗及朝臣十人和之〔註 61〕，《舊唐書》〈本傳〉甚且云「帝好文辭，有所爲必使視草」，則張說不僅爲玄宗文學待詔，兼亦任潤色王言之職。

開元十年，說往朔方巡邊，玄宗設餞郊外，親製〈送張說巡邊〉詩，並詔源乾曜、張嘉貞、宋璟、盧從願、許景先、崔日用、賀知章、王翰、蘇晉、王光庭、袁暉、庯豫、張九齡、徐堅、韓休、徐知仁、崔禹錫等十七人作〈奉和聖製送張尚書巡邊〉詩，賈曾奉敕撰序〔註 62〕；說與宋璟、源乾曜同日拜相，玄宗有詩比之張良〔註 63〕，對其文武才的肯定，更數見於任命敕文。在日常生活中，玄宗曾與張說共觀弈棋，適神童李泌入宮，遂使說試之〔註 64〕；張說爲相，衣冠重文儒風範，玄宗以其異己，乃無視君尊臣卑，賜同式衣物，命說穿戴〔註 65〕；當時韓擇木八分書師法蔡邕，風流閒媚，玄宗師其藝，曾

爲中書令，掌賊樞衡，肅宗即位論罪，均當大辟，然以張說舊恩，特免死，長流合浦。

〔註 58〕《新唐書》卷四十六〈百官志一〉:「玄宗初，置『翰林待詔』，以張說、陸堅、張九齡爲之，掌四方表疏批答、應和文章。」

〔註 59〕《舊唐書》卷一八三〈外戚・王仁皎傳〉、《新唐書》卷一三三〈郭知運傳〉、〈王君㚟傳〉，《本集》卷十八有〈題贈太尉大都督王公神道碑〉，卷十九有〈右羽林大將軍王公神道碑奉敕撰〉、〈贈涼州都督上柱國太原郡開國公郭君碑〉。

〔註 60〕《本集》卷八有〈蒲津橋贊〉，卷十四有〈西嶽太華山碑銘〉。

〔註 61〕《本集》卷四。

〔註 62〕《本集》卷四。

〔註 63〕《全唐詩》卷三玄宗〈左丞相說右丞相璟太子少傅乾曜同日上官命宴東堂賜詩〉。

〔註 64〕《新唐書》卷一三九〈李泌傳〉:「開元十六年，……帝即馳召之。泌既至，帝方與燕國公張說觀弈，因使說試其能。說請賦『方圓動靜』，泌逡巡曰:『願聞其略。』說因曰:『方若棋局，圓若棋子，動若棋生，靜若棋死。』泌即答曰:『方若行義，圓若用智，動若騁材，靜若得意。』說因賀帝得奇童。」

〔註 65〕《唐語林》卷四〈容止〉:「開元中燕公張說當朝文伯，冠服以儒者自處。玄宗嫌其異己，賜內樣巾子，長腳羅幞頭，燕公服之入謝，玄宗大喜。」

書於彩牋上，以賜張說〔註66〕。諸此種種，皆見玄宗、張說君臣之間，除治國政事外，私人關係亦甚親近。

　　開元十四年罷相至十八年張說病逝間的四餘年，是仕宦尾聲，雖再度罷政，但其後一年，復尚書左丞相、知集賢院事如故，且每遇軍國大務，玄宗輒詢之。崔隱甫等恐說復用，又密奏讒之，玄宗惡朋黨相訐，於十五年命說致仕，然而這段時間，張說仍致力於編修典籍的工作，乘閒往景山之陽，立先塋碑表，玄宗尙御書碑額曰「嗚呼！積善之墓」，以寵賜之。其間宇文融、崔隱甫同時被貶斥〔註67〕，張說則於十六年即再拜二品的尚書左丞相、兼集賢院學士，尋又代源乾曜爲尚書右丞相，視事之日，玄宗命所司供帳，內出酒食，並親製詩篇以敘其事。俄以修謁陵儀注有功，加開府儀同三司，亦特授其兄慶王傅張光爲銀青光祿大夫，當時榮寵，莫與爲比。十八年，遇疾，玄宗每日令中使問疾，並手寫藥方以賜，其年十二月卒，輟朝五日，且罷十九年元正朝會〔註68〕。群臣議立諡號，紛綸未決，玄宗爲說撰神道碑，御筆賜諡曰「文貞」，由是而定。觀其仕宦末期，雖被劾罷相、詔令致仕，但玄宗的種種禮遇，實極人臣之榮，史言「寵顧不衰」〔註69〕，信矣。

〔註66〕《韻語陽秋》卷十四，在索引本何氏《歷代詩話》，頁383。
〔註67〕十五年制說致仕，崔隱甫免官侍母，宇文融出爲魏州刺史。
〔註68〕《唐會要》卷二十五〈輟朝〉：「開元十八年十二月，左丞相燕國公張說薨，輟朝五日，廢元日朝會。」
〔註69〕《資治通鑑》卷二一三〈唐紀二九〉：「說雖罷政事，專文史之任，朝廷每有大事，上常遣中使訪之。」胡注：「史言張說寵顧不衰。」

第二章　開元文壇環境

第一節　開元文教的推動

　　玄宗好經術，厭雕琢，在位期間，推行許多文教措施，可謂開元治世一大特色，而開元文教的推動，實是建立在玄宗與張說君臣相合的基礎上，此須由玄宗在東宮時論起。睿宗景雲二年（711），張說促請太子（玄宗）監國後，曾進〈上東宮請講學啓〉〔註1〕，文中提出重道尊儒以修太宗之政，博採文士以刊正經史，幾可視爲開元文教之本，茲摘要於下：

> 臣某等啓，臣聞安國家、定社稷者，武功也；經天地、緯禮俗者，文教也。社稷定矣，固寧輯于人和，禮俗興焉，在刊正于儒範，順考古道，率由舊章。故周文王之爲世子也，崇禮不倦，魏文帝之在春宮也，好古無怠，博覽史籍，激揚令聞，取高前代，垂名不朽。……臣愚伏願崇太學、簡明師，重道尊儒，以養天下之士。今禮經殘缺，學校凌遲，歷代經史，率多紕繆，實殿下闡揚之日、刊定之秋。伏願博採文士，旌求碩學，表正九經，刊考三史，則聖賢遺範，粲然可觀。況殿下至性神聰，留情國體，幸以問安之暇，應務之餘，引進文儒，詳觀古典，商略前載，討論得失，降溫顏，開讜議，則政途理體，日以增益，繼業承祧，永垂德美。

而此時玄宗除親幸太學，大開講論，賜束帛予學官生徒外〔註2〕，又於行釋奠

〔註1〕《本集》卷十七。
〔註2〕《舊唐書》卷一九八上〈儒學上〉：「玄宗在東宮，親幸太學，大開講論，學

-19-

之禮時，下令曰：

> 夫講談之務，貴於名理，所以解疑辯惑。……爰自近代，此道漸微。……舍茲確實，竟彼浮華，取悅無知，見嗤有識。……今既親行齒冑，躬詣講筵，思聞起沃之談，庶諧溫文之德，其侍講所有，合難釋嫌疑，不得別搆虛言，用相凌忽，如有違者，所司量事糾彈。〔註3〕

這些重學官、摒虛浮的行事，皆可謂文教工作之始，則韋述所謂「上之好文，自說始也。」〔註4〕殆可上溯〈上東宮講學啓〉的影響。玄宗即位之後，勤讀史籍，令「耆儒博學」的馬懷素、褚無亮並充侍讀〔註5〕，張説所建請之事，亦陸續施行，可分述如下：

一、崇禮黜浮

張説甚贊周文王「崇禮不倦」，故推動禮儀活動甚力，在并州時，上言請祠后土於脽上，以為「此禮久闕，歷代莫能行之，願陛下紹斯墜典。」〔註6〕開元十一年冬，玄宗親享圓丘，說為禮儀使，請罷三祖同配之禮，並參議裘冕款式〔註7〕。開元十二年，正除中書令後，更全力推動封禪泰山的大典。

封禪之禮，乃理化昇平、年穀屢登時，所以答厚禮，告成功也。然漢光武後，曠世不修，有唐以來，唯高宗、則天朝曾行之，開元之際，四方豐

官生徒，各賜束帛。」
〔註3〕《登科記考》卷五，景雲三年二月事。
〔註4〕《職官分紀》卷十五〈集賢院‧十八學士〉條，引韋述《集賢注記》語。
〔註5〕《舊唐書》卷八〈玄宗本紀〉：「(開元三年)冬十月甲寅，制曰：『朕聽政之暇，常覽史籍，事關理道，實所留心，中有闕疑，時須質問。宜選耆儒博學一人，每日入內侍讀。』以光祿卿馬懷素為左散騎常侍，與右散騎常侍褚無亮並充侍讀。」
〔註6〕《舊唐書》〈本傳〉：「玄宗將還京，而便幸并州，説進言曰：『太原是國家王業所起，陛下行幸，振耀武，并建碑紀德，以申永思之意。若便入京，路由河東，有漢武脽上后土之祀，此禮久闕，歷代莫能行之。願陛下紹斯墜典，以為三農祈穀，此誠萬姓之福也。』上從其言。」
〔註7〕罷三祖同配之禮事，見《舊唐書》卷二十一〈禮儀一〉：「玄宗即位，開元十一年十一月，親享圓丘。時中書令張説為禮儀使，衛尉少卿韋縚為副，説建議請以高祖神堯皇帝配祭，始罷三祖同配之禮。」《新唐書》卷十三〈禮樂三〉亦同；議裘冕款式事，見《新唐書》卷二十四〈車服〉：「開元初，將有事南郊。中書令張説請遵古制用大裘，乃命有司製二冕。玄宗以大裘樸略，不可通寒暑，廢而不服。」《舊唐書》卷四十五〈輿服〉、《唐會要》卷三十一〈裘冕〉亦同。

稔，百姓樂業，「米每斗三錢，丁壯之夫，不識兵器，路不拾遺，行不齎糧」
〔註8〕，人口亦急遽增加，四方入貢者，達四十餘國，如此昇平之象，終唐一
世，惟貞觀可與媲美。說因而上言固請，開元十二年（724）與右散騎常侍徐
堅、太常少卿韋紹、秘書少監康子元、國子博士侯行果等，與禮官於集賢書
院刊撰儀注〔註9〕，然觀史書所述，張說首以乾封之禮，以皇后嬪妃配享，有
乖舊禮，故有內難、易姓之事，主以睿宗配享，爲玄宗所採；繼與徐堅、康
子元議祭祀與燔柴次第，並請聖裁；而後與四門助教施敬本展開八條駁禮的
對議，終於刊就儀注，近一年的參議討論過程中，說實爲主其事者。同時，
爲防突厥乘機犯邊，與兵部郎中裴光庭商議，決徵突厥大臣扈從，以絕兵戎
之慮。開元十二年十月，車駕東行，開始封禪活動，張說擬定侍從升山之
官，並隨侍玄宗進行各種祀禮，事就，玄宗撰〈紀泰山銘〉，說亦撰〈大唐祀
封壇頌〉（《文集》卷十一）以紀德。據《舊唐書》〈禮儀三〉所載，祭祀禮畢，
玄宗御朝覲帳殿，大備陳布，列位者有「文武百僚，二王後，孔子後，諸方
朝集使，岳牧舉賢良及儒生，文士上賦頌者，戎狄夷蠻羌胡朝獻之國，突厥
頡利發，契丹、奚等王，大食、謝䫻、五天十姓，崑崙、日本、新羅、靺鞨
之侍子及使，內臣之番，高麗朝鮮王，百濟帶方王，十姓摩阿史那興昔可
汗，三十姓左右賢王，日南、西竺、鑿齒、雕題、牂柯、烏滸之酋長」，可見
此次封禪規模之隆盛。而自奏請實行、議定儀注、審慮邊防到擇選升山侍官
及隨天子登封，張說皆積極策畫主持。

　　行祀典、議禮儀等崇禮遵禮的活動，張說以爲「亦安在守文而已」〔註10〕，
其所謂文，實禮樂之教。封禪大典，尤爲明禮重樂之極，《史記》〈封禪書〉
云：「三年不爲禮，禮必廢；三年不爲樂，樂必壞，每世之隆，則封禪荅焉。」
張說以爲更有「德俱欽明文思之美」的意義，且人君須有「道德仁義禮智信」
的操守〔註11〕，故奏請封禪，實乃以禮治國之最高象徵。

─────────────

〔註8〕《唐語林》卷三。

〔註9〕 刊撰儀注人選據《唐會要》卷八〈郊議〉所載，《舊唐書》〈禮儀三〉不載韋
　　　 紹。

〔註10〕《本集》卷十八〈后土神祠碑銘〉：「古之王者，皆受天命，禮樂有權，神祇
　　　 是主，郊兆所設，雖定於厥居，精靈所感，則通乎變化，大匠歸正，旁行不
　　　 流，惟創制者爲能之，亦安在守文而已。」

〔註11〕《本集》卷十一〈大唐封祀壇頌〉：「封禪之義有三，帝王之略有七。七者何？
　　　 傳不云乎，道德仁義禮智信乎。順之稱聖哲，逆之號狂悖。三者何？一，位
　　　 當五行圖籙之序；二，時會四海昇平之運；三，德俱欽明文思之美。」

同時，在崇禮遵禮的原則下，「法殊魯禮，褻比齊優」的潑寒胡戲自是有虧盛容。蓋潑寒胡戲是季冬蕃夷入朝時，以水澆於裸露舞者身上的一種舞戲，自武后朝作此戲以來，中宗曾御樓以觀之，玄宗朝又作此戲，惟其來由張說以爲「未聞典故」，且「裸體跳足，盛德何觀，揮水投泥，失容斯甚。法殊魯禮，褻比齊優，恐非干羽柔遠之義，樽俎折衝之禮。」〔註12〕故中宗神龍二年并州清源縣尉呂元泰、景雲三年右拾遺韓朝宗二人申之於前；開元元年張說諫之於後（時爲中書令）。說〈諫潑寒戲疏〉云：

> 臣聞韓宣適魯，見周禮而歎；孔子會齊，數倡優之罪；列國如此，況天朝乎。今外蕃請和，選使朝謁，所望接以禮樂，示以兵威，雖曰戎夷，不可輕易，焉知無駒支之辯，由余之賢哉？

職是玄宗於開元元年敕令禁斷，此戲遂絕。〔註13〕

二、尊儒重道

唐朝本是佛道極盛行的時代，張說則以當朝文伯冠服，行事常以儒者自處〔註14〕，表現尊儒重道之風，如開元十三年宴集賢院，時說知院事，依故事，官重者先飲，說曰：「吾聞儒以道相高，不以官閥爲先後。」遂引觴同飲；陸堅以集賢學士多非其人，而供儗太厚，無益國家，將議罷之，說駁之云：「今聖上崇儒重道，親自講論，刊正圖書，詳延學者。今麗正書院，天子禮樂之司，永代規模，不易之道也。所費者細，所益者大。徐（應爲陸）子之言，何其隘哉！」〔註15〕是可見張說之尊儒禮賢。

開元十三年，賀知章遷禮部侍郎，兼集賢學士，一日併謝，宰相源乾耀以知章兩命之榮，甚爲光寵，而以「侍郎」、「學士」孰美，問於張說，說答曰：

> 侍郎衣冠之選，然要爲具員吏；學士懷先王之道、經緯之文，然後處之，此其爲間也。〔註16〕

將「先王之道」與「經緯之文」互相結合，作爲學士應有之涵養，非侍郎所

〔註12〕《本集》卷十五〈諫潑寒戲疏〉。

〔註13〕《唐會要》卷三十四〈雜錄〉：「（玄宗）開元元年十二月十日敕曰：『臘月乞寒，外蕃所出，漸浸成俗，因循已久，至今以後，無問蕃漢，即宜禁斷。』」

〔註14〕《唐語林》卷四〈容止〉。

〔註15〕兩《唐書》〈本傳〉。

〔註16〕《新唐書》卷一九六〈賀知章傳〉。

能比，自可見其崇尚經術之精神。

　　張說作風建議，亦影響玄宗的措施，論侍郎、學士孰美一事，玄宗聞其言而「自爲贊賜」〔註17〕，《新唐書》〈本傳〉亦云：「天子尊尚經術，開館置學士，修太宗之政，皆說倡之。」在尊經術方面，今《唐大詔令集》卷一〇五〈崇儒〉有〈命張說等兩省侍臣講讀敕〉、〈命明經進士就國子監謁先師敕〉、〈求儒學詔〉，卷八十一〈經史〉有〈令諸儒質定古文孝經尙書詔〉等敕令，顯示玄宗對儒學的講求。玄宗亦注有《孝經》、《道德經》、《金剛般若經》，示儒道佛三教並存；封泰山時，特幸孔子宅，親設奠祭；褚無亮年老，以「文儒之宗」特受禮遇，甚且「隨杖出入，特許緩步。又爲造腰輦，令內給事昇於內殿。」〔註18〕諸此種種，在佛道彌漫的唐代，應是有特殊意義的。在開館置學士方面，最著者莫過於集賢殿的成立，其目的在去華務實、增其學秩、集賢論思〔註19〕，而說總領其事，多所規劃，成果斐然，實際推行了玄宗「禮樂延今古，文章革舊新」〔註20〕的政策。

三、博采文士

　　爲表正九經，刊考三史，張說敦請「博采文士，旌求碩學」，玄宗亦以「朝有縉紳之士」〔註21〕爲尙，即位次年，即下〈諸州舉實才詔〉、〈搜揚懷隱逸等敕〉（見《唐大詔令集》卷一〇二），並令張說舉能治《易》、《老》、《莊》者〔註22〕；開元八年，觀策試應制舉人於含元殿，務收俊賢；於科考中增設「風雅古調」科，以矯文風；開元十五年正月，制草澤有文武高才，令詣闕自舉，行徵召人才之務，確實網羅不少人才，張九齡云：「鴻生碩儒、博聞多識之士，自開元肇建，以迄於今，大用徵集，煥乎廣內。」〔註23〕胡震亨云：「玄宗開元中宰相至十數人，皆文學士也。」〔註24〕胡應麟亦以韓休、許景先、孫逖

〔註17〕　同註16。
〔註18〕　見《冊府元龜》卷六〇一〈學校部‧恩講〉。
〔註19〕　《曲江張先生文集》卷十六〈集賢殿書院奉敕送學士張說上賜燕序〉：「改仙爲賢，去華務實，且有後命，增其學秩，是以集賢之庭，更爲論思之室矣。」
〔註20〕　《全唐詩》卷三〈明皇帝‧集賢書院成送張說上集賢學士賜宴得珍字〉。
〔註21〕　《全唐詩》卷三〈明皇帝‧春中興慶宮酺宴序〉。
〔註22〕　《新唐書》卷二〇〇〈儒學下‧康子元傳〉。
〔註23〕　同註19。
〔註24〕　《唐音癸籤》卷二十八〈談叢四〉。

等先後掌綸誥，齊澣、王丘、李乂等並以文學任中書舍人爲例，稱「古今詩人之達，莫盛此時」〔註25〕，而此輩或曾受張說拔擢，或嘗遊於門下，而張說爲相期間，亦大力拔擢人才，一時文彥如尹知章、王翰、張九齡、徐堅、趙冬曦、賀知章、呂向、崔沔、房琯、康子元、敬會貞、劉宴、徐浩、常敬忠等皆曾受其提攜賞識，並引薦入集賢院，參預整理典籍的大事。

由上述可知，開元間廣開書府、崇儒引賢、著重禮樂之措施，玄宗的政策固然有關，而張說輔政，使政策得以實際推動，或尤重要，故《新唐書》稱張說：「於玄宗最有德，……圖封禪，發明典章，開元文物彬彬，說力居多。」〔註26〕又稱其「善用人之長，多引天下知名士，以佐佑王化，粉澤典章，成一王法。」〔註27〕足見張說對推動文教一事的貢獻是可以肯定的。

第二節　開元士風的改變

武后以來，因特重進士科考試之故，朝中文學之士甚多，這些文人在武后、中宗時的活動，大致可歸納出兩種普遍現象，一是雖居要職，但較缺乏政治才能；一是趨附於權貴，扮演宮廷詩人的角色。

蘇味道、李嶠俱進士出身，並以文翰著名，時號「蘇李」，二人分於武后長安二年（702）、三年（703）同鳳閣鸞臺平章事，然居相位數載，不能有所發明，只是「脂韋其間，苟度取容」，蘇味道且明言：「處事不欲決斷明白，若有錯誤，必貽咎譴，但模稜以持兩端可矣。」〔註28〕如此缺乏擔當，自不可能有作爲；李嶠歷相武后、中宗二朝，中宗昵宴近臣及修文學士，詔遍爲伎，文士人格，殆無異倡優，郭山惲獨諷〈鹿鳴〉、〈蟋蟀〉以示規諫，反爲嶠所制止〔註29〕；李迥秀亦進士出身，雅有文才，當時號爲風流之士，大足元年（701）進同鳳閣鸞臺平章事，卻橈意諂媚，傾附權貴。味道、嶠、迥秀三人俱進士科擢第之文學人才，深受武后重視，高居相位，足可領袖一時文人，然不能革弊興利，徒固守舊章，尸位其間，竟又託儒爲奸，其才幹、抱負之缺陋，實甚明顯，其時崔融、盧藏用、徐彥伯等亦「止有守常之道，而

〔註25〕《詩藪》外編卷上〈唐上〉。
〔註26〕《新唐書》卷一二五〈贊曰〉。
〔註27〕《新唐書》卷一二五〈張說傳〉。
〔註28〕《舊唐書》卷九十四〈蘇味道傳〉。
〔註29〕《新唐書》卷一〇九〈郭山惲傳〉。

無應變之機」，誠所謂「觀其章疏之能，非無奧贍；驗以弼諧之道，罔有純貞。」〔註30〕早先武后欲得佳士而用，狄仁傑即指出蘇、李等人乃文學蘊藉人士，若必取卓犖奇才，則張柬之、姚崇、桓範彥等人始堪大任，故武后雖有意拔擢文詞之士，朝中政事仍倚重狄仁傑、張柬之。

　　然而這批文士卻常在宮廷的政權爭奪中，趨附朋黨，因為他們原以文詞見用，所長者唯吟詩唱和，政治才識不足，不能有所作為，又逢宮廷屢生政變，權力傾軋激烈，遂託身權要以求自保。武后時，張易之、昌宗兄弟「權寵日盛，傾朝附之」〔註31〕，閻朝隱、劉允濟、沈佺期、宋之問、李迥秀、李嶠等形同其門下文人；中宗時，安樂公主、太平公主亦各有一批文士為其黨羽，文士殆同朋黨的附庸。

　　由於趨附權貴，在各種宴慶場合飲酒賦詩，故這時期的文士幾皆具備宮廷詩人的身份。武后幸三陽宮避暑，內殿曲宴，將張昌宗比為王子晉身後，文士皆賦詩美之〔註32〕；安樂公主降武崇訓，崇訓父武三思正當朝用事，令宰臣、詞人賦〈花燭行〉以美之，公主後再降武延秀，產子滿月，中宗亦「遣宰臣李嶠、文士宋之問、沈佺期……等數百人賦詩美之。」〔註33〕這些被賦與「文士」、「詞人」身份的文人，在宮廷中奉和應制的情形，在上官婉兒勸中宗廣置修文館學士後臻於極盛。上官婉兒於中宗時專掌制命，每賜宴賦詩，常代中宗、韋后、長寧公主、安樂公主，眾篇並作，且主持群臣百餘篇應制詩的評選工作〔註34〕，儼然文壇領袖的姿態。景龍二年，中宗採婉兒之議，置脩文館大學士四員、學士八員、直學士十二員，李嶠、宗楚客、趙彥昭、韋嗣立為大學士，李適、劉憲、崔湜、鄭愔、盧藏用、李乂、岑羲、劉子玄為學士，薛稷、馬懷素、宋之問、武平一、杜審言、沈佺期、閻朝隱、徐堅、韋元旦、徐彥伯、劉允濟為直學士，幾將當時詞學之臣網羅殆盡，修文館本司圖書典籍之務，而此時修文館學士之職幾為「伴遊」。天子饗會游豫，春夏秋多各有其所，學士們便扈從同行，「帝有所感即賦詩，學士皆屬

〔註30〕《舊唐書》卷九十四〈忠臣曰〉。
〔註31〕《舊唐書》卷九十二〈魏元忠傳〉。
〔註32〕《資治通鑑》卷二〇六〈唐紀二二〉。
〔註33〕《舊唐書》卷十三〈外戚傳〉。
〔註34〕《唐詩紀事》卷三〈上官昭容〉：「中宗正月晦日幸昆明池賦詩，群臣應制百餘篇。帳殿前結綵樓，命昭容選一首為新翻御製曲。」《新唐書》卷七十六〈后妃上‧上官昭容〉：「婉兒常代帝及后、長寧、安樂二公主，眾篇並作，而采麗益新。又差第群臣所賦，賜金爵，故朝廷靡然成風。」

和」，所賦或至「狎猥佻佞，忘君臣禮法，唯以文華取幸。」〔註35〕如此情形，固帝王、權貴欲誇飾逸行，實亦部份文士欲諂事權貴，以求自保，而行事間有甚爲卑下者，如《資治通鑑》卷二〇六〈唐紀二二〉云：

> （張易之）拜其母臧氏、韋氏爲太夫人，……仍敕鳳閣侍郎李迥秀爲臧氏私夫。……武承嗣、三思、懿宗、宗楚客、晉卿皆候易之門庭，爭執鞭轡，謂易之爲五郎，昌宗爲六郎。

《新唐書》卷二〇二〈文藝中・宋之問傳〉云：

> 于時易之等烝昵寵甚，之問與閻朝隱、沈佺期、劉允濟傾心媚附，……至爲易之奉溺器。

而祝欽明以經授中宗，爲朝大儒，卻自言能〈八風舞〉，示於中宗，欽明「體肥醜，據地搖頭睆目，左右顧盼，帝大笑。」〔註36〕此類「爭執鞭轡」、「奉溺器」、爲人私夫、腐儒諂佞之舉，其人格之卑污無行，士風之低靡穢亂，可謂至矣！武后、中宗之世，文人居相位者懦弱唯諾，伴食樞府，杜規諫諷諭之言，長姦邪淫亂之風，充員學士，極盡諂媚之能事，致使士風蕩然，狄仁傑直言「文士齷齪」〔註37〕，實嚴切之論。

玄宗爲太子時即曾注意士風替微，曾言「問禮言詩，惟以篇章爲主，浮詞廣說，多以嘲謔爲能，遂使講座作俳優之場，學堂成調弄之室。」〔註38〕登極之後，尊儒重道，崇雅黜浮，凡諂附二張、韋后、太平公主的文士多加竄逐，或已卒世，以文學見用者，率皆守身高潔，鯁直讜正，鮮有尸位素餐者，對前期「齷齪士風」頗有廓清之功。

如蘇頲以制誥長才得受大用，與宋璟同知政事，「獻替可否，罄盡臣節，斷割吏事，至公無私。」〔註39〕甚爲稱職，而其性廉儉，所得俸祿，盡推與諸弟親族，雖位極人臣，卒後家無餘資。如此清正，尚可見之於盧懷愼。懷愼進士出身，開元初同中書門下三品，清忠直道，不營產業，器用服飾，無金玉綺文之麗，家無餘蓄，甚且妻子匱乏。蘇、盧二人位俱宰輔，持身若此，上下從風，則一時文士亦不以浮華爲尚矣。如王丘以屬文見擢，曾三遷紫微

〔註35〕《新唐書》卷二〇二〈文藝中・李適傳〉，《唐會要》卷六十四〈史館下弘文館〉、《資治通鑑》卷二〇九〈唐紀二五〉略同。

〔註36〕《新唐書》卷一〇九〈祝欽明傳〉。

〔註37〕《舊唐書》卷八十九〈狄仁傑傳〉。

〔註38〕《登科記考》卷五載景雲三年二月事。

〔註39〕《舊唐書》卷八十八〈蘇頲傳〉。

舍人，知制誥，在吏部典選，則擢用一時俊秀，號稱平允，出爲刺史，則任職清嚴，人吏畏慕，而其人神氣清古，志行修潔，固守廉儉，實堪稱文學、才幹兼備者；孫逖舉「手筆俊拔科」、「哲人奇士隱淪屠釣科」及「文藻宏麗科」等，爲文援筆成篇，理趣不凡，於諸多制誥大家之中，代言最爲精密，然不戀高位〔註 40〕，求降外官，以增父秩。觀此輩文士，有操守，有文學，有治績，實與蘇、李、沈、宋等人相距甚遠。

奉和爲詩，本君臣間正常應酬，玄宗性愛文學，與學士互相唱和之活動亦多，尤當太平盛世，海內少事，甚且賜群臣十日一宴，然宴會賦詩的內容則「繼雅頌體」〔註 41〕，麗正、集賢二書院前後典掌禮樂圖書，學士們銳意撰構，議論編修，年有成果，此又與中宗與修文館學士忘君臣禮法、玩歲愒時者甚異。如呂向侍太子及諸王文章，而屢申諷諫，《新唐書》卷二〇二〈呂向傳〉云：

> 時帝歲遣使采擇天下妹好，內之後宮，號「花鳥使」，向因奏〈美人賦〉以諷，帝善之，擢左拾遺。天子數校獵渭川，向又獻詩規諷，進左補闕。

殆諫諍之路不閉，實君王以納忠爲要，故開元時詞臣文士多勝任職守，有所作爲，玄宗之識才用人實爲主因。而張說、張九齡以文宗位居衡軸，說推動文教，摒斥浮淺，延引儒學之士；九齡小必諫，大必諍，抗危言而無所避，亦君臣相重之合。二張文重當時，領袖百官，則其所領導之士風與武后、中宗時相去甚遠，亦理所然。

史言「有唐之興，綿歷年所，骨鯁清廉之士，懷忠抱義之臣，臺省之間，駕肩接武。但時有夷險，道有汙隆，用與不用而已。」〔註 42〕觀武后、中宗，玄宗開元二時文士之行徑風範，又何止乎用與不用，亦在於如何用之。玄宗治道本以擇賢任賢見長，張說又廣延天下文儒，善用其長，以佐文教推行，致使「開元之代，多士盈廷。」〔註 43〕王丘、孫逖、張九齡等皆因張說而以文學見賞於上，此實士風高下、清正變革之因也。

〔註 40〕時逖爲中書舍人，等秩雖在五品，然職位清要。
〔註 41〕《新唐書》卷二〇二〈孫逖傳〉：「時海內事少，帝賜群臣十日一宴，宰相蕭嵩會百官賦〈天成〉、〈玄澤〉、〈維南有山〉、〈楊之華〉、〈三月〉、〈英英有蘭〉、〈和風〉、〈嘉木〉等詩八篇，繼雅頌體。」
〔註 42〕《舊唐書》卷一〇〇〈史臣曰〉。
〔註 43〕《舊唐書》卷九十九〈贊曰〉。

第三節　開元文學的背景

　　歷來文學史對唐代文學發展之分期，論詩者多採初、盛、中、晚四期之說，此一分期名稱初見於元楊士弘之《唐音》〔註44〕，葉慶炳《中國文學史》亦據此抒論，並以玄宗開元元年至代宗永泰元年（713～765）爲盛唐。〔註45〕

　　論文章之變，殆可以《新唐書》〈文藝傳上〉爲準，文云：

　　　唐有天下三百年，文章無慮三變。高祖、太宗，大難始夷，沿江左餘風，綺句繪章，揣合低卬，故王、楊爲之伯。玄宗好經術，群臣稍厭雕琢，索理致，崇雅黜浮，氣益雄渾，則燕、許擅其宗。是時，唐興已百年，諸儒爭自名家。大曆、貞元間，美才備出，擩嚌道貞，涵泳聖涯，於是韓愈倡之，柳宗元、皇甫湜等和之，排逐百家，法度森嚴，抵轢晉、魏，上軼漢、周，唐之文完然爲一王法，此其極也。〔註46〕

所謂「玄宗好經術，群臣稍厭雕琢，索理致，崇雅黜浮，氣益雄渾。」是以玄宗時代爲一文章變革階段，此階段下至代宗永泰年（765）爲止，大曆（766～779）起又是一變，則時段幾與詩壇盛唐時期同時，而其中前三十年適爲唐代第二個盛世——開元時代（713～730）。

　　所謂詩爲盛唐，文趨雄渾，是指文學在形式、風格上皆產生變化，《新唐書》卷二〇一〈文藝傳上〉云：

　　　唐興，詩人承陳、隋風流，浮靡相矜。至宋之問、沈佺期等，研揣聲音，浮切不差，而號「律詩」，競相襲沿。逮開元間，稍裁以雅正，然恃華者質反，好麗者壯違，人得一槩，皆自名所長。

此論詩風之大概，玄宗以前，沈、宋代表的律體已發展成熟；開元之世，則盡革陳隋風氣之舊，承體開新，詞場格調更趨高雅，《河嶽英靈集·序》云：

　　　開元十五年後，聲律風骨始備矣。實由主上惡華好實，去僞從眞，使海內詞場，翕然尊古，南風周雅，稱闡今日。〔註47〕

〔註44〕《唐音》分〈始音〉、〈正音〉、〈遺響〉三部份，〈正音〉部份以初、盛唐爲一類，中唐爲一類，晚唐爲一類。

〔註45〕見該書，頁163，學生書局，民國71年8月學一版。

〔註46〕《新唐書》卷二〇一〈文藝上〉。

〔註47〕明毛晉編《唐人選唐詩》，頁1114，殷璠〈河嶽英靈集序〉，大通書局，文史

在文章方面，正是駢文散化之時，張仁青《中國駢文發展史》云：

> 開元之際，……初唐唯美文學之餘光，遂蕩焉無復存矣。此一時期
> 之文章，……以散行之氣勢運偶句，以流利之詞語見自然，爲駢散
> 文分而將合之預兆。〔註48〕

而陳子昂於武后時，高唱復古，所慕建安風骨，於開元得見矣，故杜確《岑
嘉州集・序》云：

> 開元之際，王綱復舉，淺薄之風，茲焉漸革，其時作者，凡十數
> 輩，頗能以雅參麗，以古雜今，彬彬然，燦燦然，近建安之遺範
> 矣。〔註49〕

則詩文形式、風格去初唐已遠。

在作品內容方面，體現了積極入世的精神，這是與政治安定、國家強盛
密不可分的，杜詩有言：「憶昔開元全盛日，小邑猶藏萬家室，稻米流脂粟米
白，公私倉廩俱豐實，九州道路無豺虎，遠行不勞吉日出。」〔註50〕這樣的
盛世，又特重科舉取士，文人顯達者甚多，《詩藪》且云：「開元以前，詞人
鮮弗達者；天寶以後，才士鮮弗窮者。」〔註51〕因此文人積極樂觀的精神，
一一反映於作品之中，如報效國家的壯志，投身仕途的渴望，崇儒尊古的思
想等，拓展了文學內容，其異於後世者，乃天寶亂世，始出現關懷社會現
實、民生疾苦的作品，而開元盛世，多作者個人出處窮通之主題；其異於前
世者，乃初唐文學仍存六朝老莊思想，而開元之際，則是積極入世的新氣象
開端，大野實之助所謂「由老莊神仙的情感到儒的情感，由浮華故作之美到
風雅氣骨之美」〔註52〕，適爲之註腳。

在文人及創作方面，初唐四傑和陳子昂早已去世，武后、中宗時受寵幸
的宮廷詩人，如沈佺期、宋之問、蘇味道、李嶠等，也都或貶或卒，離開文
壇。擅名於天寶的盛唐代表詩人，此時多已成年，開始干謁、應舉、壯遊的
活動，同時亦有極佳的作品出現，如王維的〈九月九日憶山東兄弟〉、〈洛陽

　　　叢刊之三。
〔註48〕見該書，頁462，中華書局。
〔註49〕《全唐文》卷四五九。
〔註50〕《杜詩錢注》卷五〈憶昔〉二首之二，世界書局。
〔註51〕《詩藪》外編卷三〈唐上〉。
〔註52〕〈唐代詩壇における張説〉（一）、（二），大野實之助撰，早稻田大學《中國
　　　古典研究》十四、十五期，1966年12月。

女兒行〉、〈桃源行〉等，高適的〈燕歌行〉、〈邯鄲少年行〉、〈別韋參軍〉等，李白〈峨眉山月歌〉、〈渡荊門送別〉、〈秋下荊門〉、〈將進酒〉、〈贈孟浩然〉、〈黃鶴樓送孟浩然之廣陵〉、〈早發白帝城〉等，崔顥的〈黃鶴樓〉，杜甫時較晚，但〈遊龍門奉先寺〉、〈望嶽〉、〈登袞州城樓〉等詩亦作於開元之時。〔註53〕

　　在聲律發展趨於成熟下，詩、文形式產生變化；在革除浮淺的思潮、國家強盛的環境下，作品風格、主題的開拓新局；代表舊風格的文人，一一謝世，文學史上光芒萬丈的作家已有極好的作品出現，這樣的文學背景，不僅意味開元之世，是一個文學氣象極為繁盛的時代，亦顯示出其與繼起的文學風潮有一觸即發的關係。

〔註53〕時間考證俱見參考書目所引年譜、作品繫年。

第三章　張說與文人的關係

第一節　武后、中宗時代

　　張說在武后、中宗時代曾與文章四友：楊炯、陳子昂、沈宋等交遊或共事，茲將諸人事跡分條陳述，繼說明張說在當時文壇的地位。

一、崔融、蘇味道、李嶠

　　崔融為文典麗，當時罕有其比，嘗知制誥，朝廷所須製作如〈洛出寶圖頌〉、〈則天哀冊文〉，皆詔融撰寫；李嶠、蘇味道以文學進身，長安中同為鳳閣鸞臺平章事，其時制冊敕令，多李嶠所為，二人乃當時文士名位最顯者。長安二年（702）張說與崔融同任鳳閣舍人，為蘇、李幕僚，說與融曾評王勃、楊炯、盧照鄰之文云：

> 崔融、李嶠、張說俱重四傑之文。崔融曰：「王勃文章宏逸，有絕塵之跡，固非常流所及。炯與照鄰可以企之，盈川之言信矣。」說曰：「楊盈川文思如懸河注水，酌之不竭，既優於盧，亦不減王。『恥居王後』，信然；『愧在盧前』，謙也。」〔註1〕

張說篤于友誼，與嶠為「忘年之友」，玄宗初，嶠罹禍論死，說曾出言相救，此事前文已述。

二、楊　炯

　　長壽元年（692），楊炯遷盈川令時，說以箴贈行，直言「才勿驕吝，政

〔註1〕《舊唐書》卷一九○上〈文苑傳〉。

勿煩苛，明神是福，而小人無冤。」〔註2〕時炯年四十四，說年二十七，任校書、補闕，年位均輕於炯，觀其行文，直言不諱，略無後生謙敬之情，「以箴贈行，實出友道耳。」〔註3〕

三、陳子昂、盧藏用、崔泰之

萬歲通天元年（696），張說任節度管記，從武攸宜討契丹〔註4〕，當時「臺閣英妙，皆署軍麾」〔註5〕，說因此得與「海內文宗」陳子昂及「所作篇詠，時人多諷誦」的喬知之同僚。〔註6〕

又《新唐書》論子昂交遊云：「子昂……篤朋友，與陸餘慶、王無競、房融、崔泰之、盧藏用、趙元最厚。」張說司東都時，曾與崔泰之數有酬唱〔註7〕，《本集》卷七有〈偶遊龍門北溪忽懷驪山別業呈諸留守〉；盧藏用曾為陳子昂寫傳，相交必篤，而說曾為藏用高祖撰碑〔註8〕，二人亦曾共為元希聲碑銘，說撰文，藏用篆石，天下稱是碑有二美，史傳亦有「中書令張說、黃門侍郎盧藏用、給事中裴子餘皆與之（竇維鍌）親善。」、「（尹元凱）與張說、盧藏用特相友善。」〔註9〕的記載，則說與崔、盧為友甚明。

說與子昂曾為武攸宜幕下同僚，子昂與泰之、藏用相交篤厚，說亦友之，則二人相識，應屬可信，然子昂僅長說七歲，故雖無二人直接交遊之明證，或因子昂時已有「海內文宗」的盛名，說初入仕途，為文壇晚輩，且日後子昂屢任外職，又卒於長安二年（702），說則入朝任職，文學活動多在長安以後，二人私交可能並不深厚。

〔註2〕 《本集》卷十二〈贈別楊盈川尚箴〉。

〔註3〕 〈楊炯年譜〉，《東方文化》十三卷一期，1975年，頁66。

〔註4〕 《舊唐書》卷九十三〈王孝傑傳〉：「時張說為節度管記，馳奏其事。」

〔註5〕 《文苑英華》卷七九三，盧藏用〈陳子昂列傳〉：「屬契丹以營州叛，建安王攸宜親總戎律，臺閣英妙，皆署軍麾，特敕子昂參謀帷幕。」

〔註6〕 《唐詩紀事》卷六〈喬知之〉：「《通鑑考異》云：『唐曆及本紀，殺知之在天授元年。據陳子昂別傳云：武攸宜討契丹，子昂、知之為參謀，尚在萬歲通天元年。』」《舊唐書》卷一九○〈文苑中・喬知之〉：「知之尤稱俊才，所作篇詠，時人多諷誦之。」

〔註7〕 子昂交遊見《新唐書》卷一○七〈陳子昂傳〉。《唐詩紀事》卷十四〈崔泰之〉：「泰之時以禮部居洛，故與嗣立、說、日知，數有酬唱。」

〔註8〕 《本集》卷二十一〈齊黃門侍郎盧思道碑〉：「有齊黃門侍郎范陽盧公，諱思道，字子行，涿州人也。……公之玄孫曰藏用，濟美文館，重祿黃門，永惟衣冠子孫。」

〔註9〕 《舊唐書》卷一八三〈外戚列傳〉、卷一九○〈文苑傳〉。

四、珠英學士

武后久視年至長安元年（700～701），盡收天下文詞之士編撰《三教珠英》，李嶠、沈佺期、宋之問俱在其列，此外尚有閻朝隱、徐彥伯、徐堅、劉知幾、薛曜、員半千、魏知古、張昌宗、于季子、王無競、王適、尹元凱、馬吉甫、元希聲、李處正、喬備、房元陽、崔湜、常元旦、楊齊哲、蔣鳳及以吳體知名的富嘉謨等人〔註10〕，所謂「取文辭士，皆天下選」〔註11〕，張說亦預其事，然此書之編修，名義上以張昌宗、李嶠總攬其事，而實際上主持策畫，推動編修工作之人為張說，一時文彥因其規劃，《三教珠英》始得成書，則張說文學應可與時彥相抗，而才幹或且過之。

說早年「越在諸生之中，已有絕雲霓之望。」〔註12〕繼觀與諸人相交事跡，則當時政治地位雖不甚高，而文學成就已受重視，故得與陳子昂、喬知之共入帷幕，且以晚輩而納交楊炯、崔融、李嶠諸人，所論王、楊、盧文章優劣，亦傳為名言，又與天下知名士共預編修，且表現特異，故崔湜云：

> 兵部侍郎南陽張說，吏部侍郎范陽盧藏用，當代英秀，文華冠時。

〔註13〕

王冷然〈論薦書〉亦云：

> 有唐以來，無數才子，至於崔融、李嶠、宋之問、沈佺期、富嘉謨、徐彥伯、杜審言、陳子昂者，與公（張說）連飛並驅，更唱迭和，此數公真可謂五百年挺生矣。〔註14〕

其文學見重於時有如此者，此外，尚可以注意的是，張說同時接觸廟堂文章的代表崔融、李嶠，高唱復古的文風改革者陳子昂，及講求音律的宮廷詩人沈佺期、宋之問，此於張說的文學觀念、寫作風格必皆產生影響，開元初，諸人相繼卒世，張說則成為開元時延續文學風潮又而注以新義的代表。

〔註10〕《唐會要》卷三十六〈撰修〉條。

〔註11〕《新唐書》卷一一四〈徐彥伯傳〉。

〔註12〕《曲江張先生集》卷十八〈唐故開府儀同三司行尚書左丞相燕國公贈太師張公墓誌銘并序〉。

〔註13〕《文苑英華》卷八九八，崔湜〈故吏部侍郎元公碑銘序〉。

〔註14〕《全唐文》卷二九四，王冷然〈論薦書〉。

第二節　玄宗開元時代

開元之世，張說與文人的關係，可分三點討論，一爲開元九年以前，謫居、外放時期，二爲開元九年後，再度拜相至逝世爲止，最後討論張說與盛唐代表詩人的關係。

一、開元九年以前

開元初期與張說稱望略等者有許國公蘇頲。頲父瓌與說雅善，景龍三年同中書門下三品，頲與說年相若〔註15〕，拜中書舍人，父子同在禁筦，朝廷榮之。李嶠曾稱頲「思若泉涌，吾所不及」，開元初，與李乂對掌書命，所撰制誥，於敘事外自爲文章，玄宗甚愛之，曰：「前世李嶠、蘇味道文擅當時，號『蘇李』。今朕得頲及乂，何愧前人哉！」，並令其所爲詔令，別錄副本，留中披覽。史言「景龍後，與張說稱望略等，故時號『燕許大手筆』。」〔註16〕然說封燕國公在開元元年，故景龍後，俱以文章顯，但同稱大手筆，乃開元以後事。論交遊，說與蘇氏二代相交；論文學、燕許同爲廟堂文學之極選，而說以碑誌稱，頲以誥命著，各擅其長。

開元元年，說出爲相州刺史，再貶岳州司馬、荊州長史，六年遷右羽林將軍等職後始赴東都入朝，五年餘謫居在外，文人往來可考者則有趙多曦、王琚、尹懋、陰行先、王熊、梁知微、朱使欣諸人。王琚與說爲玄宗東宮同僚，王熊、梁知微皆任職潭州（潭州北臨洞庭，在岳州之南）〔註17〕，尹懋、陰行先分爲說岳州、相州從事，此輩殆說之同僚故舊，互有詩相和〔註18〕，

〔註15〕《全唐文》卷二五〇〈蘇頲傳〉：「開元十五年（727）卒，年五十八。」則生於高宗總章二年（669），較張說小兩歲。

〔註16〕引文俱見《新唐書》卷一二五〈蘇頲傳〉。

〔註17〕《元和郡縣志》卷二十九〈江南道五〉：「潭州，今爲湖南觀察使理所。州境，北至岳州水路五五〇里。」

〔註18〕各人資料及相關作品如下：王琚：《舊唐書》卷一〇六、《新唐書》卷一二一〈本傳〉。《本集》卷六：〈岳州別王十一趙公入朝〉，《本集》卷七：〈贈趙公〉，《本集》卷八：〈遊灘湖上寺〉唱和作品。尹懋：《全唐詩》卷九十：「尹懋，河間人，爲張說岳州從事。官補闕，詩四首。」詩爲〈奉陪張燕公登南樓〉、〈秋夜陪張丞相趙侍御游灘湖〉二首、〈同燕公泛洞庭〉。陰行先：《全唐詩》卷九十：「陰行先，開元間，爲張說湘州從事。詩一首。」（湘爲相之誤，考證見陳譜，頁6）詩爲〈和張燕公九日登高〉。《本集》卷九：〈湘州九日城北亭子〉。王熊：《全唐詩》卷九十：「王熊，潭州都督。詩二首。」《本集》卷六：〈岳州宴別潭州王熊〉。朱使欣：《全唐詩》卷九十：「朱使欣，張說同時

亦日常生活吟咏性情之行事，尤爲特出者，乃與趙冬曦之交遊。

趙冬曦性本放達，不屑世事，開元初坐事流岳州，說至，冬曦事之甚親。尹懋〈秋夜陪張丞相趙侍御游灘湖二首序〉云：「燕公以司馬初到，趙侍御客焉，聿理方舟，嬉遊灘壑，覽山川之異，探泉石之奇，騁望崇朝，留樽待月，一時之樂，豈不盛歟。」（《全唐詩》卷九十）二人同遭貶抑，寄情山水，共遊灘湖、洞庭湖、巴陵等地，飲酒作詩，說書贈冬曦及二人唱和作品，共十一首（《本集》卷七、八、九），其中〈翻著葛巾呈趙尹〉述忽聞嘉客來訪，宿酒中起身相迎，不知竟反戴葛巾，說以詩記之，趙冬曦則以「傲然歌一曲，一醉灌纓人」〔註19〕相和，尤可見二人情誼之眞。說雖位望早著，但此時處身江湖，與中朝文人唱和殊少，唯趙冬曦從遊，說在岳州以後，所詠詩篇，素被許爲得江山之助，趙冬曦等相遊唱和，詩風頗類，此或意謂著開元文學新風格的成形。

二、開元九年以後

說三度爲相，名位俱隆，佐玄宗推行文教，延納後進，於文學之士尤有提攜之功，開元文人多受其薦舉，或遊於門下，儼然一時文人宗主，《舊唐書》卷一〇二〈韋述傳〉云：

> 說重詞學之士，述與張九齡、許景先、袁暉、趙冬曦、孫逖、王翰常遊其門。趙冬曦兄夏日、弟和璧、居貞、安貞、頤貞等六人，述弟迪、逈、迴、瓌、巡六人，並詞學登科。說曰：「趙韋昆季，今之杞梓也。」

《舊唐書》卷一九〇中〈文苑中・孫逖傳〉：

> 孫逖，潞州涉縣人。……（開元）十年，應制登文藻宏麗科，拜左拾遺。張說尤重其才，逖日遊其門，轉左補闕。

《新唐書》卷二〇二〈文藝中・孫逖傳〉云：

> 逖幼有文，屬思警敏。……張說命子均、垍往拜之；李邕負才，自陳州入計，哀其文示逖。……開元間，蘇頲、齊澣、蘇晉、賈曾、

人。詩一首。」《本集》卷七：〈和朱使欣道峽似巫山之作〉、〈和朱使欣〉二首。梁知微：《全唐詩》卷九十：「梁知微，嗣聖初，登進士第，嘗守潭州，與張說相贈答。詩一首。」詩爲〈入朝別張燕公〉。《本集》卷六：〈送梁知微渡海東〉、〈岳州別梁六入朝〉。

〔註19〕《全唐詩》卷九十九，趙冬曦〈答張燕公翻著葛巾見呈之作〉。

> 韓休、許景先及遜典詔誥,為代言最,而遜尤精密,張九齡視其草,
> 欲易一字,卒不能也。

自唐以來,氏族之盛,無踰韋氏,先有嗣立以孝友詞學著名,說與之同遊唱和〔註 20〕,後則韋述史才博識,當代宗仰,兄弟六人並趙多曦兄弟六人皆詞學登科,趙韋昆季於當時之盛名,概可想見,而常遊說門下;張九齡、孫遜、許景先、韓休等皆嘗掌誥,文重朝廷,九齡尤為張說所親重,譽為「後出詞人之冠」〔註 21〕;此外,賀知章以吳越文詞俊秀,名聞上京,說比之揚班游夏〔註 22〕;崔沔,裴漼、裴寬兄弟,王丘,齊澣等,皆曾受說拔擢,其激昂後生之跡甚著矣。

　　當時晚輩亦頗以受說賞識為榮,房琯〈上張燕公書〉即云:「亦願起自燕公門下,令眾人別意瞻矚也。」(《全唐文》卷三三二)王冷然上張說的〈論薦書〉實際上是一封「自薦書」,張說對後學提攜之情亦甚足稱道,李翱曾云:「竊惟當茲之士,立行光明,可以為後生所依歸者,不過十人,……若張燕公之於房太尉,獨孤常州之於梁補闕者,訖不見一人焉。」〔註 23〕為表示對後起俊秀的敬重,說亦命子均、垍往拜孫遜,確為「立行光明,可以為後生所依歸者」。〔註 24〕

　　上舉諸人,可視為開元文學家之代表,當張說外任及謫居時,或已知名,待說復踐中樞,乃多擢用。開元十三年,說知集賢書院事,遂多延攬,同預編撰大事。

　　說以其宰輔之位,薦賢書府,文人才士薈萃於其門,碩學鴻儒隸於其屬,「喜延納後進,善用己長,引文儒之士」〔註 25〕的作風,對開元士風的轉變、文教的推動,及開元文學風格的壯大、蔚為氣象,亦極具影響。張九齡誌其墓云:「時多吏議,擯落文人,庸引雕蟲,沮我勝氣。……及公大用,激

〔註 20〕中宗景龍三年(709)遊韋嗣立莊,說隨行。與韋嗣立相關詩文有《本集》卷一〈扈從韋嗣立山莊應制二首〉、卷七〈酬韋祭酒自湯還都經龍門北溪見贈〉、卷十二〈素盤盂銘〉、〈東山記〉、卷二十三〈逍遙公墓誌銘〉。

〔註 21〕《新唐書》卷一二六〈張九齡傳〉。

〔註 22〕《大唐新語》卷十一〈襃錫二三〉載知章同日受侍郎、學士二職,說論二者孰美,以為「學士者,懷先王之道,為縉紳軌儀,蘊揚班之詞采,兼游夏之文學,始可處之無愧,二美之中,此為最矣。」

〔註 23〕《全唐文》卷六三五,李翱〈謝楊郎中書〉。

〔註 24〕同註 23。

〔註 25〕《舊唐書》〈本傳〉。

昂後來，天將以公爲木鐸矣。」〔註26〕推崇極至，而殊非諛詞，觀說所爲，實可謂開元文宗。

三、張說與盛唐代表詩人

所謂「盛唐代表詩人」是指在「盛唐詩壇」中，極具盛名且有名篇傳諸後世的詩人，前述開元文人固屬盛唐，然文學成就終無法與王、孟、杜等相比，今則欲窺此輩大詩人在開元之際與張說的關係。

開元之世，代表盛唐的詩人多已成年，正陸續投入求取功名的行列，較早者如王翰，以直接得說拔擢，關係最密。翰於景雲元年（710）即登進士第，張說在并州，賞識其才，拜相後便薦爲秘書正字。開元十年，張說往朔方軍巡邊，玄宗有〈送張說巡邊〉詩，奉和作者十七人，翰亦在其列，張說重詞學之士，翰亦與韋述等常遊其門〔註27〕。此外，開元十三年，崔顥亦曾上張說〈薦樊衡書〉。〔註28〕

盛唐大家或未受張說拔擢，或不及與其並時，但頗多受張說獎擢者的提攜，如孟浩然、王維、包融即受張九齡拔擢，史云：

（孟浩然）隱鹿門山，以詩自適。……張九齡鎮荊州，署爲從事，與之唱和。〔註29〕

（王維）開元初，擢進士，……張九齡執政，擢右拾遺。〔註30〕

（包）融遇張九齡，引爲懷州司戶、集賢直學士。〔註31〕

李白受賀知章薦舉，史云：

（李白）往見賀知章，知章見其文。歎曰：「子，謫仙人也！」言於玄宗。〔註32〕

李華、蕭穎士等受孫逖拔取，史云：

（孫逖）改考功員外郎，取顏眞卿、李華、蕭穎士、趙驊等，皆海內有名士。〔註33〕

〔註26〕《曲江張先生集》卷十八〈唐故開府儀同三司行尚書左丞相燕國公贈太師張公墓誌銘并序〉，今簡稱之。
〔註27〕《舊唐書》卷一○二〈韋述傳〉。
〔註28〕考證見《唐代詩人叢考》，頁69。
〔註29〕《舊唐書》卷一九○下〈文苑下·孟浩然傳〉。
〔註30〕《新唐書》卷二○二〈文藝中·王維傳〉。
〔註31〕《舊唐書》卷一九○中〈文苑中·賀知章傳〉附〈包融傳〉。
〔註32〕《新唐書》卷二○二〈文藝中·李白傳〉。
〔註33〕《舊唐書》卷二○二〈文藝中·孫逖傳〉。

這些文人對盛唐詩歌的發展及中唐古文運動的引導，皆有貢獻，而見賞於張九齡、孫逖等人，意謂著張說所代表的開元詩文風格之延續與發展。

第三節　張說對人才的獎掖

張說位顯於開元一世，任相及知集賢院事期間，「多引天下知名士，以佐佑王化」，此亦開元文教一重要內容，當時受其親重、薦舉之文人才士甚多，可考者二十餘人，茲依受擢時間爲序條列之，前文已述之事，不復贅載。

（一）尹知章

知章，絳州翼城人，精通《六經》，中宗時，拜陸渾令，隨棄官歸田，以修學爲事。睿宗景雲二年，張說爲中書令，薦知章有古人之風，足以坐鎮雅俗，遂拜爲禮部員外郎，後就秘書省刊定經籍，卒於官。知章性和厚，公餘則講學不輟，遍注《孝經》、《老子》、《莊子》、《韓子》、《管子》、《鬼谷子》，皆行於時。（《舊唐書》卷一八九下、《新唐書》卷一九九）

（二）趙彥昭

彥昭，字奐然，甘州張掖人，少以文辭知名。及進士第，調爲南部尉。中宗時，累遷中書侍郎、同中書門下平章事。先天二年，玄宗封功臣之時，張說上言彥昭亦曾秘謀誅除太平黨，因而拜刑部尚書、封耿國公，據〈兵部尚書國公贈少保郭公行狀〉（《本集》卷二十五），說與彥昭、郭元振等爲忘年之交，三人故舊之情應頗深厚。（《舊唐書》卷九十二、《新唐書》卷一二三）

（三）王　翰

翰，并州晉陽人。少豪蕩不羈，登進士第，日以蒲酒爲事。張說鎮并州時，禮翰益至。開元十年，說復知政事，以翰爲秘書正字，擢拜通事舍人，遷駕部員外郎，張說曾評其文云：「王翰之文，有如瓊林玉斝，雖爛然可珍，而多有玷缺，若能箴其所闕，濟其所長，亦一時之秀也。」翰亦甚自負，嘗自定海內文人爲九等，以己與張說、李邕並居第一〔註 34〕。（《舊唐書》卷二〇二、《新唐書》卷一四〇中〔註 35〕）

（四）張九齡

九齡，字子壽，韶州曲江人。長安三年，張說遠謫嶺南，一見而厚遇之，

〔註34〕《封氏聞見記》卷三〈銓曹〉條。
〔註35〕《新唐書》作王瀚。

與通譜牒，敘昭穆〔註36〕。後九齡進士及第，拜校書郎，四次主持吏部拔萃與舉者的考試，號爲詳平。開元十年張說爲中書令，引爲舍人，尤相親重，許爲「後出詞人之冠」，九齡感激知己，亦親附之。

　　十三年東封泰山時，說因引侍從升山之官不當，九齡時爲中書舍人，草詔之初，曾以官爵乃天下公器，不宜超升，先事警示，然說不以爲意；說屢抑宇文融所奏，宇文融欲劾張說，九齡復勸說爲備曰：「宇文融承恩用事，辯給多詞，不可不備也。」〔註37〕後張說果被劾罷相，九齡亦改爲太常少卿，尋又出爲冀州刺史，二人關係至近，槪可想見。張說知集賢院事時，曾以九齡堪爲學士，薦於玄宗，以備顧問，說卒後，帝思其言，遂召拜九齡爲秘書少監、集賢院學士並知院事。後亦拜中書令，因坐事貶荊州長史，卒於任上，謚文獻。

　　九齡亦開元名相，玄宗甚贊其風度，對於張說的提攜亦常於文中提及，如〈答嚴給事書〉云：「僕爰自書生，燕公待以族子，頗以文章見許，不因勢利而合，但推奬之日，不量不才，引致掖垣。」〔註38〕說卒後，九齡爲撰〈故開府儀同三司行尙書左丞相燕國公贈太師張公墓誌銘幷序〉、〈祭張燕公文〉二文，分見《曲江張先生文集》卷十七、十八。（《舊唐書》卷九十九、《新唐書》卷一二六）

（五）孫　逖

　　逖，潞州涉縣人。開元十年，應制登文藻宏麗科，拜左拾遺。逖掌誥八年，制敕所出，多爲時流嘆服，以爲開元以來，王言之最，張九齡曾視其草，而不能易一字，說尤重其才，命子均、垍往拜，逖亦遊說門下。

　　逖任考功員外郎時，曾擢取顏眞卿、李華、蕭穎士、趙驊等人，皆知名之士，蕭、李並爲古文運動先驅。（《舊唐書》卷一九〇中、《新唐書》卷二〇二）

（六）徐　堅

　　堅，字元固，少年即遍覽經史，累授太子文學，集賢院學士，開元十七年卒，謚文。

〔註36〕兩《唐書》此事繫於開元十年，今據楊師承祖《張九齡年譜附論五種》所考，敘爲昭穆應在爲二人初見之事，詳見該書，頁12、34。
〔註37〕《舊唐書》卷一〇五〈宇文融傳〉。
〔註38〕《曲江張先生集》卷十六。

　　堅以其「屬文典厚」、「多識典故」之才，參與多次朝廷典籍的編修工作，先是武后時張說共同策畫推動《三教珠英》的撰修；先天初年，與柳沖、魏知古、陸象先、劉知幾、吳兢撰成《姓族系錄》；開元十年，說爲麗正院修書使，奏請徐堅入書院，共同編纂《六典》、《文纂》，十三年，說知集賢院事，徐堅副之，二人曾合作編修《初學記》、《文府》、《大唐開元禮》諸典，史稱堅「七人書府」，其撰次之才，可見一般。

　　說甚推重徐堅才識，《三教珠英》竣工前，堅遭喪子之痛，說爲撰墓誌銘，將徐氏父子與班彪父子並論〔註39〕。二人因並事甚久，情誼亦篤，《大唐新語》卷八云：「張說、徐堅同爲集賢學士，十餘年，好尙頗同，情契相得，時諸學士凋落者眾，唯說、堅二人存焉。」張說曾條列文士之名，與徐堅同觀，堅問曰：「諸公昔年擅一時之美，敢問孰爲先後？」又問：「今之後進，文詞孰賢？」於是張說對如李嶠、崔融、薛稷、宋之問、韓休、許景先、張九齡、王翰等人之風格一一加以評述。(《舊唐書》卷一〇二、《新唐書》卷一九九)

（七）趙冬曦

　　冬曦，定州鼓城人，進士及第。開元十年，張說爲麗正院修書使時，奏請同入書院編《六典》、《文纂》，十三年麗正書院改爲集賢院，冬曦亦爲集賢直學士，封禪前，曾參與張說主持的儀禮討論，後以國子祭酒卒。說謫岳州時，冬曦以地主身份待之，二人同遊湖湘，飲酒和詩，有許多佳作。(《新唐書》卷二〇〇)

（八）賀知章

　　知章，字季眞，越州永興人，性曠夷，晚年尤爲放誕，於巷里中嬉遊，自號「四明狂客」，善草隸，若飲酒而醉，輒筆不停書。證聖初，舉超拔群類科，開元十年，張說奏請入書院同纂《六典》、《文纂》。(《舊唐書》卷一九〇中、《新唐書》卷一九六)

（九）呂　向

　　向字子回，或云涇州人。嘗以李善所注《文選》過於繁釀，與呂延濟、

〔註39〕《三教珠英》於大足元年十一月十二日上呈，張說〈徐氏子墓誌〉(卷二十三)：「徐氏子者，名巖，字某，司封員外郎堅之第四子也。……雖甘茂之孫，十二飛辯，班彪之子，九歲能文，不尙之也。天呼何辜，顏傾無命，年十有三歲，大足九年（按：元誤爲九，蓋大足年只有元年）九月遭疾而歿。」

劉良、張銑、李周翰更爲詁解，號爲《五臣注》。開元十年，向兼麗正院校理，是張說同僚，時玄宗擇天下姝好，納之後宮，號爲「花鳥使」，呂向撰〈美人賦〉以申諷諫，幾致於死，張說爲請，始免，並拜補闕，賜銀章朱紱，向之於說，不可謂不遇矣。〔註40〕（《新唐書》卷二〇二）

（十）崔　沔

沔，字善沖，京兆長安人，性純厚謹愼，事親至孝。武后時以文章大知名，爲官正言不忌。《唐會要》卷五十四〈中書侍郎〉條云：「十二年六月，中書令張說薦崔沔爲中書侍郎。」沔喜論政事得失，或謂之曰：「今之中書，皆是宰相承宣制命。侍郎雖是副貳，但署位而已，甚無事也。」沔曰：「不然。設官分職，上下相維，各申所見，方爲濟理。豈可傆默偷安，而爲懷祿士也。」每有制敕及曹事，皆多所異同，張說因而不悅，是年六月遂因山東旱災，出沔爲魏州刺史。（《舊唐書》卷一八八、《新唐書》卷一二九）

（十一）裴漼、裴寬

漼、絳州聞喜人，早年即與張說友善，說爲中書令時，曾數稱薦之，崔亦善敷奏，爲玄宗所嘉重，遂擢爲吏部尙書。

寬爲漼從祖弟，深達禮節，以文詞進，長安元年，說知貢舉，寬擢拔萃科。開元中爲太常博士，時禮部議忌日、享廟應用之樂，裴寬以情立議，建議「廟尊忌卑則作樂，廟卑忌尊則備而不奏。」張說爲中書令，甚稱善之，請從寬議。（《舊唐書》卷一〇〇、《新唐書》卷一三〇）

（十二）房　琯

琯，字次律，河南人，生於武后萬歲通天元年（696），少年好學，風度沈整，與呂向偕隱於陸渾山，以讀書爲事，凡十餘年。開元十二年將封東岳時，琯撰〈封禪書〉及箋啓一篇上之，張說奇其才，奏請授秘書省校書郎，張說較房琯長三十歲，提攜盛情，見於前文所述。

天寶之亂，玄宗倉惶幸蜀，房琯與說子張均、張垍相結南行，後琯獨馳蜀路，謁見玄宗，即日拜同中書門下平章，張氏兄弟則依附安祿山，肅宗反正，兄弟皆論死，房琯聞而驚曰：「張氏滅矣。」往見苗晉卿，試圖營救，遂詔免死，流張均於合浦，房琯奔走營救張氏兄弟，應是基於對說知遇之恩的感念。（《舊唐書》卷一一一、《新唐書》卷一三九）

〔註40〕《全唐文紀事》卷六十一〈徵兆〉引《金石史》。

（十三）康子元、敬會真

子元，越州會稽人，曾讀《易》數千遍，且行坐手不釋卷。開元中，詔中書令張說舉能治《易》、《老》、《莊》者，集賢院直學士侯行果薦子元及平陽敬會眞於說，說藉以聞，並賜衣幣，得侍讀。（《新唐書》卷二○○〈儒學下〉、《南部新書》丁）

（十四）韋　述

述，幼年即篤志文學，撰有《唐春秋》三十卷，宋之問比之司馬遷、班固。張說專集賢院事，引述爲直學士，述亦與張九齡、許景先、袁暉、趙冬曦、孫逖、王翰常遊說門下，時趙冬曦兄夏日，弟和璧、居貞、安貞、頤貞等六人，述弟迪、逌、迴、瓌、巡六人，並詞學登科，說稱曰：「趙韋昆季，今之杞梓也。」（《舊唐書》卷一○二、《新唐書》卷一三二）

（十五）劉　宴

宴，字士安，曹州南華人。東封泰山時，晏獻賦以上，玄宗奇其幼，命張說試之，說稱云：「國瑞也。」即授太子正字，號爲神童，名震一時。（《舊唐書》卷一二三、《新唐書》卷一四九）

（十六）王丘、齊澣

丘，年十一童子舉擢第，時類皆以誦經爲課，丘尤善詞賦，獨以屬文見擢，因是知名。開元中，典選累年，甚稱平允，擢用山陰尉孫逖、桃林尉張境微、湖城尉張晉明、進士王泠然，皆稱一時之秀。

澣，定州義豐人。少以詞學稱，長安元年，說知貢舉，澣擢拔萃科。其論駁詔書，潤色王言，皆以古義謨誥準的。

張說爲中書令，擇左右丞之才，以王丘爲左丞，齊澣爲右丞。（《舊唐書》卷一○○、《舊唐書》卷一九○中）

（十七）徐　浩

浩字季海，越州人。明經擢第，有文辭。張說重其文學，由魯山主薄薦爲集賢校理，見其〈喜雨賦〉、〈五色鴿賦〉，咨嗟曰：「後來之英也。」《冊府元龜》卷三二四〈宰輔部・薦賢〉條云張說爲相時薦引徐浩。（《舊唐書》卷一三七、《新唐書》卷一六○）

（十八）常敬忠

《唐語林》卷三：「開元初，潞州常敬忠十五明經擢第，數年遍誦五經，

上書自舉云：『一遍誦千言。』敕赴中書考試，張燕公問曰：『學士能一遍誦千言，十遍誦萬言乎？』對曰：『未曾自試。』燕公遂出書，非人間所見也，謂之曰：『可十遍誦之。』敬忠危坐而讀，每遍畫地記，讀七遍，起曰：『此已誦得。』燕公曰：『可滿十遍。』敬忠曰：『若十遍，即是十遍誦得。今七遍已得，何要滿十遍？』燕公執本觀覽不暇，而敬忠誦畢不差一字，見者莫不嗟嘆。即日奏聞，命引對，賜綵衣一副，兼賚物。拜東宮衛佐，仍直集賢院。」

（十九）唐　穎

《新唐書》卷五十八〈藝文志二〉載有「唐穎《稽典》一三〇卷」，下註「開元中，穎罷臨汾尉，上之。張說奏留史館修史，兼集賢待制。」同卷，張說《今上實錄》二十卷下註「說與唐穎撰，次玄宗開元初事。」

以上爲可見於文獻所載者，然以說喜延納後進的作風，實應不止此數，是知開元之際，多士盈廷，說擢薦之力，功不可沒。

第四章　張說與典籍編修

第一節　開元以前的情形

　　張說之世，涉及編修工作的官職凡五種，屬中書省者有起居舍人（即右史）、秘書省與集賢院所屬官員；屬門下省者有史館〔註1〕與修文館所屬官員，張說幾皆曾任職其中〔註2〕，可見其編典才能頗受重視，此殆肇因於武后時預修《三教珠英》一事。

　　《新唐書》〈藝文志〉將《三教珠英》列於子部第十五類，題爲「類書」，據《四庫全書總目》：

　　　　類書之書，兼收四部，……此體一興，而操觚者易於檢尋，註書者
　　　　利於剽竊。……然古籍散亡，十不存一，遺文舊事，往往託以得
　　　　存。〔註3〕

唐代列詩賦爲科舉考試項目，類書輯佚古籍，便於檢尋，正適合文人準備考試，且唐代帝王亦推重類書編撰，故數量漸多〔註4〕，完成一部卷帙龐大的類書，常是當朝大事。類書的內容則因需要而異，如《通典》爲明典章制度，《初學記》爲啓蒙幼兒，《藝文類聚》爲尋檢文獻，《元和姓纂》爲考證氏族。《三

〔註1〕　《舊唐書》卷四十三〈職官二〉列史館於中書省下，此乃開元二十五年以後之事，前此隸於門下省。

〔註2〕　五種官職中，張說不曾任職者唯秘書省。

〔註3〕　《四庫全書總目提要》卷一三五〈子部・類書類一〉。

〔註4〕　類書作者多爲「奉敕撰」，唐代如《文思博要》是高士廉等奉敕撰，《東殿新書》爲許敬宗、李義府奉詔撰，《藝文類聚》是歐陽詢等奉敕撰，《初學記》爲徐堅等奉敕撰。據《新唐書》〈藝文志〉著錄，唐代類書已有五十四種。

教珠英》就是在類書修撰漸受重視的情形下，配合唐代佛、道二教興盛的特殊情況而編修的。

《三教珠英》是武后朝唯一奉敕編修的類書〔註5〕，共一千三百卷〔註6〕，為有唐以來類書卷帙數量之冠，始於久視年間，大足元年十一月十二日修竣上呈〔註7〕，《唐會要》卷三十六〈修撰〉：

> 大足元年十一月十二日，麟臺監張昌宗撰《三教珠英》一千三百卷成，上之。初，聖曆中，上以《御覽》及《文思博要》等書，聚事多未周備，遂令張昌宗召李嶠、閻朝隱、徐彥伯、薛曜、員半千、魏知古、于季子、王無競、沈佺期、王適、徐堅、尹元凱、張說、馬吉甫、元希聲、李處正、高備、劉知幾、房元陽、宋之問、崔湜、常元旦、楊齊哲、富嘉謨、蔣鳳等二十六人同撰。于舊書外更加佛道二教，及親屬、姓名、方城等部。〔註8〕

知《三教珠英》是在《御覽》、《文思博要》的基礎上，另增佛道二教、親屬、姓名、方城諸部而成，最初預修者有二十六人，據《新唐書》〈文藝傳中〉所載，尚有李適、劉允濟〔註9〕，晁公武《郡齋讀書志》卷四〈珠英學士集〉條云：「預修書者凡四十七人。」殆修撰前後，人員頗有變動。如此龐大的編典工作，武后以張昌宗主其事，本是為掩飾二張的醜聲〔註10〕，預修者如宋之

〔註5〕 據《新唐書》卷五十九〈藝文志三〉所載。

〔註6〕 據崔湜〈故吏部侍郎元公碑銘序〉（《文苑英華》卷八九八）：「則天大聖皇后，萬機之餘，屬想經籍，思欲撮群書之要，成一家之美，廣集文儒，以筆以削，目為《三教珠英》，蓋一千二百卷。」卷數與《新唐書》〈藝文志〉所載不同。

〔註7〕 修書、成書時間，詳見陳譜久視元年、長安元年考證。按大足元年即長安元年。

〔註8〕 高備應為喬備，無喬侃。編修人員之考訂可參見陳譜久視元年考證。

〔註9〕 《新唐書》卷二○一〈文藝中・李適傳〉：「武后修《三教珠英》書，以李嶠、張昌宗為使，取文學士綴集，於是適與王無競、尹元凱、富嘉謨、宋之問、沈佺期、閻朝隱、劉允濟在選。」《唐會要》載王適不載李適，考王適唯《舊唐書》〈文苑中〉有傳，然未載其預修《三教珠英》事，疑《唐會要》誤。

〔註10〕 張昌宗及其兄張易之皆太平公主薦侍禁中，得幸於武后，權寵日盛，幾傾朝附之。久視元年，武后幸三陽宮避暑，每內殿曲宴，輒引諸武、易之及弟秘書監昌宗飲博嘲謔，武三思奏昌宗乃王子晉後身，太后命昌宗衣羽衣，吹笙，乘木鶴於庭中，文士皆賦以美之。太后又選美少年為奉宸內供奉，易之、昌宗且競以豪侈相勝。君臣飲博嘲謔於內，昌宗等醜聲則傳於外，武后欲掩其跡，乃命易之、昌宗與文學之士李嶠等修《三教珠英》於內殿。事見《資治通鑑》卷二○六〈唐紀二二〉。

問、閻朝隱、沈佺期、劉允濟等，又借賦詩聚會，媚附二張〔註11〕，無心於編典大事，此「撮群書之要，成一家之美」〔註12〕的工作，唯張説與徐堅二人眞正用心從事。《舊唐書》卷一〇二〈徐堅傳〉云：

> 時麟臺監張昌宗及成均祭酒李嶠總領其事，廣引文詞之士，日夕談論，賦詩聚會，歷年未能下筆。堅獨與説構意撰錄，以《文思博要》爲本，更加〈姓氏〉、〈親族〉二部，漸有條流。諸人依堅等規制，俄而成書。

《新唐書》卷一九九〈徐堅傳〉亦云：

> 與徐彥伯、劉知幾、張説與脩《三教珠英》，時張昌宗、李嶠總領，彌年不下筆，堅與説專意撰綜，條彙粗立，諸儒因之乃成書。

張説用思精密，徐堅屬文典厚〔註13〕，二人雖非主其事者，但銳意撰構，訂定條例，實際推動編撰工作，諸儒依此規制始得成書，故《三教珠英》的完成，二人之功最偉。張説時年三十四、五歲，第一次主持編典工作，李嶠於武后朝拜相，崔融爲鳳閣舍人，俱一時文秀，共修國史，不能有所發明，足可見説官品雖不及諸人，而才學實過之，故編修《三教珠英》，可謂張説展露頭角之事。然而前此，説尚未擔任過編修官職，《三教珠英》修畢，説因功遷右史〔註14〕，始正式受命修撰工作，時在長安元年（701）。

《舊唐書》卷四十三〈職官二〉：「起居舍人（即右史），掌修記言之史，錄天子之制誥德音，如記事之制，以記時政損益，季終，則授之於國史。」知右史所記，可視爲國史之原始資料，而「修國史」亦張説編撰事蹟中重要之一環，因睿宗景雲二年（711），説拜同中書門下平章事，首度任相職，即監修國史（隸門下省史館），是第二次負責文獻編修工作，這項工作續見於玄宗

〔註11〕《新唐書》卷二〇二〈文藝中〉：「張易之等烝昵寵盛，（宋）之問與閻朝隱、沈佺期、劉允濟傾心媚附，易之所賦諸篇，盡之問、朝隱所爲，至爲易之奉溺器。

〔註12〕同註6。

〔註13〕《舊唐書》卷九十七〈張説傳〉：「爲文俊麗，用思精密，朝廷大手筆皆特承旨撰述。」《新唐書》卷一九九〈徐堅傳〉：「（堅）屬文典厚，（楊）再思每目爲鳳閣舍人樣。」

〔註14〕據張榮芳〈唐代官僚體系中的史官〉一文（《食貨》十三卷七、八合期），遷入起居郎、起居舍人（從六品上）的原因，一則在肯定本身才能，一在明白提高其地位，其「實質大都是陞遷」（頁25）。《三教珠英》修畢，同修者皆升遷，説力促成書，由七品上之右補闕，遷爲從六品上的右史（起居舍人），故云「因功遷」。

時代，開元八年（720），說兼天兵軍大使，敕詔隨軍撰修國史，自此經開元十一年除中書令，十四年被劾停宰相職，十五年（727）致仕後，修國史皆未曾間斷。依唐故事，宰相諸人，內一人帶監修國史〔註15〕，說不僅爲相時任此事，甚且出鎮邊徼及停相職時，仍修史不綴，正因其「多識前志，學於舊史，文成微婉，詞潤金石，可以昭振風雅，光揚軌訓」〔註16〕，方能受此重視。

此外，中宗景龍三年（709）十二月，說以兵部侍郎兼修文館學士〔註17〕，睿宗景雲元年（710）七月遷中書侍郎，任職約半年的時間，然修文館有四部書及圖籍，學士職責爲「詳正圖籍，教授生徒，朝廷有制度沿革，禮儀輕重，得參議焉。」〔註18〕是亦涉及典籍整理，故可視爲張説第三次擔任修典性質的工作。

這些與編修相關的事蹟，或是爲配合編撰而臨時被徵召參與（如《三教珠英》），或是爲正式典策做初步的資料收集（如任右史），或是專注於一種文獻的編修（如修國史），若要論持續性、大規模、有系統的編修典籍，則必須注意張説與集賢殿書院的關係。

第二節　張説與集賢殿書院

集賢院可稱是唐代最高文化機構，總司一切禮樂、圖書之職，而最著者莫過於典籍編修。其最初設立的目的，乃爲皇帝閱讀之便，因爲自漢以來，秘書省一直「掌邦國經籍之事」〔註19〕，可謂政府的圖書機構，唐代亦同，可是秘書省在皇城，天子居於禁中，平日閱書，不甚方便，故又另設書院，《玉海》卷五十二〈唐十二庫書〉條云：

> 秘書，御府也，天子猶以爲外且遠，不得朝夕視，始更聚書集賢殿，
> 別置校讎官，曰學士，曰校理，常以丞相爲大學士，由是集賢之書

〔註15〕見張鷟《龍筋鳳髓判》卷三〈修史館〉、〈監修國史〉部份，原文作「宰相四人，內一人帶監修國史」，實則唐宰相人數不一，故以「諸人」代之。
〔註16〕《唐會要》卷六十三〈在外修史〉條。
〔註17〕修文館名稱屢有更迭，高祖武德時初置，稱修文館，後改爲宏文館、昭文館，中宗時復稱修文館，開元七年，改爲弘文館。詳見《唐會要》卷六十四〈史館下‧弘文館〉。
〔註18〕《舊唐書》卷四十三〈職官二〉弘文館部份。
〔註19〕《舊唐書》卷四十三〈職官二〉秘書省部份。

盛積，盡秘書所有，不能處其半。

可知秘書省（即秘府）與集賢院（即內庫、內府）本是兩個不同的系統，然集賢院為閱書之便而設，終成為全國最大的藏書機構，其間經過乾元殿時期、麗正書院時期許多人的努力，可簡述如下：

1. 開元五年，馬懷素於秘書省進行編目工作，欲延續王儉《七志》，編修南齊至唐開元間的圖書目錄，事未就而懷素卒。〔註20〕

2. 開元五年，褚無亮於乾元殿校寫、清理內庫藏書，並借寫乾元殿以外之藏書〔註21〕，六年，更號麗正修書院〔註22〕，開始對院內藏書進行編目，事未就而無亮卒。

3. 開元七年，元行沖總領秘府、內府兩處之編目工作，將秘書省人員併入麗正書院，秘府編目由是而止〔註23〕。開元九年，行沖完成編目，上《群書目錄》二百卷。〔註24〕

經由諸人的努力，內府系統的藏書編目已見成績，而集賢院亦顯然取代了秘府，成為國家最大的圖書中心。

張說於開元十年，知麗正院修書事〔註25〕，開始正式職掌書院的各種文化工作。十三年四月五日，因奏封禪儀注，賜宴集仙殿時，改麗正院之名為集賢院，以張說為首任知院事，並網羅一時俊彥充任學士，詳見《唐會要》卷六十四〈集賢院〉條的記載：

上曰：「今與卿等賢才，同宴於此，宜改集仙殿麗正書院為集賢院。」乃下詔曰：「仙者捕影之流，朕所不取，賢者濟治之具，當務其實。院內五品以上為學士，六品以下為直學士。中書令張說充學士，知院事，散騎常侍徐堅為副。禮部侍郎賀知章、中書舍人陸堅

〔註20〕《舊唐書》卷一〇二、《新唐書》卷一九九〈馬懷素傳〉。
〔註21〕《舊唐書》卷一〇二、《新唐書》卷二〇〇〈褚無亮傳〉。
〔註22〕《玉海》卷五十二〈唐乾元殿四部書麗正殿四庫書集賢院典籍〉條引《集賢注記》。
〔註23〕《新唐書》卷一九九〈馬懷素傳〉：「行沖知麗正院，……由是秘書省罷撰緝，而學士皆在麗正矣。」
〔註24〕《舊唐書》卷八〈玄宗本紀〉：「（開元九年）冬十一月丙辰，左散騎常侍元行沖上《群書目錄》二百卷，藏之內府。」
〔註25〕《玉海》卷五十二〈唐續七志群書四錄古今書錄集賢書目四庫更造書目〉條引《集賢注記》：「開元十年九月，張說都知麗正殿修書事，秘書監徐堅為副，張悱改充知圖書括訪異書使。」

並爲學士，國子博士康子元爲侍講學士。考功員外郎趙冬曦、監
察御史咸廙業、左補闕韋述、李釗、陸元泰、呂向，拾遺母煚、太
學助教余欽、四門博士趙玄默，校書郎孫季良並直學士。太學博士
侯行果、四門博士敬會直、右補闕馮騭，並侍講學士。」

這些人幾皆曾任職於秘書省、乾元殿、麗正書院，對典籍整理的工作，頗具
經驗，而除學士之外，在知院事、副知院事下尚有行政事務的職官系統，如
判院、押院中使、待制、修撰、校理、文學直、知書官、孔目官、寫御書、
搨書、書直、裝書直、造筆直等一百四十餘人，編制之龐大，可見一般。

　　據《舊唐書》〈職官二〉所載，集賢學士之職是「掌刊古今之經籍，以明
邦國之大典，凡天下圖書之遺逸，賢才之隱滯，則承旨而徵求焉。其有籌策
之可施於時，著述之可行於代者，較其才藝而考其學術，而申表之。凡承旨
撰集文章、校理經籍，月終則進課于內，歲終則考最於外。」實則集賢殿亦
爲觀測天文、教習樂工之所，如《唐會要》卷四十二〈渾儀圖〉：

沙門一行奏曰：「今欲創渾儀圖立元，須知黃道進退請更令太史測
候。」……待制于麗正書院，因造游儀木樣，甚爲精密。……（後
更造銅質渾天儀，因）銅鐵漸澀，不能自轉，遂收置於集賢院。」

又如《唐會要》卷三十二〈雅樂上〉：

太常樂工，就集賢院教習，數月方畢。

故張說言「麗正乃天子禮樂之司」〔註 26〕，然此史料可見者，實際上或有更
多的文化活動在此進行。至此，唐代的文化研究機構可謂正式成立。

　　張說早先以詞學待詔翰林，睿宗、玄宗兩朝監修國史、編典成果中，朝
廷述作有《三教珠英》，私人文集有《上官昭容集》，這樣的資歷，使他膺任
集賢院首任知事，貢獻頗大，茲將其知院事後之情形述於下。

1. 編目工作已結束，張說時代主要是校寫藏書、搜尋新書，時張俳任「圖
書括訪異書使」〔註 27〕，乃從前未見者，知此時對外搜集異書的工作
益顯積極，並開始編纂、撰寫新書，成果尤鉅。

2. 開元九年，元行沖上《群書目錄》時，著錄典籍的數目有四萬八千一
百六十九卷〔註 28〕，至十九年，藏書共八萬九千卷，增加一倍，其中

〔註 26〕《新唐書》〈本傳〉。
〔註 27〕同註 25。
〔註 28〕《資治通鑑》卷二一二〈唐紀二八〉：「國子祭酒元行沖上《群書四錄》（即

經庫一萬三千七百五十二卷，史庫二萬六千八百二十卷，子庫二萬一千五百四十八卷，集庫一萬七千九百六十卷，成果可謂豐矣〔註29〕。說十年知院事，至十八年卒，雖致仕，兼學士、知院事之職不輟，上述藏書的增加，幾皆在說任職期間。

3. 乾元殿時只設刊定官與判院事，麗正書院時始設修書使及直學士，但是一般稱呼，至更名集賢書院後，學士制度始正式成立，以五品以上稱學士，六品以下稱直學士〔註30〕，玄宗本欲授說「大學士」，說辭曰：「學士本無『大』稱，中宗寵大臣，乃有之，臣不敢以爲稱。」〔註31〕遂無大學士之名。蓋學士之職，「本以文學語言被顧問，出入侍從，因得參謀議、納諫諍，其禮尤寵」〔註32〕，其制度確立於集賢院之始，是對書院改革後之工作、人員特表重視與尊崇。

4. 兼掌承旨待詔之職。玄宗初，本以「翰林待詔」掌四方表疏批答、應和文章，張說、陸堅、張九齡等皆任其職，後因務劇，乃選文學之士，「與集賢院學士分掌制誥書敕」，開元二十六年，雖別置翰林院，專掌內命，但代宗永泰時，裴冕等仍「每日於集賢書院待詔」〔註33〕學士待詔，獨承密命，充選者多以爲榮，自說知集賢書院後，翰林待詔之務隨之移入，足見張說及書院甚得玄宗親重。

刊正典籍、整理圖書爲開元文教一大重點，張說以其豐富的修典經驗，主掌集賢院，膺此大任，前章所述獎擢之人才，亦多引入院內，故知集賢院事實可謂開元文化工作表徵，亦張說一生之卓越貢獻。

第三節　編修典籍的成果

張說的編典工作，自久視元年（700）修《三教珠英》始，至開元十四年罷中書令後，一直不墜。開元十七年（729）張說尚修《謁陵儀注》，前後幾三十年，史稱說「掌文學之任凡三十年」、「朝廷大手筆，皆特承中旨撰述」

《群書目錄》），凡四萬八千一百六十九卷。」
〔註29〕《唐會要》卷三十五。
〔註30〕《舊唐書》卷四十三〈職官二〉集賢殿書院部份。
〔註31〕《新唐書》卷一二五〈張說傳〉。
〔註32〕《新唐書》卷四十六〈百官一〉。
〔註33〕同註30。

實非溢美之辭〔註34〕。茲將張說在麗正書院、集賢書院參與議定、編修的典籍述於下：〔註35〕

（一）《唐六典》三十卷

編修始於開元十年，終於開元二十六年。開元十年玄宗詔撰，張說為麗正殿修書使，以其事委於徐堅，經歲無規，說又委以毋煚、徐欽、韋述，始以令式入「理、教、禮、政、刑、事」六司，「沿革併入注中」，〔註36〕編撰漸入正規。然內容繁複，經營困難，張說歿後，尚經張九齡、李林甫之力始完成，題為李林甫奉敕撰〔註37〕。《唐六典》記載唐代典章制度，朝臣論事進諫多依此典，清人重刊此書時稱「昔宋祁論唐制，精密簡要，曾鞏謂《六典》得建官制理之，方文不煩而實備」〔註38〕，是可見此書的價值。

（二）《文府》二十卷

編修始於開元十年，終於開元十一年。張說初入麗正書院，即奉詔搜括《文選》以外文章，別為一部。說與賀知章、趙冬曦分部檢討，因詔促之，徐堅乃先集詩、賦二類為《文府》上之，餘不就而罷。《新唐書》〈藝文志〉題為徐堅撰。〔註39〕

（三）《大唐樂》

改定始於開元十三年，至開元二十九年定名為《大唐樂》。乃封禪、郊廟祭祀時所用之音樂，說初任集賢殿書院知事時，為籌備封禪大典而負責此項工作。《唐會要》卷三十二〈雅樂上〉：「開元十三年，詔燕國公張說改定樂章。上自定聲度，說為之詞。……因定封禪、郊廟詞曲及舞，至今行焉。」開元二十九年，太常奏請將封泰山的雅樂編諸史冊，玄宗乃下制曰：「〈大咸〉、〈大

〔註34〕《舊唐書》〈本傳〉。
〔註35〕資料曾參酌陳祖言《張說年譜》、王毓秀《張說研究》，並加以補充、釐正錯誤。
〔註36〕《四庫全書總目》卷九十七〈唐六典〉提要。
〔註37〕《大唐新語》卷九。
〔註38〕王鍌〈重刊唐六典序〉一文，《大唐六典》，文海出版社，民國63年6月四版，頁6。
〔註39〕資料見《新唐書》卷六十〈藝文志四〉、《玉海》卷五十四〈唐文府〉條。據《玉海》：「燕公初入院，奉詔搜括《文選》外文章別撰一部。……歷年，撰成三十卷。」張說於十年入麗正書院，「歷年」書成，故繫年如此。又卷數與《新唐書》所載不一。

韶〉、〈大濩〉、〈大夏〉，皆以大字表其樂章，今依所請，宜曰《大唐樂》。」
其中張説所爲之辭，雜用頗多貞觀舊辭，太常太卿韋縚曾將之叙爲五卷，交
付大樂、鼓吹兩署教習。〔註40〕

（四）《大唐開元禮》一五〇卷

開元十四年開始議定編修，開元二十年九月，頒所司行用。開元十四
年，通事舍人王嵒上疏，請改撰禮記，削去舊文，而以今事編之。玄宗詔付
集賢院學士詳議，張説奏曰：「《禮記》漢朝所編，遂爲歷代不刊之典。今去
聖久遠，恐難改易。今之五禮儀注，貞觀、顯慶兩度所修，前後頗有不同，
其中或未折衷。望與學士等更討論古今，刪改行用。」制從之，遂展開修禮
的工作。初令徐堅、李鋭、施敬本等檢撰，歷年不就。說卒後，蕭嵩繼總其
事，命賈登、張烜、施敬本、李鋭、王仲丘、陸善經、洪孝昌撰，始奏起居
舍人王仲丘撰成一百五十卷，名曰《大唐開元禮》，於二十年九月頒行使用
〔註41〕，《大唐開元禮》爲後世所引用並列爲科考項目之一。〔註42〕

（五）《開元大衍曆》五十二卷

刊定始於開元九年，成於開元十六年。因原本「麟德曆」所載日蝕不
確，乃詔僧一行製作新曆，一行製游木儀、銅質渾天儀於集賢院，以測黃道
進退，開元十五年一行卒前，草成麟德以前部份，上詔張説成之。說與曆官
陳玄景等次爲〈曆術〉七篇、〈略曆〉一篇、〈曆議〉十篇，因編以勒成一部，
《經章》十卷，《長曆》五卷，《曆議》十卷，《立成法天竺九執曆》二卷，《古
今曆書》二十四卷，《略例奏章》一卷，凡五十二卷。《新唐書》〈藝文志〉題
僧一行撰。開元十六年八月十六日，特進張説進之，十七年頒於有司。〔註43〕

〔註40〕　《唐音癸籤》卷十二〈論唐初樂曲散佚〉條。
〔註41〕　《新唐書》卷五十八〈藝文二〉、《舊唐書》卷二十一〈禮儀一〉。
〔註42〕　《唐會要》卷七十六〈開元禮舉〉：「貞元二年六月十一日敕：『開元禮，國家
　　　　盛典，列聖增修，今則不列學科，藏在書府，使效官者昧于郊廟之儀，治家
　　　　者不達冠婚之義，移風固本，合其正源，自今已後，其諸色舉人中，有能習
　　　　開元禮者，舉人同一經例，選人不限選數許習。」《唐會要》卷五十七〈左右
　　　　僕射〉：「（元和）六年十月，……禮官議曰：『按開元禮有冊官拜上儀……』」。
　　　　《新唐書》卷四十四〈選舉志上〉：「凡開元禮，通大義百條、策三道者，超
　　　　資與官，義通七十、策通二者，及第。」
〔註43〕　資料見《新唐書》卷五十九〈藝文志三〉、卷二十七〈曆三上〉、《唐會要》卷
　　　　四十二〈曆〉。

（六）《初學記》三十卷

　　成於開元十五年。此書供王室弟子課讀之用，《大唐新語》卷九云「玄宗謂張說曰：『兒子等欲學綴文，須檢事及看文體。《御覽》之輩，部帙既大，尋討稍難。卿與諸學士撰集要事并要文，以類相從，務取省便。令兒子等易見成就也。』說與徐堅、韋述等編此進上，詔以《初學記》為名。」據《新唐書》〈藝文志三〉所載，預事者尚有余欽、施敬本、張烜、李銳、孫季良等，題為徐堅撰，是在張說《玄宗事類》的基礎上完成的。〔註44〕

（七）《八陣圖》十卷

　　此書唯見《唐會要》卷三十六〈修撰類〉記載：「（開元）十七年九月十一日，上令左丞相張說修《八陣圖》十卷及《經》二卷成。」書今不存，性質莫窺，未知與諸葛亮書相涉否。

（八）《今上實錄》二十卷

　　即《玄宗實錄》，《新唐書‧藝文志》著錄張說《今上實錄》二十卷下云：「（張）說與唐穎撰，次玄宗開元初事。」

（九）修《東封儀注》、《謁陵儀注》

　　《東封儀注》成於開元十三年，詳見本書第一章第二節。修《謁陵儀注》唯見《舊唐書》〈本傳〉：「（開元）十七年，……以修《謁陵儀注》功，加開府儀同三司。」所載，未見其他資料，《舊傳》亦云：「其封泰山，祠雎上，謁五陵，……皆說為倡首。」或與此「謁五陵」者有關。

〔註44〕《四庫全書》子部〈初學記提要〉。

第五章　張說的文學（一）

第一節　作品數量的意義

初唐至開元以來，文人活動甚爲頻繁，上官儀、沈佺期、宋之問以詩爲務，酬唱宮廷之中，王、楊、盧、駱擅場詩壇，乃文學史家必稱道者，然而此輩文人作品的流傳卻不多，《詩藪》外編卷三〈唐上〉云:「第今製作行世，則景龍、垂拱，百不二三；大曆、元和，十常五六。」揆諸文獻，確實如此，故當時著作極多的文人，今存作品或僅一、二零篇。

張說一生跨初、盛唐兩期，詩文的保存流傳，與時人相較，數量甚多，爲明此種情形，特製二表，列出時代前後的作家的詩、文數量，以資比較，作家年代所據資料與〈張說與當時文人活動簡表〉同，作品數量統計，除張說外，以《全唐詩》、《全唐文》爲準。

張說作品之版本，近人萬曼曾有介紹比較，以爲《四庫全書》的重編本《張燕公集》「百年以來，推爲善本」〔註 1〕，故本書以此爲底本，簡稱《本集》，集中得詩三百三十一首、文二百二十二篇，又參校《全唐詩》、四部叢刊二次印行本《張說之集》，另得詩二十二首，並釐出雜入詩編的文章，參校《全唐文》，另得文四十一篇，所見總計詩三百五十三首、文二百六十三篇。〔註 2〕

〔註 1〕萬曼《唐集敘錄》，頁 41。
〔註 2〕詳見本書頁 58〈附錄〉。

詩作數量比較表

人　名	生卒年代	《全唐詩》卷次	作品數量	人　名	生卒年代	《全唐詩》卷次	作品數量
王　珪	571～639	30	2	魏　徵	580～643	31	35
虞世南	558～638	36	31	李百藥	565～648	43	26
王　績	585～644	37	55	唐太宗	607～649	1	95
上官儀	608～664	40	20	盧照鄰	635～689	41～42	103
駱賓王	638～684	77～79	131	李　嶠	644～713	57～61	209
杜審言	646～708	62	43	蘇味道	648～708	65	16
王　勃	647～675	55～56	90	楊　炯	650～696	50	33
劉希夷	651～679	82	35	崔　融	653～706	68	18
沈佺期	656~713	95～97	156	宋之問	～712	51～53	296
閻朝隱	—	69	5	李　適	—	70	17
賀知章	659～744	112	19	陳子昂	661～702	83～84	127
上官婉兒	664～710	5	32	張　旭	～711	117	6
張　說	667～730	參見附錄三 353	354	蘇　頲	670～727	73～74	99
徐彥伯	～714	70	33	趙冬曦	—	98	17
徐　堅	650～729	107	9	源乾曜	—	107	4
李　邕	676～746	115	4	包　融	—	114	8
張　潮	—	114	5	盧藏用	—	93	8
李　乂	—	92	43	吳少微	—	94	5
富嘉謨	—	94	1	王　灣	—	115	10
張九齡	673～740	47～49	218	張　逖	—	118	15
趙彥昭	—	103	21	唐玄宗	685～761	3	63
王之渙	688～742	253	7	孟浩然	689～740	159～160	269
王昌齡	698～757	140～143	183	儲光羲	—	136～139	235
綦毋潛	—	135	26	常　健	708～765	144	58
崔　顥	704~754	130	42				

文章數量比較表

人　名	生卒年代	《全唐詩》卷次	作品數量	人　名	生卒年代	《全唐詩》卷次	作品數量
許敬宗	－	151～152	34	上官儀	608～644	154～155	20
盧照鄰	635～689	166～167	22	駱賓王	638～684	197～199	36
李　嶠	644～713	242～249	158	王　勃	647～675	177～185	104
崔　融	653～706	217～220	50	楊　炯	650～696	190～196	54
沈佺期	656～713	235	6	宋之問	～712	240～241	45
陳子昂	661～702	209～216	122	盧藏用	－	238	13
富嘉謨	－	235	4	吳少微	－	235	6
蘇　頲	696～727	250～258	290	張　說	667～730	參見附錄三 263	263
徐彥伯	～714	267	6	徐　堅	650～727	272	6
劉知幾	661～721	274	12	李　邕	676～746	261～265	56
許景元	－	268	2	孫　逖	－	208～313	217
韓　休	－	295	10	張九齡	678～740	283～251	251
席　豫	－	235	3	崔　沔	－	273	12
徐　堅	－	107	9				

　　據二表可知，現存張說詩作數量，爲唐初至開元諸家之冠，而且比盛唐代表詩人王維、孟浩然的作品還多；文章方面，數量雖不及蘇頲，且與孫逖、張九齡等人數量相近，然蘇、張、孫三人現存文章泰半爲制敕之文，價值稍減，故開元以前，張說詩文作品數量之豐，是值得注意的。

　　對於作者個人而言，作品的豐富可證其在創作上的積極性；對於文學史的研究而言，若作家所處時代之文章有特殊的發展，作品本身又頗具成就，則可視爲研究此一發展的材料。張說作品數量超越時人，所處的開元文壇，正是詩文形式、風格產生變化之時，前文已曾述及，而其作品本身得明人「開元彩筆，無過燕許」〔註3〕的評價，清人亦云：

　　　有唐一代，詩文兼擅者，惟韓、柳、小杜三家，次則張燕公、元道

　　　州。〔註4〕

〔註 3〕王世貞《藝苑卮言》卷四，收入《歷代詩話續編》，頁 1005。
〔註 4〕洪亮吉《北江詩話》卷一。

是在開元時期及唐代詩文中皆可稱，故可以視爲一確實的資料，方便後人研究。

附錄：張說著述、目前通行版本、作品統計

（一）文獻載張說著述目錄（參與編修典籍，不列其內）

1. 《張說集》二十卷，見《新唐書》〈藝文志四・別集類〉。
2. 《今上實錄》二十卷，見《新唐書》〈藝文志二・實錄類〉，佚。
3. 《洪崖先生傳》一卷，佚。見《新唐書》〈藝文志三・神仙類〉，下註「張氳先生，唐初人。」
4. 《才命論》一卷，佚。見《新唐書》卷六十〈藝文志四〉所載，下註「張鷟撰，郤昂注。一作張說撰，潘詢注。」
5. 《張說集》三十卷，見《宋史》〈藝文志七・別集類〉。
6. 《張說外集》二卷，見《宋史》〈藝文志七・別集類〉。
7. 《龍鑑圖記》一卷，見《宋史》〈藝文志七・小說類〉。
8. 《五代新說》二卷，見《宋史》〈藝文志七・小說類〉。
   據劉兆祐《宋史藝文志史部佚籍考》（國立編譯館，中華叢書，民國 73 年出版），頁 208 所載，有《五代新說》二卷，唐張說撰，並見《新唐書》〈藝文志・雜史類〉著錄，唯作張絢古撰《五代新記》，《郡齋讀書志》言五代指梁、陳、北齊、周、隋，分三十門纂次。則《宋史・藝文志》所題張說撰《五代新說》，若非誤植，殆亦載梁、陳、北齊、周、隋五代之事矣。
9. 《梁公四記》一卷，見宛委山堂本《說郛》卷一一三。
10. 〈虬髯客傳〉作者問題：
    〈虬髯客傳〉的作者傳統上有二說，一爲張說，一爲杜光庭。然據劉開榮《唐代小說研究》（頁 214）、饒宗頤〈虬髯客傳考〉（《大陸雜誌》十八卷一期）所論，認爲開元時代有此作品，以小說發展史而言猶嫌過早，故事內容雖以隋末唐初爲背景，實則應是指安史亂象或五代的紛亂，寫作年代應在中晚唐或更遲，故〈虬髯客傳〉絕非張說作品，杜光庭之說亦不可靠，宜以佚名爲佳。

（二）現今通行版本

張說文集版本流傳已見於萬曼《唐集敘錄》所載，今錄通行可見之版本

於下：

1. 《張說之文集》二十五卷補遺五卷。

   劉承幹輯，民國七年吳興劉氏序刊本，見於史語所圖書館。

2. 《張說之文集》二十五卷補遺一卷。

   商務印書館影印明嘉靖丁酉龍池草堂刊本，四部叢刊初編集部，初次印本。

3. 《張說之文集》二十五卷補遺一卷附校記一卷。

   商務印書館縮印明嘉靖丁酉龍池草堂刊本，四部叢刊初編集部，二次刊行本。

4. 《張說之文集》二十五卷補遺五卷。

   結一廬朱氏賸餘叢書，清朱徵輯，光緒三十一年仁和朱氏刊本，見於史語所圖書館。

5. 《張燕公集》二十五卷。

   武英殿聚珍版叢書，清紀昀奉敕編，現行版本有：

      武英殿木活字本，清乾隆甲午刊本，見於台大圖書館。

      福建重刻殿本，清同治七年刊本，見於台大圖書館。

      廣雅書局刊本，清光緒二十五年刊本，見於政大、史語所圖書館。

      商務印書館排印本，收入叢書集成初編文學類。

6. 《張燕公集》三十卷。

   商務印書館影印文淵閣《四庫全書》，集部別集類。

（三）作品統計

《本集》三十卷，卷一為賦、詩，卷二至卷十為詩，得賦五篇，詩三三一首。卷十一：頌二七。卷十二：贊十九、銘四、箴三、記一。卷十三、十四：表三七。卷十五：疏二、狀六、對三。卷十六：序十一。卷十七：啟一、書二、露布一。卷十八、十九、二十、二一：碑文：墓誌銘二三。卷二十五：行狀一、弔文二、祭文十九。得文二二二篇。

茲將《本集》無，而見於《全唐詩》、《全唐文》、四部叢刊二次刊行本《張說之文集》的作品錄於下：

1. 詩二十二首

   《全唐詩》卷八十五：

      〈唐封泰山樂章〉：

〈豫和〉六首　　　　〈壽和〉一首　　　　〈太和〉一首

〈舒和〉一首　　　　〈肅和〉一首　　　　〈凱和〉一首

〈雍和〉一首　　　　〈豫和〉一首　　　　〈壽和〉一首

《全唐詩》卷八十九：

〈三月閨怨〉

《張說之集》補遺：

〈岳州別姚司馬紹之制許歸侍〉　　　〈送岳州李十從軍桂州〉

〈岳州別均〉　　　　　　　　　　　〈送敬丞〉

〈見諸人送杜承詩因以成作〉荊州作　〈幽州別陰長河〉

〈幽州送隨軍入秦〉

又《張說之集》補遺尚有〈幽州送尹懋成婦〉一詩，即《本集》卷六闕題之詩，列於〈廣州蕭都入朝適岳州宴餞〉詩後。

2. 文四十一篇

《全唐文》卷二二二：

〈試洛州進士策問〉四道　　　〈兵部試沈謀祕算舉人策問〉三道

〈兵部試將門子弟策問〉三道

《全唐文》卷二二三：

〈舉陳寡尤等表〉　　　　　　〈謝問表〉

〈舉陳光乘等表〉　　　　　　〈謝賜藥表〉

〈駁行用魏徵注類禮表〉　　　〈謝賜鍾馗及曆日表〉

〈謝修史表〉　　　　　　　　〈謝京城東亭子宴送表〉

〈謝賜碑額表〉　　　　　　　〈郊祀燔柴先後奏〉

《全唐文》卷二二四：

〈祭天不得以婦人升壇議〉　　〈與褚先生書〉

〈重定南郊星辰位次議〉　　　〈與鳳閣舍人書〉

〈神龍享廟習樂議〉　　　　　〈與魏安州書〉

〈改撰禮記議〉　　　　　　　〈與營州都督弟書〉

《全唐文》卷二二五：

〈大唐西域記序〉　　　　　　〈送嚴少府赴萬安詩序〉

〈送田郎中從魏大夫北征序〉　〈送張先生還姑射山序〉

〈和戎篇送桓侍郎序〉

《全唐文》卷二二六：

〈錢本草〉　　　　　　　　　〈爲男敘考語〉

《全唐文》拾遺卷十六：

〈答徐堅問葬〉

又《本集》卷二有〈石橋銘〉一篇，卷三〈玄武門侍射〉、卷五〈夕宴房主簿舍〉、〈岳州宴姚紹之〉，及卷七〈酬崔光祿冬日述懷贈答〉詩前皆有序文，宜併入文章計之，得五篇。

第二節　張說與唐詩的發展

魏慶之《詩人玉屑》卷十二〈評唐人詩〉云：

唐自景雲以前，詩人猶習齊、梁之氣，不除故態，率以纖巧爲工。開元後格律一變，遂超然度越前古，當時雖李、杜獨據關鍵，然一時輩流，亦非大歷、元和間諸人可跂望。

此論玄宗開元時期之後，在李、杜擅場的時代，唐詩的成就若與睿宗景雲之前相較，有「超然度越前古」的表現，然詩歌的發展，非一蹴可幾，界於此二時期之間的開元文壇，應可看出此一變化的軌跡，張說適處其時，故試以律體發展與詩風變革二者，論其與唐詩發展的關係。

律詩的成熟定型，與詩歌形式本身的發展及客觀環境的蘊育有關。以文學本身的發展而言，由於六朝聲律之說興，對偶之風盛，五、七言詩漸走上律的道路，《唐詩品彙》敘目〈五言律詩四〉曰：

律體之興雖自唐始，蓋由梁、陳以來，儷句之漸也。梁元帝五言八句已近律體，庾肩吾〈除夕〉律體工密，徐陵、庾信對偶精切，律調尤近，唐初工之者眾，王、楊、盧、駱四君子以儷句相尚，美麗相矜，終未脫陳、隋之氣習，神龍以後，陳、杜、沈、宋、蘇頲、李嶠、二張—說、九齡之流相與繼述，而此體始盛。

此言五律之發展，在初唐時已爲四傑所擅，然七律乃「五言八句之變也」〔註5〕，五律興盛之際，七律作品始開始出現，同書〈七言律詩一〉云：

在唐以前，沈君攸七言儷句已近律體，唐初始專此體，沈、宋等精巧相尚，開元初，蘇、張之流盛矣。

則沈、宋的回忌聲病，約句準篇，又促使七律的興起，故神龍前後，實「詞

〔註5〕《唐詩品彙》敘目〈七言律詩一〉。

章改革之大機」〔註6〕。張說方處於其時，自然亦在風氣之內，且其對沈佺期的作品甚爲稱道，曾云：「沈三兄詩，須還他第一。」〔註7〕如此評語，可視爲對佺期所代表的七律形式的接受與肯定，故亦能共襄其盛，成爲律體發展之贊助者，是知四傑、沈、宋之成就，在開先導、立其體格，張說繼事，所謂「相與繼述，而此體始盛」、「開元初，蘇、張之流盛矣」，確爲其貢獻異於前人之處。

以客觀環境的蘊育而言，《唐詩品彙》論律體之興時曾云：

> 律體之興……亦時君之好尚矣，凡四時遊幸，諸文臣學士，給翔麟馬以從，或在禁掖，或出離宮，或幸戚里，或遊蒲萄園、登慈恩塔，或渭水袚除、驪山賜浴，即有燕會，天子倡之，群臣皆屬和，由是海內詞場翕然相習。〔註8〕

天子好尚、宮廷遊宴頻繁，宮廷詩人的屬和相習，正可促使律體蓬勃興起，故論者頗以爲「七律本自應制來」〔註9〕。張說在開元以前，亦有「文士」、「詞人」的身份〔註10〕，且曾扈從中宗參與宮廷宴遊的活動，開元時，除外放及謫居外，詩歌創作與應制關係皆頗密切〔註11〕，此又可見張說常處講求音律的宮廷，多作律體亦爲風氣所蔚。

在律詩形式的發外，張說詩格亦有超越前人之處，此與四傑、陳子昂以來的改革有關。六朝因美文觀念的發達，賦詩爲文，皆出以浮華艷麗之筆，致使「骨氣都盡，剛健不聞」〔註12〕。唐興，四傑首以宏放清規之筆，改革六朝靡風，楊炯〈王勃集序〉云：

> （勃）思革其弊，用光志業，薛令公朝右文宗，託末契而推一變，

〔註6〕 《唐音癸籤》卷九：「神龍以還，卓然成調，……新製迭出，古體攸分，實詞章改革之大機，氣運推遷之一會也。」

〔註7〕 《唐語林》卷二〈文學〉條：「沈佺期以詩著名，燕公張說嘗謂人曰：『沈三兄詩，須還他第一。』」

〔註8〕 同註5。

〔註9〕 孫安琴《唐七律詩精評》，上海社會科學院出版，頁10。

〔註10〕 《舊唐書》卷一八三〈外戚傳〉：「公主產男滿月，中宗韋后……遣宰臣李嶠、文士宋之問、沈佺期、張說、閻朝隱等數百人賦詩美之。」又同卷：「三思又令宰臣李嶠、蘇味道，詞人沈佺期、宋之問、徐彥伯、張說……等賦〈花燭行〉以美之。」

〔註11〕 吉川幸次郎在〈張説の傳記と文學〉中是以「宮廷詩人」、「抒情詩人」的劃分，來說明張說生平分期的，見《東方學》第一期，1951年3月。

〔註12〕 《盈川集》卷三〈王勃集序〉。

　　盧照鄰人間才傑，覽清規而輟九攻。知音與之矣，知己從之矣，於
　　是鼓舞其心，發洩其用。〔註13〕

可知王勃等人的改革是有意識的；陳子昂稍晚四傑，更以文章道弊五百年，
漢魏風骨，晉宋莫傳，大張復古旗幟，以掃「彩麗競繁，興寄都絕」〔註14〕
的齊梁詩風。觀此輩所言「骨氣都盡，剛健不聞」、「彩麗競繁，興寄都絕」，
則其改革之道，蓋以言志之內容為主，以興寄寓，以宏傳清峻之筆調為尚，
以廓清綺靡。

　　張說的成就在於承繼、推廣律詩形式之時，又表現出四傑、子昂於風格
上的改革，故在形式、格調上，頗受稱道，如高棅論四傑、子昂、沈、宋各
有成就，論張說則曰：

　　又從而申之，……故其文體精麗，風容色澤，以詞氣相高而止矣。
　　〔註15〕

是見其格調已較前人不同。又孔文谷以為張說承子昂古風之後，出以律體形
式，而成就斐然，文谷云：

　　陳子昂之古風，尚矣。……著色成文，吹氣從律，則燕公曲江高矣，
　　美矣，擅其宗矣。〔註16〕

所謂「吹氣從律」者，乃以風骨氣格運於律體形式中，如此易使本多出於宮
廷的律詩，漸去華艷彩麗，趨向清雅高古，而對初、盛唐律詩的發展，甚具
影響，胡震亨即言：

　　張燕公詩率意多拙，但生態不癡，律體變沈、宋典整前則，開高、
　　岑清矯後規。〔註17〕

　　七言初變梁、陳，音律未諧，韻度尚乏；……至張說巴陵之什，王
　　翰出塞之吟，句格成就，漸入盛唐矣。〔註18〕

相對於沈、宋精切典麗的律體作品，張說詩意樸拙而不失生態，自是一特出
成就，不僅「聲調漸響，去王楊盧駱體遠矣」〔註19〕，而開岑、高清矯後規

〔註13〕同註12。
〔註14〕《陳拾遺集》卷一〈與東方左史虯修行篇并書〉。
〔註15〕《唐詩品彙》敘目〈五言排律條〉。
〔註16〕謝榛《四明詩話》卷四引孔文谷言，見《歷代詩話續編》，頁1217。
〔註17〕《唐音癸籤》卷五。
〔註18〕《唐音癸籤》卷十。
〔註19〕《唐詩別裁》卷五。

及巴陵之什所見句格，且下接盛唐氣象，此實爲張說超略前人之處，故宋人姚鉉輯《唐文粹》時，唐詩數萬首中，常以張說作品與盛唐大家並舉，如：卷五〈詩・餞送類〉以〈送郭大夫再使吐蕃〉（《本集》卷六）與高適〈送渾將軍出塞〉、李白〈送孟浩然之廣陵〉、岑參〈送王昌齡赴江寧〉、王維〈送綦毋潛落第還鄉〉、高適〈九日酬顧少府〉同列其選，卷十六上〈詩・登覽類〉以〈早霽南樓〉（《本集》卷八）與崔顥〈登黃鶴樓〉、李白〈登金陵鳳凰臺〉等唐詩壓卷名篇並列。明人方綱亦云：

> 張燕公「秋風樹不靜，君子歎何深」，即杜之「涼風起天末，君子意如何」所本也。「洞房懸月影，高枕聽江流」，即「入簾殘月影，高枕遠江聲」所本也。杜於唐初前哲，大都攬其菁英，不獨原本家學。〔註20〕

胎脫換骨之見，雖不必強說，而「攬其菁英」，出以新句，亦文家仿前人美才所常見之事，張說不僅名篇可與盛唐並選，名句亦爲老杜所習，則其句格、風骨之成就，亦足與盛唐大家相擬矣。

　　張說能融合當時於形式、風格二者的變化，在律體中脫去華艷舊習，注以清矯氣格，而啓盛唐氣象，在唐詩發展中的貢獻，是值得肯定的。

第三節　詩歌的精神與風格

　　就作品精神而言，張說詩歌以「仕宦意識」爲主，象徵積極入世的人生觀；就風格而言，張說邊塞詠懷諸作多雄整沈鬱，宦遊期間所作多悽婉沖遠，應制詩則顯典贍高華，呈現多樣化的風貌，茲分述於下。

一、「仕宦意識」的文學精神

　　魏晉以來，朝代更迭，戰爭頻仍，政治、社會皆呈紛亂，遊仙、玄言、悼亡、宮體等詩歌主題一一出現，顯示消極、逃避現實的精神。入唐後，因社會的安定，兼以科舉取士的施行，布衣寒門可以至卿相，求取功名遂成士子的普遍心態，追求仕進、立功報國及慨嘆出處窮通等較爲積極入世的詩歌主題亦隨之出現，這種以「仕宦意識」爲主的文學精神，初見於四傑及沈、宋南逐後的作品。

〔註20〕《石州詩話》卷一。

　　張説在科舉取士的背景下步入仕途，銳意求進、許身謀國的性格，使其三登相位，可謂布衣卿相的典型代表，而在其作品中表現出更爲強烈明顯的積極入世精神，並在四傑欲脫棄六朝消極、頹廢風貌的道路上，向前跨出了一大步。

　　四傑的改變有開先之功，但積年綺翠，不能一朝廓清，仍見齊、梁餘習，王勃詩即頗多神仙佛道的主題〔註21〕，其在〈上巳浮江宴韻得阯字〉〔註22〕中寫道：「逸興懷九仙，良辰傾四美。」古人以良辰、美景、賞心、樂事爲四美，王勃將之寄寓於神仙虛幻的世界中，而張説在〈酬崔光祿冬日述懷贈答序〉（《本集》卷七）中則言：「若夫盛時、榮位、華景、勝會，此四者古難一遇，而我輩比實兼之。」所列四事則完全表現在人世現實中，並直接明白的以「榮位」爲美，此顯然是「學而優則仕」的讀書人的普遍心態，張説正是這種積極投入功名追求的唐代士子，其生命追求的是「邦有道則仕」、「達則兼善天下」的目標，故詩中皆見積極用世的精神。

　　在此心態之下，爲國驅馳的心志，益見堅決，即使年逾半百，仍自我激勵，效命沙場，其〈幽州夜飲〉（《本集》卷五）云：

　　　涼風吹夜雨，蕭瑟動寒林，正有高堂宴，能忘遲暮心。

　　　軍中宜劍舞，塞上重笳音，不作邊城將，誰知恩遇深。

時張説五十三歲，頗有老驥伏櫪之嘆，唯藉高堂宴會，暫忘疲憊，然下闋筆鋒一轉，又藉舞劍、笳音，振起雄心，以任將邊城而報朝恩來自我激勵。三年後，說又出巡河北，此時年歲不待的感受更爲強烈，〈巡邊在河北作〉之二（《本集》卷八）云：

　　　撫劍空餘勇，彎弧遂無力，老去事如何，據鞍長嘆息。

　　　故交索將盡，後進稀相識，獨憐未死心，尚有寒松直。

直言「老去」，足見其在邊城心力交瘁，且交遊零落，又增孤絕，唯一尚具生命力者，即歷霜雪而彌堅的寒松，而寒松所指，實報國未死之心，說在同詩之一已曾設問自答，「沙場磧路何爲爾，重氣輕生知許國。」在送贈友的詩中，亦以「結恩事明主」、「能令王化淳」〔註23〕、「提劍榮中賞」〔註24〕、「承旨

<hr />

〔註21〕如《王子安集》卷二有〈懷仙幷序〉、〈忽夢遊仙〉，卷三有〈尋道觀〉、〈八仙逕〉、〈觀內懷仙〉、〈秋日仙遊觀贈道士〉等。

〔註22〕《王子安集》卷二。

〔註23〕《本集》卷六〈送宋休遠之蜀任〉。

〔註24〕同註23，〈送趙二尚書彥昭北伐〉。

頌昇平」〔註25〕這種全心全意，鞠躬盡瘁的心志，實爲用世精神的明證。

職是之故，詩人最大的痛苦與失望，幾皆與仕途橫遭阻阨有關，張說貶謫期間的作品，便格外強烈的表現出這種感情，如：

> 心對爐灰死，顏隨庭樹殘，舊恩懷未報，傾膽鏡中看。〔註26〕
>
> 老親依北海，賤子棄南荒，有淚皆成血，無聲不斷腸。〔註27〕
>
> 搖落長年嘆，磋跎遠宦心，北風嘶代馬，南浦宿陽禽。〔註28〕

這種感於出處窮通的悲傷，浮沈宦海中的詩人殆多有之，與六朝門閥制度下的政治感懷詩是不同的，初唐時曾見於王勃、駱賓王、沈佺期、宋之問的作品中，盛唐時李白、杜甫、高適、岑參的作品，亦有相同的感慨〔註29〕，而張說或忠而被流，或以宰相之位橫遭貶謫，此一感情格外強烈，可謂其作品一主要精神。

詩歌內容由消極避世、宮體艷情轉爲積極入世、報效國家，本是六朝與初唐詩歌的主要區別，四傑於此有開創之功，然而張說的詩作，在此基礎上又向前跨出了一大步，其以「仕宦意識」爲主的文學精神——仕進榮位的追求、立功報國的心志、出處窮通的悲嘆，與六朝阻絕愈形遙遠，更積極、更徹底的詮釋了這個變化。

二、詩歌的風格

（一）雄渾沈鬱

張說在幽州、并州、朔方及贈友出征之際，有一些邊塞詩，呈現了雄整渾厚之風，如〈將赴朔方軍應制〉（《本集》卷四），清人方東樹評爲「雄整」〔註30〕，觀其詩云：

> 漢保河南地，胡清塞北塵，連年大軍後，不日小康辰。
>
> 劍舞輕離別，歌酣忘苦辛，從來思博望，許國不謀身。

雄壯整當之外，自有一股豪氣，前文曾引的〈幽州夜飲〉亦同此調，〈巡邊在

〔註25〕同註23，〈送趙頤眞郎中赴安西〉。

〔註26〕《本集》卷九〈聞雨〉二首之一。

〔註27〕《本集》卷六〈南中別蔣五岑向青州〉。

〔註28〕《本集》卷九〈岳州九日宴道觀西閣〉。

〔註29〕參見呂正惠〈初唐詩重探〉，《抒情傳統與政治現實》，長安出版社，頁35～60。

〔註30〕姚鼐《今體詩鈔》卷一，張說〈將赴朔方軍應制〉下引方東樹語。

河北作〉二首之一所寫更顯豪壯：

> 去年六月西河西，今年六月北河北。沙場積路何爲爾，重氣輕生知
> 許國。人生在世能幾時，壯年征戰髮如絲。會待安邊報明主，作頌
> 封山也未遲。

所謂「重氣輕生」、「壯年征戰」、「安邊報主」等，皆以豪壯之語，自我激勵，
故顯開闊渾厚，而〈幽州新歲作〉（《本集》卷九）則在邊鎮戍歌中又添入了
梅雪相映的生趣，詩云：

> 去年荊南梅似雪，今春薊北雪如梅。共知人事何常定，且喜年華往
> 復來。邊鎮戍歌連夜動，京城燎火徹明開。遙遙西向長安日，願上
> 南山壽一盃。

利用「去年，今春」、「荊南，薊北」、「梅、雪」、「邊城戍歌，京城燎火」的
照應，感慨人事不常，終亦歸向敬壽之心，語調明亮而不失厚重，何寄澎在
〈初、盛、中晚唐邊塞詩語言的差異〉〔註31〕一文中認爲「初唐邊塞詩的語
言，本質是光明的；中晚則是陰暗的。」如中晚唐邊塞詩中比例甚高的淚
（哭、泣）、骨、空、死等，在初、盛唐時期極少出現，觀說所作，正代表了
初、盛唐邊塞詩的精神，而其表現出雄整風貌，運入詠古懷古諸篇時，又增
加了渾厚凝重的格調，〈鄴都引〉（《本集》卷十）尤爲代表：

> 君不見魏武草創爭天祿，群雄睚眦相馳逐，晝攜壯士破堅陣，夜接
> 詞人賦華屋，都邑繚繞西山陽，桑榆汗漫漳河曲。城郭爲墟人改代，
> 但見西園明月在；鄴旁高塚多貴臣，蛾眉曖曃共灰塵，試上銅臺歌
> 舞處，唯有秋風愁殺人。

首四句極爲概括的說明曹操開創基業，與群雄相爭的局面，並述其文才武略，
然而一切繁華功業終將隨風而逝，鄴城興廢與人事盛衰亦無可避免，其以歌
行方式，一氣貫注而下，「聲調漸響，去王楊盧駱體遠矣。『草創』二字，居
然史筆，『晝攜壯士』二句，敘得簡老。」〔註32〕高棟稱「調頗凌俗」〔註33〕，
而其成就實在以渾厚凝重之筆，盡脫初唐典則之氣，而幾與盛唐相抗，又如
〈過漢南城嘆古墳〉（《本集》卷八）：

> 舊國多陵墓，荒涼無歲年；洶湧蔽平岡，汨若波濤連。上世千金子，

〔註31〕《唐詩論文選集》，長安出版社，民國 74 年初版，頁 153～158。
〔註32〕沈德潛《唐詩別裁》卷五，中華書局本，頁 73。
〔註33〕高棟《唐詩品彙》敘目〈七言古詩〉。

> 潛臥九重泉；松柏剪無餘，碑記滅閭傳；葬於不毛地，咸謂楚先賢，
> 事盡情可識，使人心悵然。

此詩格調亦同上篇，而第二聯喻辭尤為特出，以海浪層層波濤，狀古墳連綿之景，使本為死寂靜止的畫面，怳然生動，其景致雖感蒼莽，然浮生若夢，飄逝如絮，縱王公貴族，亦將沒於荒煙蔓草，亦覺沈鬱悲涼。〈過懷王墓〉（《本集》卷八）中云：「啼狖抱山月，饑狐獵野霜，一聞懷沙事，千載盡悲涼。」也可見到同樣的感情，而此類作品表現出的沈鬱孤涼，實亦是一種悲壯。

在贈友詩中，或寫離情，或寫塞上風情，或寫友朋際遇，亦豪氣斬絕，開闊悲壯，共鑄其詩中陽剛風格，茲舉數例如下：

> 日華光組練，風色焰旌旗，投筆樽前起，橫戈馬上辭。（《本集》卷
> 六〈送趙二尚書彥昭北伐〉）

> 客鬢徂邊歲，旌裘敝海色，五年一見家，妻子不相識。……脫刀贈
> 分手，書帶加餐食，知君萬里侯，立功在異域。（《本集》卷六〈送
> 郭大夫元振再使吐蕃〉）

二詩寫送友人出征時的離情，詩意斬絕，語調鏗鏘，為國驅馳的氣魄，躍然紙上。寫塞外風光，見壯闊之筆：

> 中冀分兩河，長城各萬里，藉馬黃花塞，蒐兵白狼水，勝敵在安人，
> 為君汗青史。（《本集》卷六〈送李侍郎迴秀薛長史季昶同賦得水字〉）

> 月窟窮天遠，河源入塞清。（《本集》卷六〈送趙頤貞郎中赴西安〉）

寫摯交命運顛沛，出語豪壯而情志悲鬱：

> 代公舉鵬翼，懸飛摩海霧。志康天地屯，適與雲雷遇。興喪一言決，
> 安危萬心注。大勳書王府，窄命淪江路。勢傾北夏門，哀靡東平樹。
>
> （《本集》卷十〈五君詠〉五首之四：贈郭元振）

觀張說此類詩之氣骨風格，可謂離初唐愈遠，與盛唐愈近，《唐音癸籤》卷五所謂「變沈宋典整前則，開高岑清矯後規」者，殆指此類陽剛之作。

（二）悽婉沖遠

張說二十四歲（690）解褐太子校書，此後五年內兩次使蜀；三十七歲（703）因魏元忠案遠謫嶺南兩年；四十七歲（713）起任職相州、岳州、荊州等地，外任甚久，離人騷客之思、懷京思國之情皆極為強烈，而縱身山水間，宦遊之情，寓諸文字，成其悽婉詩風。《新唐書》〈本傳〉云：「既謫

岳州，詩益悽婉，人謂得江山助云。」屈平流於湖湘而洞鑒風騷，史公南遊
北涉而著成宏辭，山川的壯闊、明秀陳於目前，大有助於創作，正所謂「山
林皋壤，實文思之奧府，略語則闕，詳說則繁。」〔註34〕故黃徹《碧溪詩
話》以爲若「穩坐中書，何以垂不朽如此哉！」因論張說詩云，「燕公得助於
江山，鄭棨謂『相府非灞橋，那得詩思』，非虛語也。」〔註35〕故其宦遊行旅
諸作的特色即是以悽婉沖遠之筆寫自然山水。

　　大體而言，張說甚少純粹寫景之作，因其對景物描寫雖出於審美觀點，
但情感則多是以「哀宦遊」爲主，故在使蜀、流嶺南及謫岳初期，多奔波疲
憊、忠臣遭棄的悽婉哀怨之風，謫居後期則因心境轉變，而有沖遠的情調，
且在藉景寓情之時，往往可見盛唐句格。

　　如使蜀期間，常以自然界中的景物、變化來比喻時間的消逝及抒發自己
「輶車厭馳逐」、「坐去文章國」〔註36〕的心情，〈正朝摘梅〉（《本集》卷八）
云：

　　　　蜀地寒猶暖，正朝發早梅，偏驚萬里客，已復一年來。

〈蜀道後期〉（《本集》卷八）：

　　　　客心爭日月，來往預期程，秋風不相待，先至洛陽城。

由於二度出使，頗萌倦意，對洛陽的思念愈切，竟與日月相爭，構思精妙，獨
具韻味，沈德潛曾云：「以秋風先到，形出己之後期，巧心濬發。」〔註37〕又
如〈再使蜀道〉（《本集》卷八）：

　　　　眇眇葭萌道，蒼蒼褒斜谷，煙壑爭晦深，雲山共重複，古來風塵子，
　　　　同眩望鄉目。……青春客岷嶺，白露搖江服，歲月鎮羈孤，山川俄
　　　　反覆，魚遊戀深水，鳥遷戀喬木。

〈江路憶郡〉（《本集》卷八）：

　　　　水宿厭洲渚，晨光屢揮忽。林澤來不窮，湮波去無歇。結思笙竽里，
　　　　搖情遊俠窟。年貌不暫留，歡愉及玄髮。雲涓戀山海，禽馬懷燕越。
　　　　自非行役人，安知慕城闕。

利用對於景致一再重覆所生的厭倦，明白揭露了行役疲憊之情，諸詩因取材
於山水自然，構思清雅，情意眞切，家國之思表露無遺，正可見情景交融之

〔註34〕《文心雕龍》卷十〈物色篇〉。
〔註35〕黃徹《碧溪詩話》，收入《歷代詩話續編》，頁383。
〔註36〕《本集》卷八〈再使蜀道〉。
〔註37〕沈德潛《唐詩別裁》卷十九，中華書局本，頁249。

筆。且因爲主觀感情藉客觀景物傳達，對於自然山水的觀照及注意及隨心境而有異，甫至嶺南時，其〈入海〉（《本集》卷八）二首之一云：

> 乘桴入南海，海曠不可臨，茫茫失方面，混混如凝陰，雲山相出沒，
> 天地互浮沈，萬里無涯際，云何測廣深，潮波自盈縮，安得會虛心。

乘桴而下，映入眼簾的盡是萬里蒼茫，而曠海、雲山、天地渾沒不分，舟楫遂失方向。說因修書之功始得升遷，旋因權倖弄政，立遭遠謫，徬徨頓挫，痛愕之情，正是「有淚皆成血，無聲不斷腸」〔註38〕，而心所交感，投景入詩，故實際混沌陰凝、不知所循者，是詩人的心志。一年之後，心境略見平復，雖悲遠離鄉關，但以守正而見棄，因以孤高自許，〈江中遇黃嶺子劉隆〉詩云：〔註39〕

> 危石江中起，孤雲嶺上還，相逢皆得意，何處是鄉關。

此時江中危石、嶺上孤雲即成爲心志的象徵，亦情景交融之實例。而其寫情寫景皆佳者亦多，前引〈入海〉、〈江中遇黃嶺子劉隆〉二詩，寫雲山相沒，天地浮沈，危石孤雲，皆有盛唐氣象，又如〈深渡驛〉（《本集》卷八）：

> 旅泊青山夜，荒庭白露秋，洞房懸月影，高枕聽江流，猿響寒巖樹，
> 螢飛古驛樓，他鄉對搖落，併覺起離憂。

其中「洞房懸月影，高枕聽江流」二句，視覺上見月影而映羈旅之身，聽覺上則聽江流而動鄉思，筆致清遠有味，此類詩句尚可摘句舉例如下：

> 江勢連山遠，天涯此夜愁，霜空極天靜，寒月帶江流。（《本集》卷
> 七〈和朱使欣〉二首之二）

> 山亭迥迥面長川，江樹重重極遠煙，形影相追高鳶鳥，心腸併斷北
> 飛船。（《本集》卷七〈同趙侍御望歸舟〉）

> 天明江霧歇，洲浦棹歌來，綠水逶迤去，青山相向開。（《本集》卷
> 八〈下江南向鄂州〉）

> 日去長沙渚，山橫雲夢田，汀葭變秋色，津樹入寒煙。（《本集》卷
> 八〈岳州城西〉）

> 雁飛江月冷，猿嘯野風秋。（《本集》卷八〈和尹懋秋夜遊灉湖〉二
> 首其一）

〔註38〕《本集》卷六〈南中別蔣五向青州〉，寫於長安四年（704）。
〔註39〕《本集》卷八，寫於神龍元年（705）。

平湖一望上連天，林景千尋下洞泉，忽驚水上光華滿，疑是乘舟到
日邊。（《本集》卷八〈和尹懋汎洞庭〉）

運情入景，以景繪情，文思清峻，構句不俗，故胡應麟以為「張説巴陵之什，……
句格成就，漸入盛唐矣。」〔註40〕

　　而在長處江湖，歸朝無期之後，其心態由強烈思歸的渴求、放情醉酒的
暫忘鬱悶，漸趨向一種反省的平靜，因而出現「念我勞造化，從來五十年，
誤將心徇物，近得還自然」〔註41〕、「息心觀有欲，棄知返無名，五十知天
命，吾其達此生」〔註42〕的念頭，雖然這種一時的情緒會因赦歸、遷調而消
失，但在當時寓諸吟詠，則呈現另一種生命情調，如〈清遠江峽山寺〉（《本
集》卷八）：

天香涵竹氣，虛唄引松風，簷牖飛花入，廊房激水通，猿鳴知谷靜，
魚戲辨江空，靜默將何貴，惟應心境同。

雖有飛花、激水、猿鳴、魚戲，但襯托的是天地山寺的「靜」，而其足珍貴之
處，在於人心同於其境──對靜的修養，此種感情與前所論實有不同，又如
〈灉湖山寺〉（《本集》卷八）：

空山寂歷道心生，虛谷迢遙野鳥聲，禪室從來塵外賞，香臺豈是世
中情，雲間東嶺千重出，樹裏南湖一片明，若使巢由知此意，不將
蘿薜易簪纓。

前寫空山虛谷中，山寺禪室之寂靜，已見超然塵外之境，後寫寺外景致，見
千峰穿空，湖明樹中，面此幽勝，遁隱之思起，沈德潛以為「巢由當指終南
捷徑一輩人，不然豈有輕視下者，而不能忘情於簪纓耶。」〔註43〕則此詩所
見是得山水之樂的純淨心志，脫出貶謫的愁悶，哀悽之情轉為淡遠，此時江
湖山水對詩人的啟發，便由小我的感時悲事擴展為宇宙大我的生命體驗，〈同
趙侍御乾湖作〉（《本集》卷七）便表達了這種體驗。

　　乾湖〔註44〕在岳州，乃「沅湘澧汨之餘波焉，茲水也，淪匯洞庭，澹澹

〔註40〕《詩藪》內編卷六。
〔註41〕《本集》〈聞雨〉二首之一。
〔註42〕《本集》卷九〈岳州夜坐〉。
〔註43〕沈德潛《唐詩別裁》卷十三，中華書局本，頁182。
〔註44〕應為灉湖，蓋《張燕公集》卷七所附趙冬曦〈乾湖作并序〉，序及詩文內容皆
　　　　明言「灉湖」，唯題目作乾湖，又《全唐詩》卷九十八趙冬曦此詩及序，亦題
　　　　為「灉湖作并序」，則乾湖、灉湖殆為同指。

千里，夏潦奔注，則沃爲此湖，冬霜既零，則涸若平野。」〔註45〕一年之中，其湖波由奔騰湧注而源竭草生，滄海桑田之變易，造物不免，人間起落頓挫形之而不足道矣。其詩云：

> 江南湖水咽山川，春江溢入共湖連。氣色紛淪橫罩海，波濤鼓怒上漫天。鱗宗殼族嬉爲府，弋叟衆師利焉聚。欹帆側柂弄風口，赴險臨深遠灣浦。一灣一浦悵邅迴，千曲千溠恍迷哉。乍見靈妃含笑往，復聞遊女怨歌來。暑來寒往運迴洑，潭生水落移陵谷。雲間墜翮散泥沙，波上浮查棲樹木。昨暮飛霜下北津，今朝行雁度南濱。處處溝澤清源竭，年年舊葦白頭新。天地盈虛尚難保，人間倚伏何須道。秋月晶晶汎澄瀾，冬景青青步纖草。念君宿昔觀物變，安得踟躕不衰老。

全詩二十六句，前十二句述春夏之際，水咽山川，饒於魚利，後十四句則轉入大自然因季節改變後的消長，詩人用了迴盪流轉的詞句，營造空間的渾厚與時間的輪替，「一灣一浦悵邅迴，千曲千溠恍迷哉」述江湖相連而茫無際涯，「暑來寒往」、「潭生水落」明時節景觀的交替，而「處處」、「年年」、「晶晶」、「青青」等疊字的使用，更增音韻的流暢，然在聽覺的順暢下，詩意表達的卻是大自然中的迭宕盈虛，形式與內容的錯愕，突顯了詩的張力。本詩乃張說山水詩中少見之長篇，其對人生之領悟亦使詩境掙出自哀的情緒，而愈見沖遠之調。

王國櫻《中國山水詩研究》指出，初唐之際，山水詩多與宮廷遊宴同調，風格較華麗，玄宗開元後，此類創作雖不絕，但創作背景漸轉爲遠宦、干謁的漫遊，故作品內容由王公貴族的庭苑及京城近郊，擴展至大江南北的名山大澤〔註46〕。張說應制篇什亦見宮廷山水的內容，且略見華麗，然嶺南、巴陵諸作，盡脫其體，逐臣離人的落拓、抑鬱皆直而不隱，情景交融至爲密切，兼以數量爲唐初以來之冠，故行旅宦遊之作的悽婉沖遠，實足以成其個人詩風。

（三）精贍高華

應制詩多以歌頌王化爲主，用字構句尚華麗精美，然而若缺體格，則易流於浮華不實，張說應制諸篇，述宮室器物多以彩殿、朱城、翠幕、虹橋、

〔註45〕《全唐詩》卷九十八，趙冬曦〈灘湖作并序〉。
〔註46〕此說引自王國櫻《中國山水詩研究》，頁239。

仙舟、金鼓、玉盤之詞，求其精麗，述自然多以佳氣、瑞雲、星麟、舞鳳、迴鑾、雲鶴、靈龜之詞，求其祥瑞，此亦應制詩之常規，但是張說於精麗之外，尚有氣格運於其間，故能免於浮艷，而顯高華、精贍。如前述雄渾風格所引之〈將赴朔方軍應制〉（《本集》卷四），即全不見浮華，〈奉和途經華嶽應制〉（《本集》卷三）乃封禪前所作，詩云：

> 西嶽鎮皇京，中峰入太清，玉鑾重嶺應，緹騎薄雲迎，霽日懸高掌，
> 寒空類削成，軒遊會神處，漢幸望仙情，舊廟青林古，新碑綠宇生，
> 群臣願封岱，還駕勒鴻銘。

沈德潛以為是「巨靈掌，劈華山」〔註47〕的作品，稱其氣勢，實則此詩亦見清亮，正可見其於景物藻繪中加以氣運，立應制詩高華之格，這類應制詩尚如〈奉和春晚宴兩相及禮官麗正學士侍宴探得開字〉（《本集》卷二）、〈奉和聖製義成校獵喜雪應制〉（《本集》卷三）、〈途次陝州應制奉和〉（《本集》卷三）、〈東都酺宴詩〉五言（《本集》卷五）等。

此外，〈奉和春日出苑〉（《本集》卷一），玄宗贊之「有則有典，是為文雄。」〔註48〕〈奉和春日幸望春宮〉（《本集》卷一），金聖嘆曾評曰：「前解，寫至尊非玩物華；後解，寫群臣實窺聖德。」「醉則和，和則樂，樂則人盡人性，物盡物性，人物和同，了無隔礙。」〔註49〕〈侍宴隆慶池〉（《本集》卷一）則被認為是近體第一的作品〔註50〕，諸詩皆莊重精贍，可謂張說宮廷宴遊應制詩的代表。

張說詩歌中對追求仕進的肯定，為國效命的壯志，出處窮通的哀嘆，在在呈現以仕宦意識為中心的文學精神，這種精神是唐朝詩歌異於六朝之處。四傑、沈、宋開其端，張說作品則進一步拓展此一變革，使唐詩精神與六朝距離愈遠。故張說詩風不拘一型，邊塞贈別諸作的雄渾壯闊及詠懷的沈鬱悲涼，共鑄其陽剛之氣；行旅宦遊之時，寄情自然山水，作品情景交融，因而見悽婉哀怨、沖遠有味的情致；應制詩脫出華艷浮淺的風格，運以氣格，融合渾厚、氣勢、清麗、瀏亮，故顯精贍高華。

〔註47〕沈德潛《唐詩別裁》卷四。
〔註48〕《新唐書》卷一附玄宗〈墨令答贊〉。
〔註49〕金聖嘆選《唐才子詩》甲卷集上。
〔註50〕《四溟詩話》卷四引孔文谷語，《歷代詩話續編》，頁1217。

第六章　張說的文學（二）

第一節　張說與文章變革的關係

　　探究文學改革，可由代表者的文學見解觀其在改革脈絡中的地位，由文學創作觀其實際改革之情形，今首欲由文學見解一事，論張說與文章變革之關係。

　　歷來論唐文不變大概，皆以四傑、子昂為端，燕、許為繼，而後蕭穎士、李華並起，終有韓愈之高倡復古〔註1〕。觀此輩或曾提出文學革命之口號，或有文學理論之探討，張說躋身變革之列，為一時文雄，然未見直接抒論文學觀念之文字，唯歸納其文學評論，可略窺其對文學的看法。

　　《舊唐書》卷一九○上〈文苑傳〉云：

　　　開元中，說為集賢大學士十餘年，常與學士徐堅論近代文士，悲其凋喪。堅曰：「李趙公、崔文公之筆術，擅價一時，其間孰優？」說曰：「李嶠、崔融、薛稷、宋之問之文，如良金美玉，無施不可。富

〔註1〕如前文所引《新唐書》卷二○一〈文藝上〉之文，又如宋姚鉉《唐文粹·序》：「有唐三百年，用文治天下，陳子昂起於庸蜀，始振風雅。由是沈、宋嗣興，李、杜傑出，六義四始，一變至道。洎張燕公以輔相之才，專譔述之任，雄辭逸氣，聳動群聽。蘇許公繼以宏麗，丕變習俗。而後蕭、李以二雅之辭本述作，常楊以三盤之體演絲綸·郁郁之文，于是乎在。惟韓吏部超卓群流，獨高遂古，以二帝三王為根本，以六經四教為宗師，憑凌轥轢，首倡古文。」《文苑英華》卷七○三梁肅《補闕李君前集序》：「（李翰）唐有天下幾二百載，而文章三變，初則廣漢陳子昂以風雅革浮侈，次則燕國張公說以宏茂廣波瀾。天寶以還，則李員外、蕭功曹、賈常侍、獨孤常州比肩而作，故其道益熾。」

嘉謨之文，如孤峰絕岸，壁立萬仞，濃雲鬱興，震雷俱發，誠可畏
也，若施於廊廟，則駭矣。閻朝隱之文，如麗服靚粧，燕歌趙舞，
觀者忘疲，若類之風、雅，則罪人矣。」問後進詞人之優劣，說曰：
「韓休之文，如太羹旨酒，雅有典則，而薄於滋味。許景先之文，
如豐肌膩理，雖穠華可愛，而微少風骨。張九齡之文，如輕縑素練，
實濟時用，而微窘邊幅。王翰之文，如瓊杯玉斝，雖爛然可珍，而
多有玷缺。」堅以為然。

此篇評論名篇，出以意象式的批評，乃中國文學批評之特色，亦張說抒論文
學最顯者，究其所言，兼以旁篇，得可論者有二：

一、兼重文質

引文所評諸人之優點中，「穠華可愛」、「爛然可珍」殆指文章詞藻、句式
之美，「雅有典則」、「濟時適用」殆指文章內容、立意之要，所評諸人之缺點
中，「薄於滋味」、「窘於邊幅」殆指缺少辭采，「缺乏風骨」殆指缺少情志格
調。由是可見其重風骨典則——質，亦重詞藻——文，且認為二者互為交錯，
始得成文，故〈洛州張司馬集序〉（《本集》卷十六）云：

> 心不可蘊，故發揮以形容；辭不可陋，故錯綜以潤色。

〈唐昭容上官氏文集序〉（《本集》卷十六）亦云：

> 七聲無主，律呂綜其和；五彩無章，黼黻交其麗。是知氣有壹鬱，
> 非巧辭莫之通；形有萬變，非工文莫之寫。

是皆以文章詞藻為潤色心志之器，二者有相輔相成之關係，不宜偏擅，而心
志所指，則是宜與《詩經》精神同歸的，故云「大風將小雅，一字盡千金」
〔註2〕，且閻朝隱雖「善奇構，為時人所賞」〔註3〕，張說在形式文采的立
場，贊其麗服靚粧，如燕歌趙舞，使觀者忘疲，但若論及內容精神而與「風
雅」相比時，則評以「罪人」之重語。可見張說的觀念是質文不可偏廢，而
對「質」的要求，是與風雅相接的，故其在文風改革的道路上應是進步的。

二、廊廟之製，須有文華

張說在〈齊黃門侍郎盧思道碑〉（《本集》卷二十一）中言文學之用在「吟
詠性情，紀述事業，潤色王道，發揮聖門」，所述循序漸近，而以「潤色王道，

〔註2〕《本集》卷二〈奉和過寧王宅應制〉。
〔註3〕《舊唐書》卷一九〇中〈文苑中·閻朝隱傳〉。

發揮聖門」爲文章最高目的，正史亦推崇其潤色王言的成就〔註4〕，而代表「王言」的朝廷述作、廟堂之製，張説認爲須有文華，如富嘉謨爲文「本經術，雅厚雄邁」，論者以爲他在徐庾浮俚不競的遺風中，頗能振起風格，自成一體，故爲時人所尚〔註5〕，張説雖贊其文章氣勢風骨，但是卻認爲不宜施於廟堂之上，因孤峰絕岸、壁立萬仞、震雷俱發之勢，所缺者屬詞豐美耳；反觀許景先之文，雖微少風骨，但張説稱曰：

> 許舍人之文，雖無峻峰激流嶄絕之勢，然屬詞豐美，得中和之氣，
> 亦一時之秀也。〔註6〕

而許景先正是開元初知制誥的文人，是可見張説於廟堂文章，特重屬辭造句，李嶠、崔融、薛稷、宋之問等人之文如「良金美玉」，顯然合於潤色王言的要求，故評之曰「無施不可」。

　　這樣的文學觀念，使其對六朝駢麗美文略見包容，而對初唐以來的改革及陳子昂力追風雅的復古，甚具推助之力，故庾信爲駢文泰斗，説稱其：「蘭成追宋玉，舊宅偶詞人，筆湧江山氣，文驕雲雨神。」〔註7〕極爲尊崇，四傑初矯文風，説論楊炯云：「文思如懸河注水，酌之不竭。」〔註8〕蘇、李一時文宗，説論李嶠云：

> 李公實神敏，才華乃天授。……故事遵臺閣，新詩冠宇宙。〔註9〕

論崔融云：

> 疾起揚雄賦，魂遊謝客詩，從今好文主，遺恨不同時。〔註10〕

然諸人所爲，終不能盡脱浮豔，上比揚雄、謝客，是對諸人文風採認同態度，此其在文章風革變遷中，與文壇先輩相承之處。

　　迨「陳子昂起於庸蜀，始振風雅，……六義四始，一變至道」〔註11〕，大力掃除彩麗競繁，興寄都絕的駢風，直詣漢魏風骨，蔚爲一主張明確的改

〔註4〕《舊唐書》卷一九○上〈文苑上〉：「如燕許之潤色王言，……並非肄業使然，自是天機秀絕。」

〔註5〕《新唐書》卷二六二〈文藝中・富嘉謨傳〉：「天下文章尚徐、庾，浮俚不競，獨嘉謨、少微本經術，雅厚雄邁，人爭慕之，號『吳富體』。」

〔註6〕《舊唐書》卷一九○中〈文苑中・許景先傳〉。

〔註7〕《本集》卷八〈庾信宅作〉。

〔註8〕《舊唐書》卷一九○上〈文苑傳〉。

〔註9〕《本集》卷十〈五君詠〉五首之三。

〔註10〕《本集》卷九〈崔司業挽歌〉二首之一。

〔註11〕見註1，引《唐文粹・序》。

革，而其「所論著，當世以爲法」〔註12〕，故李舟言子昂「獨泝頹波，以趣清源，自茲作者，稍稍而出。」〔註13〕張說與陳子昂幾同時，二人曾共入軍旅，成爲同袍，不能無所影響。而入開元之世，續此文潮大成風氣者，允推張說，故梁肅云：

> 唐有天下幾二百載，而文章三變，初則廣漢陳子昂以風雅革浮侈，
> 次則燕國張公說以宏茂廣波瀾。〔註14〕

《唐文粹·序》亦云：

> 洎張燕公以輔相之才，專譔述之任，雄辭逸氣，聳動群聽。

柳宗元論著述、比興兼擅之難，唐興以來，唯子昂稱是選而不怍，然能承其著述之高壯廣厚，詞正而理備者，唯張說耳〔註15〕。是又可見張說於文運開新一面，能立「崇雅黜浮，氣益雄渾」之格，使開元文壇漸革淺薄，「彬彬然，燦燦然，近建安之遺範矣。」〔註16〕此其在文風變遷中，能與陳子昂相肩隨且領開元文壇之風騷。

天寶時，李華、蕭穎士等漸起，至韓愈而有古文運動的狂瀾，而論者又以爲諸人的成就實接跡張說，故梁肅言文學之改革到了此時：

> 則李員外、蕭功曹、賈常侍、獨孤常州比肩而作，故其道益熾。
>
> 〔註17〕

北宋古文家蘇轍言：

> 開元燕、許……文氣不振，倔強其間，自韓退之一變復古，追還西
> 漢之舊。〔註18〕

〔註12〕 《新唐書》卷一○七〈陳子昂傳〉。
〔註13〕 《全唐文》卷四四三，李舟〈獨孤常州集序〉。
〔註14〕 《文苑英華》卷七○三，梁肅〈補闕李君前集序〉。
〔註15〕 柳宗元〈楊評事文集後序〉：「著述者流，……其要在於高壯廣厚，詞正而理備，謂宜藏於典冊也。比興者流，……其要在於麗則清越，言暢而意美，謂宜流於謠誦也。……雖古文雅之盛世，不能並肩而生。唐興以來，稱是選而不怍者，梓潼陳拾遺，其後燕文貞以著述之餘，攻比興而莫能極；張曲江以比興之隙，窮著述而不克備，其餘各探一隅，相與背馳於道者，其去彌遠，文之難兼，亦斯甚矣。」（《柳河東集》卷二十一，世界書局，頁250）
〔註16〕 《全唐文》卷四五九，杜確〈岑嘉州集序〉云：「開元之際，王綱復舉，淺薄之風，茲焉漸革，其時作者，凡十數輩，頗能以雅參麗，以古雜今，彬彬然，燦燦然，近建安之遺範矣。」
〔註17〕 同註14。
〔註18〕 《全唐文紀事》卷六十七〈評騭一〉引《欒城先生遺言》。

清人陳均言：

> 伯玉出而王、楊調息，昌黎起而燕、許軌更，原其初終，厥有正
> 變。〔註19〕

所言雖爲駢散之變化，實亦說明了唐文丕變的軌跡中，張說實居樞軸津渡之
要，亦所以啓牖古文運動。

綜上所述，知張說注意文質相輔關係外，崇雅黜浮、改變文風亦與子昂
同調，因而推廣波瀾，而有助於古文運動興起，其貢獻是有進步意義的。謝
鴻軒以張說不盡斥文華而歸之於駢散相爭中的折衷派，並直言其「以折衷派
自處」〔註20〕，此說或可商榷，蓋所謂折衷者，乃於二派發展皆完全成熟之
形式中，各取其長，亦去其短，合其所擇，融爲一體，是折衷之義也。然終
唐一朝，雖有韓愈力倡古文，仍爲駢文擅場時代，遑論武后、玄宗之世，且
子昂首倡革弊，表序諸作，猶沿排麗之習〔註21〕，亦先驅者必有之限制，且
駢散眞正可達相抗之勢，須下迨宋朝。說本即以駢文名家，於舉世尙駢的風
氣中，能超略時人，揉入風雅，注以宏茂，兼亦著力於散文創作，改革意義
實遠大於折衷意義。

第二節　文章的形式

程杲〈識孫梅四六叢話〉云：

> 四六盛於六朝，庾、徐推爲首出。其時法律尙疏，精華特渾，譬諸
> 漢京之文，盛唐之詩，元氣瀰淪，有非後世所能造其域者。唐興以
> 來，體備法嚴，然格亦未免稍降矣。前如燕許稱大手筆，嗣如王、
> 楊、盧、駱稱四傑，今即其集博覽之，所以擅名一代者，不尙可尋
> 其緒乎？〔註22〕

此說蓋以駢文立場抒論其形式、風格之發展，故以風格而論，六朝時精華特
深，至唐而稍降；以體式言，六朝時格律尙疏，而至唐則體備法嚴，這樣的

〔註19〕陳均《唐駢體文鈔‧序》。
〔註20〕謝鴻軒《駢文衡論》上編，廣文書局，頁57。
〔註21〕王運熙〈陳子昂和他的作品〉云：「今觀其集，惟諸表序猶沿排麗之習，若論
　　　事書疏之類，實疏樸近古。」《文學遺產》增刊四輯，北平作家出版社，1957
　　　年3月，頁119。
〔註22〕孫梅《四六叢話》前序部份，光緒七年刊本，頁8。

說法，對庾信至初唐四傑之變化而言，甚為適切，然而張說文兼駢散，而駢
文形式去初唐已有變改，散文作品則為當時少見，故在此變化上，是脫出了
「法嚴」的階段，今摘取庾信、四傑、張說數文，比列其句式，以便於對其
作品形式的變化作一具體的說明。文章選擇以諸人名篇、或各人所長之文類
代表為主，為省篇幅，篇名入於註中，而以代號標目。〔註23〕

─────────────

〔註23〕所選碑頌等作，文末四字銘文不列入統計。選文版本見於參考資料，代號篇
名對照如下：
A1：《庾子山集》卷二〈哀江南賦〉。
A2：《庾子山集》卷十一〈趙國公集序〉。
A3：《庾子山集》卷十五〈周大將軍懷德公吳明徹墓誌銘〉。
B1：《王子安集》卷一〈九成宮東臺山池賦〉。
B2：《王子安集》卷五〈滕王閣詩序〉。
B3：《王子安集》卷六〈還冀州別洛下知己序〉。
B4：《王子安集》卷六〈遊冀州韓家園序〉。
B5：《王子安集》卷十三〈益州夫子廟碑〉。
B6：《王子安集》卷十四〈梓州通泉縣惠普寺碑〉。
C1：《盈川集》卷三〈崇文館宴集詩序〉。
C2：《盈川集》卷三〈登秘書省閣詩序〉。
D1：《盧昇之集》卷六〈南陽公集序〉。
E1：《駱丞集》卷三〈與博昌父老書〉。
E2：《駱丞集》卷四〈代李敬業討武氏檄〉。
1①：〈喜雨賦應制〉（1①指《本集》卷一第一篇，下類推）
11㉖：〈廣州都督嶺南按察五府經略使宋公遺愛碑頌〉。
13⑱：〈讓起復除黃門侍郎表第三表〉。
14①：〈諫內宴至夜表〉。
14⑤：〈幽州論戎事表〉。
16①：〈大衍曆序〉。
16②：〈唐昭容上官氏文集序〉。
16③：〈孔補闕集序〉。
16④：〈洛州張司馬序〉。
16⑤：〈季春下旬詔宴薛王山池序〉。
16⑥：〈先天酺宴序〉。
16⑦：〈南省就實尚書山池尋花柳宴序〉。
16⑧：〈鄴公園池餞韋侍郎神都留守序〉。
16⑨：〈送工部尚書弟赴定州詩序〉。
16⑩：〈送毛明府詩序〉。
16⑯：〈會諸友詩序〉。
17①：〈上東宮講學啓〉。
17②：〈與執政書〉。
18①：〈后土神祠碑銘〉。

文章句式比較表

姓名	篇名代號	總句數	二字	三字	四字	五字	六字	七字	八字	九字	十字	十一字	十二字	十三字	十四字	十五字	十七字	三一字	對仗組	對仗句	對仗比例
庾信	A1	429	1	1	191	8	170	47	9	2									112	226	53%
	A2	52			24	10	14	3		1									18	48	92%
	A3	172	2	1	102	9	40	13	1	1	1		2						35	88	51%
王勃	B1	56			19	2	36												27	54	96%
	B2	146	2	4	77	1	46	16											41	122	84%
	B3	44		2	23	2	15	2											12	44	100%
	B4	43		2	16	4	10	10						1					16	42	98%
	B5	512	2	4	167	27	179	93	6	9	3	1	3	1				2	143	452	88%
	B6	191			88	8	74	15	3	2	1								48	158	83%
楊炯	C1	76		1	40	7	20	16	2										23	72	95%
	C2	69		2	27	4	21	11	2										21	56	81%
盧照鄰	D1	211	1	2	117	8	52	26	2	1	2								47	166	79%
駱賓王	E1	91	3	1	64	5	11	5					1						23	64	70%
	E2	85	1		39	2	35	8											23	85	100%
張説	1①	62		1	4	2	36	15	3	1									23	46	74%
	11㉖	99	1		42	11	18	13	7	2	2	1		1					18	33	30%
	13⑱	68			49	4	12	1	2										3	8	12%
	14①	38	2	2	16	5	5	3	1		1	2	1						1	4	11%
	14⑤	196	1	1	41	5	11	4	4	1									6	32	18%
	16①	97	2	3	31	10	28	16	4	1							1		14	50	52%
	16②	77		3	48	13	32	13	3	4	1								25	66	86%

18②：〈西嶽太華山碑銘〉。
18⑦：〈題贈太尉益州大督都王公神道碑〉。
18⑨：〈故開府儀同三司上柱國贈揚州刺史大都督梁國公姚文貞公神道碑〉。
19⑦：〈右羽林大將軍王公神道碑〉。
19⑧：〈撥川郡王碑奉敕撰〉。
21①：〈齊黃門侍郎盧思道碑〉。
22⑦：〈貞節君碣〉。
25①：〈兵部尚書國公贈少保郭公行狀〉。
25②：〈弔陳司馬書〉。
Q225：〈大唐西域記序〉（《全唐文》卷二二五）

	篇目	總句																			
張　說	16③	53	2	3	22	11	10	2	2	1										4	10	19%
	16④	121		2	59	14	37	9												40	108	89%
	16⑤	69		2	31	4	22	8		2										18	44	63%
	16⑥	54			25	3	17	7			2									9	30	56%
	16⑦	35		1	18	2	12	1	1											8	18	51%
	16⑧	82			39	2	25	13		1										23	66	80%
	16⑨	48		2	21	4	13	6		1										12	30	63%
	16⑩	33			21		8	4												4	10	30%
	16⑪	21		2	15		3	1												0	0	0%
	17①	87		8	53	8	11	4	1	1										15	40	46%
	17②	33	2		24	1	5		1											0	0	0%
	17③	28			9	9	4	4	1	1										4	10	36%
	18①	117	1	6	60	16	18	14	1	1										14	36	31%
	18②	127	2	6	72	12	23	8	3	1										26	66	52%
	18⑦	162	2	4	80	22	24	14	5	3	2	2								29	72	44%
	18⑨	177	10	9	96	20	22	11	4	3					1					33	88	50%
	19⑦	197	2	6	78	22	57	17	3	4	6	1				1				32	86	44%
	19⑧	196	4	16	83	24	28	19	8	2	1	1								27	80	41%
	21①	154	5	12	68	22	20	13	7	4	1	1		1						15	38	25%
	22⑦	101		5	48	15	12	12	4	2		1								9	30	30%
	25①	493	9	26	193	66	82	56	24	12	9	8	1	1	1	1	1	1		3	10	2%
	25②	59			52	4	2	1												9	22	37%
	Q225	157			79	7	64	3	1	1			1	1						31	83	37%

　　由上表可知，張說文與前人相比，形式已有變化，茲析論於下：

一、句式趨多

　　庾信、四傑作品中，四、六字句的比例，遠高於其他各類句型，其次為七言，間亦於發語辭、感嘆辭時使用二字、三字句，如庾信〈哀江南賦〉（A1）乃四二九句之鉅製，其中四、六字句共三六一句，餘除七字有四十七句外，皆不及十句；王勃〈九成宮東臺山池賦〉（B2）全篇除二句五言外，皆為四、六字句的組合。這樣的特色乃駢文正格，然六言本質上是為在四言的節奏中，擔任調節的工作，前野直彬曾言：「原則上，駢文由四言句構成；可是，不管

四言句如何俱有韻律特質，如持續出現，文章便容易流於單調、板滯，爲了補救這種單調，……六言句才由補助句的身份，出現在四言句下。」〔註24〕同理，四、六句型又趨單調時，則有七言句參入，此雖可謂駢體句法益趨多樣完備，但亦可謂在嚴密工整的文氣中，加入舒緩的成份。

　　張說作品基本上不脫此主要形式，亦以四、六字句爲多，但與其他字數句之差距已有減小之勢，且八字以上之句形漸多。如〈喜雨賦應制〉（1①）總句數六十二句，與王勃〈九成宮東臺山池賦〉（B1）之五十六句相若，且同爲賦體，然文中尚有三字、七字、八字、九字句，二者行文變化顯然可見；〈廣州都督嶺南按察五府經略使宋公遺愛碑頌〉（11㉖）、〈唐昭容上官氏文集序〉（16②）、〈右羽林大將軍王公神道碑奉敕撰〉（19⑦）等文中有八、九、十、十一、十二、十三、十七字的句子，亦四傑作品罕見者。

　　此外，五字句的增加尤爲明顯，且數量與七字句在伯仲之間，此乃不見於庾信、四傑作品之現象，如上舉三文及〈洛州張司馬集序〉（16④）、〈故開府儀同三司上柱國贈揚州刺史大都督梁國文貞公碑〉（18⑨）等篇，五字句數量皆在十句以上。則在四傑以七言揉入四、六之間以求變化之後，張說作品又增以五言句，則句式錯落更顯頻繁，文氣更見舒緩，距駢文嚴整特性又稍遠矣。

二、對仗減少

　　蔣伯潛在《駢文與散文》中指出：「在形式方面，最表現出駢文的特色的，莫於對偶。」〔註25〕此在四傑作品中尤爲精準，即程杲所謂「唐興以來，體備法嚴」者，諸人之作對仗幾佔全文百分之八十以上，九十以上者亦屢見不鮮，甚且有全篇對仗的篇章，如王勃〈還冀州別洛下知己序〉（B3）、駱賓王〈代李敬業討武氏檄〉等。

　　張說文對仗比例在百分之八十以下者甚多，且有低至二、三十以下者，而在九十以上者不多，以統計大概觀之，確實較初唐作品有所改變，這意味著散行句式的增加，文章結構略有脫出兩兩相對的固定模式之勢。而〈兵部尚書國公贈少保郭公行狀〉（25①）、〈諫內宴至夜表〉（14①）等實爲典型之散文，文中一二對仗，蓋求行文氣勢、造句變化之故，而非拘於駢文典則也，

〔註24〕洪順隆譯，前野直彬《中國文學概論》，成文出版社，頁152。
〔註25〕見該書，頁183，世界書局。

又高步瀛《唐宋文舉要》將〈齊黃門侍郎盧思道碑〉（21①）、〈貞節君碣〉（22
⑦）選入甲編〈古文類〉，是以散文視之，觀二文對仗佔全文百分之二五、三
十，若可歸於散文，則張說散文作品數量顯然又將增加。同時，《唐宋文舉要》
乙編〈駢文類〉收錄〈洛州張司馬序〉（16④）、〈故開府儀同三司上柱國贈揚
州刺史大都督梁國文貞公碑〉（18⑨）二文，前者有百分之八十九的對仗句，
乃典型的駢文，後者對仗句唯佔全文二分之一，可謂駢散合體之作，遴選入
駢文類，蓋可見其散化駢文之成就亦受肯定，而〈唐昭容上官氏文集序〉雖
對仗句多，但論者以爲「屬對自然，不但含散文之精神，有時且兼散文之形
式，爲駢散分而將合之先兆」〔註26〕，故尊推爲壓卷之作，姑不論其最終評
價是否稱當，但實可見張說「駢散分而將合」之作，屢見佳篇，此對唐文變
遷是有進步意義的。

　　此外，張說的對仗句法亦有和緩文氣之處，張仁青歸納出四十八種駢文
對仗句型，並指出其中三十二種，「以其語氣過於和緩，故不爲正宗駢文家所
喜。」〔註27〕今觀張說對仗句式，非徒有出於此三十二種者，尚有不見於張
氏所舉，及三聯排比、不全對稱之句法，而此類句型的出現，兼以對仗句的
減少，文章規律必將淡化，此又文章形式之一變革也，茲舉數例以窺大概：

　　出於張氏所列三十二種者：

```
┌ 3
└ 3
    ┌ 經天地，        ┌ 開寂寞，
    └ 究人神；        └ 鑑幽昧；
    （《本集》卷十六〈唐昭容上官氏文集序〉）

┌ 3－5
└ 3－5
    ┌ 即緒者，老生之常談；
    └ 和親者，豎儒之怯計；
    （《本集》卷十九〈右羽林大將軍王公神道碑奉敕撰〉）

┌ 7－6
└ 7－6
```

────────────────

〔註26〕張仁青《中國駢文發展史》，中華書局，頁 469。
〔註27〕張仁青《中國駢文析論》，東昇公司出版，頁 125。

　　┌　執事以同列之好，載壺酒而送行；
　　└　鄴公以彌生之禮，掃郊園而留別；

　　　　（《本集》卷十六〈鄴公園池餞韋侍郎神都留守序〉）

　┌　5－5－4
　└　5－5－4

　　┌　斫摩之奔也，邀於黑山口，覆其精銳；
　　└　市惠之背也，追至紅桃帳，掩其輜重；

　　　　（《本集》卷十九〈撥川郡王碑奉敕撰〉）

不見於張氏所舉四十八類者：

　┌　4－4－5
　└　4－4－5

　　┌　牲以養牛，五歲繭粟，無所責其誠；
　　└　籍以采席，六重槁秸，不得尚其質；

　　　　（《本集》卷十八〈后土神祠碑〉）

　┌　3－4－3
　└　3－4－3

　　┌　安國家，定社稷者，武功也；
　　└　經天地，緯禮俗者，文教也；

　　　　（《本集》卷十七〈上東宮請講學啓〉）

　┌　7－7－6
　└　7－7－6

　　┌　參大衍天地之數，綜八卦六爻之序，一軌於文王也；
　　└　覈春秋交蝕之辰，研九疇五紀之奧，同文于孔子也；

　　　　（《本集》卷十六〈大衍曆序〉）

　┌　8
　├　8
　└　8

　　┌　雅重宋公王臣之重，
　　├　次嘉譚子贊德之義，
　　└　遙感耆舊去思之情：

　　　　（《本集》卷十一〈廣州都督嶺南按察五府經略使宋公遺愛碑頌〉）

散化對句之例：

— 韓公之建三城也，公洗兵諸眞之水，刷馬草心之山，以爲外斥，而版
　徒安堵；

— 鄭卿之和默啜也，公援館李陵之臺，致饗光祿之塞，以爲內侯，而賓
　至如歸；

— 九姓之亂單于也，公四月度磧，過白櫻林，收火拔部，帳納多眞種落，
　彌川滿野，懷惠忘亡，漢南諸軍，鹽其計也；

— 降戶之叛河曲也，公千騎奮擊，萬虜奔走，戡翦略定，師旅方旋，而
　延陁跌；

　（《本集》卷十九〈撥川郡王碑奉敕撰〉）

這些特色都反應出張說駢文是以「散化」的特色異於前人，而與晚唐李義山開始，延入宋初，行文嚴整的「四六文」，相去亦遠，這種變化，自得古文宗師韓、柳稱賞，謝無量《駢文指南》云：

　韓柳之徒，頗識評文士，猶時稱燕許，故其氣勢深厚，卓爾不群，
　唐駢文之盛軌也。〔註28〕

清人則注意此「唐駢文之盛軌」的成就，與古文形式的關係，陳均《唐駢體文鈔》序云：

　伯玉出而王、楊調息，昌黎起而燕、許軌更，原其初終，厥有正變，
　然江流不廢，未聞目以狂瀾，光焰常存，曷嘗訾其先烈，此燕公集
　賢之論，皇甫諭業之篇，繪聲如聞，喻形彌肖者也。

指出韓愈在張說的基礎上，更徹底的改變文體，尤證張說亦駢亦散的特質，在文章形式的發展中，有承先啓後的地位。

此外，上表所列，亦有全爲散行之作，〈兵部尚書國公贈少保郭公行狀〉（《本集》卷二十五）尤值注意，其文長四九三句，二六七六字，爲集中之最，但全篇以散文行之，構句自二字、三字、四字……至十四、十六、三十字、三十一字句皆有，且長短、奇偶交錯，全無駢文四六對仗，采麗競繁、隸事用典之氣。行文首述幼年入太學，慷慨傾囊以濟陌路，文云：

　十六入太學，與薛稷、趙彥昭同業，時有家僕至，寄錢四百千以爲
　學糧，忽有一人，縗服叩門云：「五世未葬，棺柩各在一方，今欲齊

〔註28〕見張仁青《中國駢文發展史》，頁462引謝無量《駢文指南》語。

　　舉大事，苦乏資用，聞君家信至，頗能相濟否？」不問姓名，以車
　　載去，一無所留，深為趙、薛所誚，公怡然曰：「濟彼大事，亦何誚
　　焉？」

續言得武后佳賞、磊磊氣魄與軍功，篇幅至鉅而略無繁累之感，末以其孝行
作結，郭公性情風操，皆詡詡如晤，此非以散文著力，何以得之？篇中穿插
昔年太學請貸者報恩之事，與文首互為呼應，亦構篇之妙，文云：

　　公素無第宅，寄居友人之舍，候鼓入朝，忽有人馬前送狀，開緘前
　　人已去，狀中惟有物數，而無姓名，便於樹下獲騍馬二十餘匹，帛
　　三千疋，公曰：「豈非太學請葬之士乎？」因以買宅居止，薛稷、趙
　　彥昭聞之，皆嗟歎良久。

此頗有傳奇小說之味。韓愈〈毛穎傳〉以敘述近於小說，唐人李肇比之史遷，
近人陳寅恪推為《韓集》最佳作品〔註29〕，並以據論唐代古文、小說相互推
移並盛之現象，則張説此篇全為「古文」格調，又間以小說情節，實已初露
先聲。

第三節　文章的風格

　　張説於景龍後，即以文章顯，開元時號「大手筆」〔註30〕，並有「當朝
文伯」〔註31〕、「文稱代命」〔註32〕的地位，且其文成一格，與蘇頲共號「燕
許體」，為後人所仿習〔註33〕，成就可謂著矣，其文章形式，已述於前，今論
其文章風格。

　　張説文風不主一格，可歸納為雄渾宏茂、清峻雅潔、典贍精麗三類，前
二者可見張説獨到之處及開元文章氣象，後者則對文體應用產生影響。

一、雄渾宏茂

　　此為張説文最主要的特色，亦為開元文壇脫離初唐華豔之風，樹立新風

〔註29〕見陳寅恪〈韓愈與唐代小說〉，收入羅聯添編《中國文學史論文選集》第三冊，
　　　　學生書局，頁1039。
〔註30〕見《新唐書》卷一二五〈蘇頲傳〉。
〔註31〕《唐語林》卷四〈容止〉：「開元中，燕公張説為當朝文伯，冠服以儒者自
　　　　處。」
〔註32〕《全唐文》卷二九四，王冷然〈論薦書〉：「今公貴稱當朝，文稱代命。」
〔註33〕《唐摭言》卷十：「李巨川，字下已，姑臧人也。士族之鼎甲。工為燕許體文。
　　　　廣明庚子亂後，失身於人。」

格的代表，故最爲歷來評家注意，所謂：

> 雄辭逸氣，聳動群聽。〔註34〕
>
> 燕國張公説以宏茂廣波瀾。〔註35〕
>
> 燕公筆力沈雄，直追東漢。〔註36〕
>
> 崇雅黜浮，氣益雄渾，則燕、許擅其宗。〔註37〕

這樣風格的文章大致見於其碑頌墓誌等文類中，如〈論神兵軍大總管功狀〉（《本集》卷十五）、〈西域太華山碑銘〉（《本集》卷十八）、〈撥川郡王碑奉敕撰〉、〈贈涼州都督上柱國太原郡開國公郭君碑奉敕撰〉、〈右羽林大將王公神道碑奉敕撰〉（《本集》卷十九）等等，茲以〈撥川郡王碑奉敕撰〉爲例釋之，文述撥川王論弓仁以寡擊眾，衝潰重圍，轉戰退敵的威勇，語調鏗鏘，氣勢極盛：

> 公越自新堡，奔命寇場，贏糧之徒，不滿五百，凶醜四合，眾寡萬倍，公殺牛爲壘，噉寇爲餉，決命再宿，衝潰重圍，連兵躔踱，千里轉戰，合薛訥於河外，反知運於寇手，朔方諸軍，壯其戰矣。

又其述華山云：

> 石壁磔堅而雄竦，眾山奔走而傾附，其氣肅，其勢威，其行配金，其辰直酉，前對華陽之國，後壓華陰之郡。〔註38〕

造語高亢而運氣沈鬱，述姚崇之功德勵學則云：

> 位爲帝之四輔，才爲國之六翮，言爲代之軌物，行爲人之師表，蓋維嶽降神，應時間出者也。……公紈綺而孤，克廣前業，激昂成學，榮問日流，武庫則矛戟森然，文房則禮樂盡在。〔註39〕

則又見雅重篤厚之格也。然而文章風格與形式常不可絕然分論，前論駢散雜用之句法，實有益此種風格的鑄就，如〈貞節君碣〉（《本集》卷二十二）：

> 乃攀恒岱，浮洞庭，窺河源，踐岷衡，稽四海之風俗，算九州之險易，趙國貫高圖獻其議，遇火焚盪，天下壯其志而痛其事。……及在曲阿，敬業作難，潤州籍鴻得人，歷旬堅守，城既陷而猶鬥，力

〔註34〕見宋姚鉉《唐文粹‧序》。
〔註35〕見《文苑英華》卷七〇三梁肅〈補闕李君前集序〉。
〔註36〕孫梅《四六叢話》。
〔註37〕《新唐書》卷二〇一〈文藝上〉。
〔註38〕見《本集》卷十八〈西嶽太華山碑銘〉。
〔註39〕見《本集》卷十八〈故開府儀同三司上柱國贈揚州刺史大都督梁國公姚文貞公神道碑奉敕撰〉。

雖屈而蹈節，寇義而脫之，因僞加朝散大夫，即署曲阿令，鴻貞而
不諒，詭應求伸，既入邑，則焚服闔門而設拒矣，故得殿邦奮旅，
一境賴存。

行文駢散間用，文氣得以馳驟變化，不見全篇對仗的滯涸，乃二法合用之佳
作。而處理宏篇鉅製時，立言有法，骨幹嚴整，逸氣奔赴其下，顯其沈雄之
調，如〈開元正曆握乾符頌〉（《本集》卷十一），以設問爲端，繼述耽精思慮
修曆之因，藉此引起下文，舉聖人握符之大寶、大政、大祥、大曆四者而釋
之，綱要雖排比而列，述論則長短不一；次論天時之會，以時爲序，論天命
所賦，比之前賢，不復以排比句式撰文，然亦回應四者，則其行文前後各用
一法，故不顯單調，首尾呼應又不致文意斷裂，如此構篇之法，亦見於〈論
神兵軍大總管功狀〉（《本集》卷十五）之中，因而造成文章廣茂宏闊的氣勢。
古文家皇甫湜盛稱張説文章氣象，其〈諭業〉云：

燕公之文，如梗木柟枝，締構大廈，上棟下宇，孕育氣象，可以燮
陰陽而閱寒暑，坐天子而朝群后。〔註40〕

所謂「締構大廈，上棟下宇，孕育氣象」者，張説長篇，確實當之無愧。

　　張説雄渾文風獨樹一幟，脫離六朝餘蘊，啓高壯廣厚之格而聳動群聽，
確實爲開元文風注入新生命。碑誌諸篇，不僅獨步當世〔註41〕，亦受後世推
尊，贊其上接蔡邕遺則〔註42〕，下爲蘇軾兄弟所稱。〔註43〕

二、清峻雅潔

　　張説詩文風格可互相映照，如邊塞、贈別諸作所見雄整渾厚之氣，見之

〔註40〕《全唐文》卷六八七，皇甫湜〈諭業〉。

〔註41〕《新唐書》〈本傳〉：「尤長於碑文、墓誌，當代無能及者。」

〔註42〕高文〈唐文述略〉：「張説是開元時期駢文大家，亦工散文。……他的〈貞節
　　　　君碑〉、〈盧思道碑〉，雅潔淵懿，尚有蔡邕遺則，亦被收入散文。」《唐代文
　　　　學研究》第一輯，山西人民出版社，1988年3月，頁52。

〔註43〕《全唐文紀事》卷六十七〈評騭〉引《欒城先生遺言》云：「公（蘇轍）……
　　　　在許昌觀《唐文粹》，稱其碑頌，往往愛張、蘇之作。」王應麟《困學紀聞》
　　　　卷十七〈評文〉云：「張説爲〈廣州宋璟公頌〉曰：『犦牛牲分菌雞卜，神降福
　　　　兮公壽考。』東坡〈韓文公碑〉用此四字。」按説文見卷十一〈廣州都督嶺
　　　　南按察使五府經略使宋公遺愛碑頌〉，《東坡全集》卷三十一〈潮州韓文公廟
　　　　碑〉：「犦牲雞卜羞我觴，於餐荔丹與蕉黃。」（新興書局，民國44年，頁109）
　　　　又宋曾季貍《艇齋詩話》論奪胎換骨云：「東坡『江上愁心千疊山』。江上愁，
　　　　出《唐文粹》，張説有〈江上愁心賦〉。」（見《歷代詩話續編》，頁315）

於文章舂容大作中，應制詩雍容典麗之氣，見之於廟堂文章中，而山水詩中寫景的清新、抒情的眞切，則常見於其詩序、贈友等作品，且其中爲數不少的書序，以「高雅之筆，寫駢四驪六之文，不但不爲時間所限，足以傳諸久遠。」〔註44〕而詩序、贈友之作又時時涵泳作者的心志，故讀之特覺可堪玩味。如〈大唐西域記序〉〔註45〕，雖典型之駢文，然清空一氣，質素無華，〈唐昭容上官氏文集序〉（《本集》卷十六）疏簡雅潔，涵演深遠，蔣心餘稱其「氣質古雅，度越前賢」〔註46〕，此皆書序名篇，爲前人所常稱道者。然而張說詩序作品，篇幅雖短，卻尤可見其雅潔之風，如〈送工部尙書弟赴定州詩序〉（《本集》卷十六）寫初春景致，不艷不膩，寫骨肉離情，直有黯然銷魂之感：

> 于時春帶餘寒，野銜殘雪，太官重味，御酒百壺，供帳臨岐，假絲
> 竹以留宴；傾城出餞，會文章以寵行；……既而離人遽起，班馬爭
> 嘶，尋太行之連山，想邯鄲之長陌；雖仰瞻鴻雁，來往易於前期；
> 而相對桑榆，遲暮難於遠別；送歸之地，歡悵如何。

又如〈送嚴少府赴萬安詩序〉（《全唐文》卷二二五），乃贈友赴蜀任職之作，詩云：

> 既而飲冰從政，選日戒途，方將越碧巒之眾難，阻綠江之多險，顧
> 瞻周道，載懷京邑，綺筵臨路而告別，朱蓋傾城而出餞；……是日
> 孟冬十月，朔風四起，高天清迥，孤雲不飛，長衢蒼茫，寒木無影，
> 之子於邁，跂予望之，豈云路遠，交有鳴鶴之義，無以位卑，士有
> 勤人之道。

此寫多景別情，則又見清峻之格。上二序皆爲送別之作，筆調盡去浮豔，眞情自然流露，致足動人，信如《唐才子傳》所謂「文思清新，藝能優洽」，若比之王勃〈還冀州別洛下知己序〉〔註47〕，則風格顯有差異，蓋王勃之作琳瑯滿目，美不勝收，辭思精贍，固見功力，然而文華之耀目亦稍掩其情志，而不似說文感人，此又可見張說文章與初唐之別。

此外如〈虛室賦〉（《本集》卷一），時人以爲「文旨清峻，玄義深遠」

〔註44〕張仁青《中國駢文發展史》，頁464。
〔註45〕此文集中未載，今所見乃自《釋藏西域記》錄出，明孫星衍《續古文苑》卷十二收有此文，見《叢書集成》據平津館叢書刊本；《全唐文》收錄在卷二二五。
〔註46〕張仁青《中國駢文史》，頁469所引。
〔註47〕《王子安集》卷六。

〔註48〕，〈與鄭駙馬書〉（《本集》卷十七）亦有異曲同功之妙；〈會諸友詩序〉（《本集》卷十六）散體短篇，寫文友相得今昔之樂，述情述事，不慍不疾，然清雋可挹，韻永味長，尤值賞玩，實短序佳作，故全錄於下：

> 谷子者，昔與說聯務蓬山，出入三載，事志相得，情深友于，尋屬吾人秩遷，迫吏畿劇，愛而不見，春也再華，今說復謝書坊，補他職，窮獲之意，不擇儒林，喜且把袂舊筵，解帶餘日，臥玩文墨，笑談平生，茲歡豈多，後面方永，沈沈春雨，人亦淹留。

三、典贍精麗

張說曾稱宋之問、崔融、李嶠等文如良金美玉，無施不可，蓋對俳麗美文不絕然拒斥，觀其篇什亦雍容華貴之風，輒見於應製、奉敕諸作，偶或見於賦序，此殆其立身廟堂之上，潤色王言之餘，自然顯露的風華，而其氣骨仍不失雄渾、清雅，此即與諸人不同之處，故李調元論〈奉和聖製喜雨賦〉云：「典贍麗則，是燕公本色。」〔註49〕且又舉出其非徒以辭采見勝，故云：

> 取材宏贍，而以沈鬱之氣行之，較之刻琢字句者，眞有霄壤之別矣，故能雄視一代，蔚為詞宗。〔註50〕

又〈洛州張司馬集序〉（《本集》卷十六）選入《唐宋文舉要》駢文類，高步瀛以為「詞句秀麗，隸事精切，兼徐、庾之長」〔註51〕，是以文章形式評之，若究其氣韻所現，則張仁青以為：

> 文情斐亹，典雅風華，而其人之性情學問，先世之潛德幽光，一一躍然紙上，質實而不俚，親切而有味，大手筆之揮毫，固有異乎凡響者。〔註52〕

即皆在典贍宏麗之氣下，又有沈鬱、典雅的風格，故雖有「開元彩筆」之稱，但比之六朝、初唐，實亦「淵藻遠卻」〔註53〕，此類作品尚有〈先天酺宴序〉

〔註48〕《本集》卷一附，魏仁歸〈宴居賦幷序〉：「張校書作〈盧室賦〉以示予，文旨清峻，玄義深遠，予味之有感，聊為〈宴居賦〉以和其辭。」
〔註49〕李調元《賦話》卷四。
〔註50〕同註49，卷一。
〔註51〕高涉瀛《唐宋文舉要》乙編卷二，頁273。
〔註52〕《中國駢文發展史》，頁467。
〔註53〕王世貞《藝苑卮言》卷四：「開元彩筆，無過燕許，制冊碑頌，春容大章，然比之六朝，明易差勝而淵藻遠卻。」見《詩話叢刊續篇》，頁1005。

（《本集》卷十六）、〈大唐祀封禪頌〉（《本集》卷十一）、〈大唐開元十三年隴右監牧頌德碑〉（《本集》卷十一）等。

張說融雄渾、雅潔、宏麗之風於一身，而獨於廟堂應製之作，重典贍麗則之色，此固與其「潤色王言，須有文華」之文學觀有關，然對駢文使用方向亦產生影響。姜亮夫指出，廟堂功令文章的體裁款式之定，在魏晉六朝，其特色是絕對的詞賦化〔註54〕，然此亦當時各類文體之普遍現象，迨入開元，張說以詞宗文伯的地位，丕變習俗，然臺閣之上，卻不盡去排比精贍，此潤色王言的特色，「非肄業使然，自是天機秀絕」〔註55〕，故漸成為廟堂文學定式，皇甫湜即言「朝廷文字，以燕、許為宗」〔註56〕自此駢文亦漸成為朝廷應用文之正格，而為貞元間陸贄《翰苑集》之先導。〔註57〕

總體而言，張說文章的成就在以宏茂廣波瀾，引古文先路；以清雅去浮艷，絕初唐餘風；以典贍樹廟堂文格，對開元文風的確立，有不可忽視之處。

〔註54〕 姜亮夫〈唐代以前的散文〉，《青年界》十卷一期，頁143～150。

〔註55〕 《舊唐書》卷一九〇上〈文苑上〉：「如燕許之潤色王言，……並非肄業使然，自是天機秀絕。」

〔註56〕 《全唐文紀事》卷六十七〈評騭一〉引《樂城先生遺言》。

〔註57〕 蔣伯潛《駢文與散文》：「駢文到了燕許，的確可以稱為『唐駢文之盛軌』，然而卻也只是六朝駢文將起變化的末期，從此以後，駢文便一變而為應用之文，陸贄即在貞元時首先崛起，與韓、柳的古文作一對抗。」頁57，世界書局。

結　論

　　張說在唐代社會變革的背景下，以文學見擢，又因其在宮廷政變中所扮演的角色、忠君報國、謀猶智略、固守大節的性格及君臣間的敬信關係，終得秉大政，輔弼玄宗，與姚崇、宋璟等並爲開元名相，且說重視文教，亦得玄宗器重，故其一生，寵顧不衰，政治地位甚顯。

　　開元文壇環境可論者有三。一爲文教的推動，玄宗好經術，張說侍讀東宮時亦曾上請以文治世，故君臣合力推行，使開元之際呈現崇禮黜浮、尊儒重道、博采文士的風氣。二爲士風的轉變，武后、中宗、睿宗時的齷齪文士或卒或貶，開元之際，多士盈廷，以清簡賢能爲主。三爲文學的發展與變革，詩律已見成熟，文章有駢散將合之兆，文學風格則邁向雅正復古之途。

　　開元以前，張說即曾與初唐文人代表楊炯、陳子昂、崔融、李嶠、蘇味道、宋之問、沈佺期等人交遊或共事，又與「皆天下選」的文辭之士共編典籍，觀其表現，可與諸人並爲一時文秀而有愈見挺出之勢。開元之世，以宰輔之位，提攜獎擢人才，當時文人如尹知章、趙彥昭、王翰、張九齡、孫逖、徐堅、趙冬曦、賀知章、呂向、崔沔、斐漼、斐寬、韋述、王丘、徐浩、康子元、敬會眞、常敬忠、唐穎等，皆曾受其獎披，亦多遊其門下，儼然文人宗主。盛唐大詩人於開元之時多已成年，或曾干謁於張說，或曾受拔於張說獎擢之人，對盛唐詩風、古文運動的推展皆有影響。

　　刊正典籍、整理圖書爲開元文教一大重點，集賢殿書院總司其事，張說早年因修《三教珠英》開始接觸編典工作，膺此大任，而又薦賢入院、廣求書籍，發明典章，前後幾三十年，對開元文化工作的貢獻，可謂至矣。

　　張說承四傑、子昂、沈、宋之先路，對律體之成熟發展有襄贊之力，且

完全脫離六朝消極、浮豔的風格，不論邊塞、贈別、詠物、山水等內容，皆呈現積極入世的精神，及以「仕宦意識」爲中心文學特色。在宦遊行旅時所寫的自然山水詩，爲初唐以來數量最多者，而託情悽婉沖遠，亦其詩歌一大特色。

張說的文學觀念以「質文兼重」、「廟堂之制，須有文華」爲主，故所爲文可見雄渾、典贍、清雅三種風格，而在唐代文風丕變中，前受子昂影響，延入開元，以宏茂廣波瀾，文風爲之一振，下接蕭穎士、李華，並受古文家柳宗元、皇甫湜、蘇轍的推崇；在唐文形式變革中，以散行句式寫駢文，增加雜言句以舒緩四六固滯的文氣，並使駢文成爲應用文的正格。

綜觀張說對文教推動、士風變革、典籍編修的貢獻，及對文學發展的影響，實不愧爲開元文壇領袖。

附錄：張說與當時文人活動繫年簡表

　　本表人物行事繫年，皆註明依據出處，凡未加註者，皆以參考書目中之年譜及兩《唐書》〈本傳〉為準。

高宗乾封二年（667）　一歲

　　張說生。

　　蘇瓌年二十八。

　　李嶠年二十三。（姜亮夫《歷代人物年里碑傳綜表》）

　　王勃年二十。

　　楊炯年十八。

　　崔融年十四。

　　陳子昂年七歲。

　　賀知章年八歲。（劉開揚《唐詩通論》，頁112）

　　蘇味道舉進士第。（《唐代詩人叢考》，頁35）

總章二年（669）　三歲

　　蘇頲生。

咸亨元年（670）　四歲

　　杜審言登進士第。（《唐代詩人叢考》，頁24）

上元二年（675）　九歲

　　王勃卒，年二十八。

　　沈佺期、宋之問登進士第。（《唐代詩人叢考》，頁26）

儀鳳元年（676）　十歲

　　崔融（653～705）登入科舉，年二十四。

李邕生。(《新唐書》卷一九○中〈李邕傳〉:「(天寶)五載,姦贓事發,……敕刑部員外郎祈順之、監察御史羅希奭馳往就郡決殺之,時年七十餘。」《新唐書》卷二○二〈李邕傳〉則云:「時年七十。」天寶五載爲西元 746 年,就此上推,生於是年)

儀鳳二年（677）　十一歲

儀鳳三年（678）　十二歲

張九齡生。

永隆二年（681）　十五歲

崔融爲太子侍讀,兼侍屬文。

楊炯爲崇文館學士。(《唐詩紀事》卷七)

嗣聖元年（684）　十八歲

則天見崔融〈啓母廟碑〉,命其撰朝覲碑文,授著作郎。

陳子昂登進士第。

駱賓王死。(《舊唐書》卷一九○上〈駱賓王傳〉:「文明中,與徐敬業於揚州作亂。……敬業敗伏誅。」《新唐書》卷四〈則天皇后本紀〉:「(嗣聖元年,即文明年十一月)徐敬業將王那相殺敬業降。」)

則天垂拱元年（685）　十九歲

玄宗生。(《舊唐書》〈本紀〉)

垂拱四年（688）　二十二歲

王之渙生。(《唐代詩人叢考》,頁 61)

永昌元年（689）　二十三歲

盧照鄰約卒於此年前後。(劉大杰《中國文學發展史》,頁 428)

孟浩然生。(楊承祖〈孟浩然事蹟繫年〉)

載初元年、天授元年（690）　二十四歲

說舉詞標文苑科,對策第一,拜太子校書。

李善卒。(《疑年錄》卷一)

長壽元年（692）　二十六歲

長壽二年（693）　二十七歲

說有〈贈別楊盈川炯箴〉(《本集》卷十二),時炯年四十四。

證聖元年（695）　二十九歲

李迴秀知貢舉,賀知章、崔日用登進士第,知章並舉超拔群類科。(《登科記

考》卷七）

萬歲通天元年（696） 三十歲

說爲節度管記，從武攸宜討契丹，與陳子昂、喬知之同僚。

七月，武三思討契丹，崔融隨軍征討。（王夢鷗《初唐詩學著述考》，頁82）

九月，陳子昂爲清邊道行軍大總管武攸宜參謀，從往薊州。（《文苑英華》卷七九三盧藏用〈陳子昂列傳〉：「屬契丹以營州叛，建安王攸宜親總戎律。臺閣英妙，皆署軍麾。特敕子昂參謀帷幕。」）

李迥秀知貢舉，崔沔登進士第，並與蘇頲舉賢良方正科。（《登科記考》卷四）

本年或稍後，楊炯卒於盈川任所，年四十五。

房琯生。（《舊唐書》卷一一一〈房琯傳〉：「廣德元年（763）八月四日，卒於閬州僧舍，時年六十七。」上推）

神功元年（697） 三十一歲

說馳奏王孝傑戰敗事。

崔融擢著作佐郎，李嶠有〈授劉如意崔融等右史制〉。（《全唐文》卷二四二）

聖曆元年（698） 三十二歲

蘇味道、李嶠同鳳閣鸞臺平章事。

崔融除著作郎，李嶠爲制文，稱其「長才廣度，瞻學多聞。」《李暇叔文集》卷三〈著作郎廳壁記〉中，以崔融與虞世南、魏徵相比次。

王昌齡生。

聖曆二年（699） 三十三歲

崔湜登進士第。（《登科記考》卷四）

聖曆三年、久視元年（700） 三十四歲

說預修《三教珠英》。

李嶠罷相。

崔融坐忤張昌宗意，左授婺州長史，頃之，昌宗意解，又請召爲春官郎中，知制誥。

大足元年、長安元年（701） 三十五歲

說與徐堅構意撰錄《三教珠英》，諸儒依之，因而成書。說因功遷右史、內供奉。

說知貢舉，章仇嘉勉、席豫登進士第；崔晙、崔景旰擢明經科；崔翹、鄭

少微、斐寬、孫嘉之、邵炅、齊澣擢拔萃科；馮萬石擢疾惡科；楊志誠、王敬從、王易從、席豫擢文壇詞場科。(《登科記考》卷四)

李迥秀同鳳閣鸞臺平章事。

李白生。

王維生。

長安二年（702） 三十六歲

說拜鳳閣舍人，與崔融評論「四傑」。

崔融再遷鳳閣舍人，知制誥。年五十二。

沈佺期知貢舉，張九齡登進士第，甚得佺期激賞。

陳子昂卒，年四十二。

長安三年（703） 三十七歲

說因二張構陷魏元忠案，配流欽州。於嶺南見張九齡，厚遇之。

李嶠同鳳閣鸞臺平章事。

徐浩生。(《疑年錄》卷一)

長安四年（704） 三十八歲

李嶠遷內史，薦李邕文高氣方直，才任諫諍，遂拜左拾遺。(《舊唐書》〈本傳〉)

蘇味道貶爲坊州刺史。(《新唐書》〈宰相表〉)

中宗神龍元年（705） 三十九歲

說拜兵部員外郎，自嶺南回京。

張易之伏誅，崔融左授袁州刺史。尋召拜國子司業。

蘇味道卒，年五十八。

神龍二年（706） 四十歲

說遷兵部郎中。

正月，李嶠同中書門下三品。

崔融奉敕撰《則天實錄》。成，封清河縣子。又奉敕爲〈則天哀冊文〉，用思精苦，發病死。

趙彥昭知貢舉，張鷟擢才高位下科。(《登科記考》卷四)

杜審言卒，年六十餘。

景龍元年（707） 四十一歲

說遷工部侍郎，十一月，丁母憂去職。

張九齡舉材堪經邦科。

高適生。（阮廷瑜《高適年譜》）

景龍二年（708） 四十二歲

宋之問知貢舉，韋述登進士第。（《登科記考》卷五）

蘇味道卒，年六十餘。（《唐代詩人叢考》，頁 34）

景龍三年（709） 四十三歲

說三上表，一上書，固辭詔起復除黃門侍郎。

十一月，張說為修文館學士，與李適、韋元旦等扈從中宗幸新豐溫湯、韋嗣立山莊、白鹿觀、驪山等地。

說有〈故吏部侍郎元公碑銘〉（《本集》卷二十一），崔湜撰序云：「公執交兵部侍郎南陽張說，吏部侍郎范陽盧藏用，當代英秀，文華冠時，而盧兼有臨池之妙，故張述銘，盧篆石，天下稱是碑有二美焉。」

崔湜執政，年方三十八，張說嘗嘆曰：「文與位固可致，其年不可及也。」

（《新唐書》卷九十九〈崔湜傳〉）

睿宗景雲元年（710） 四十四歲

說兼中書侍郎，兼雍州長史。與國子司業褚無亮俱為侍讀，深見親敬。

劉知幾《史通》編次成書。

王翰登進士第。（《唐代詩人叢考》，頁 38）

上官婉兒卒，年四十七。

蘇瓌卒，年七十二。

李適卒於景雲中。

景雲二年（711） 四十五歲

說拜同中書門下平章事，監修國史，旋因太平公主排擠，罷為尚書左丞，分司東都。是年進〈上東宮請講學啟〉（《本集》卷十七），議請玄宗「崇太學，簡明師，重道尊儒」、「博采文士，旌求碩學，表正九經，刊考三史」、「引進文儒，詳觀古典，商略前載，討論得失。」

說以尹知章有古人之風，足以坐鎮雅俗，拜禮部員外郎。

景雲三年、先天元年（712） 四十六歲

自春涉秋，張說在東都與韋嗣立、崔日知、崔泰之等賦詩唱和。〈酬崔光祿冬日述懷贈答并序〉：「太極殿眾君子，分司洛城，自春涉秋，日有遊討，既而韋公出守，茲樂便廢，頃因公讌，方接詠言，崔光祿述志論文，首貽

雅唱，諸公嘉德敘事，咸有報章。若夫盛時、榮位、華景、勝會此四者，古難一遇，而我輩此實兼之。至於精言探道，妙識發義，戲謔而逢規戒，指諷而見師表，益過三友，豈易得乎。謂膏澤旁潤，芝蘭久襲，韋公近之矣。其餘尋聲響答，望形影赴，故亦峻碧池之漣漪，增瑤林之沃若，是用綴集，勒成一卷，永存几閣之玩，無忘歡好之時焉。」（《本集》卷七）

韓休舉文可以經邦科，趙冬曦舉藻思清華科，二人同舉賢良方正科。張九齡舉道侔伊呂科。（《登科記考》卷五，《張九齡年譜》）

宋之問卒。（劉開揚《唐詩通論》，頁 55）

杜甫生。

開元元年（713）　四十七歲

說除太平公主有功，拜中書令，封燕國公，食實封二百戶。後因姚崇所構，出爲相州刺史、河北道按察使。

稱薦趙彥昭，諫斬郭元振，並請免誅李嶠（〈兵部尚書國公贈少保郭公行狀〉，《本集》卷二十五），說與三人爲忘年之交。

說稱許沈佺期詩。（《唐才子傳》卷一〈沈佺期〉：「佺期嘗以詩贈張燕公，公曰：『沈三兄詩清麗，須讓居第一也。』詩名大振。」）

李嶠卒，年五十九。（姜亮夫《歷代人物年里碑傳綜表》）

沈佺期或卒於此年。（劉開揚《唐詩通論》頁 51，《舊唐書》卷一九〇〈文苑中·沈佺期傳〉：「（佺期）開元初卒。」）

開元二年（714）　四十八歲

說任相州刺史。

王丘知貢舉。孫逖登進士第，並舉哲人奇士隱淪屠釣科、手筆俊拔科；王翰舉賢良方正能直言極諫科、手筆俊拔科；席豫舉賢良方正能直言極諫科。徐彥伯卒。

開元三年（715）　四十九歲

說與趙冬曦、尹懋登岳陽樓、遊洞庭湖、瀟湖等地，賦詩唱和。

太常卿馬懷素、左散騎常侍褚無亮爲玄宗侍讀。

李白始事干謁。〈與韓荊州書〉云：「十五好劍術，遍于諸侯；三十成文章，歷抵卿相。」（《李白集校注》卷二十六，偉豐書局）

開元四年（716）　五十歲

說坐事左轉岳州刺史，停食封。與趙冬曦等賦詩唱和。

姚崇罷相，宋璟同中書門下三品，蘇頲同平章事。

張均進士及第。（《唐才子傳》卷一〈張說〉條）

張九齡有懷趙冬曦詩。《曲江先生文集》卷二〈將至岳陽有懷趙二〉。（《張九齡年譜》）

開元五年（717）　五十一歲

說遷荊州大都督府長史，離岳州前，王琚入朝經岳，與說唱和。

褚無亮於乾元殿校寫群書。

王冷然登進士第。（《全唐文》卷二九四，王冷然〈論薦書〉）

徐浩擢明經科。（《登科記考》卷五）

開元六年（718）　五十二歲

說遷右羽林將軍，兼檢校幽州都督。舉陳寡尤等三人。

尹知章卒，年五十餘，門人孫季良等立碑於東都國子監之門外，以頌其德。季良，開元中為集賢學士。（《舊唐書》卷一八九〈尹知章傳〉）

開元七年（719）　五十三歲

說兼天兵軍大使，攝御史大夫，兼修國史，齎史本隨軍修撰。

王縉舉文詞雅麗科。（《登科記考》卷六）

元結生。

開元八年（720）　五十四歲

說檢校并州長史，兼天兵軍大使，修國史。於并州禮遇王翰。

宋璟、蘇頲罷相，源乾耀、張嘉貞同平章事。

蘇頲出為益州長史，李白於路中投刺，頲待以布衣之禮，並曰：「此子天才英麗，下筆不休，雖風力未成，且見專車之骨。若廣之以學，可以相如比肩也。」

王丘典選，王冷然舉拔萃科。（《全唐文》卷二九四，王冷然〈論薦書〉，文作王邱）

褚無亮卒。（《舊唐書》卷八〈玄宗本紀〉）

開元九年（721）　五十五歲

說拜兵部尚書，同中書門下三品，仍舊修國史。

九年、十年之間，張說薦王翰為秘書正字。

僧一行始造《開元大衍曆》，未成而卒，後由說續其事。

元行沖上《群書目錄》二百卷，藏之內府。（《舊唐書》卷八〈玄宗本紀〉）

王維進士擢第，調太樂丞，綦毋潛落第還鄉，有詩贈之。

劉知幾卒，年六十一，領國史幾三十年。

開元十年（722） 五十六歲

敕說爲朔方軍節度大使，往巡五城，處置兵馬。玄宗有〈送張說巡邊〉詩，除說應制外，奉和作者有源乾曜、張嘉貞、宋璟、盧從願、許景先、崔日用、賀知章、王翰、蘇晉、王光庭、袁暉、席豫、張九齡、徐堅、韓休、徐知仁、崔禹錫等十七人，賈曾奉敕撰序（《本集》卷四）。說奏罷邊兵二十餘萬，使還農，並建議以彍騎代府兵，從之。

回京後，爲麗正殿修書使，經修《唐六典》，並奏請徐堅、賀知章、趙冬曦入書院，同預編修。

說稱張九齡「後出詞人之冠」。請擢呂向。

孫逖舉文藻宏麗科。（《登科記考》卷七）

開元十一年（723） 五十七歲

春，說扈駕北巡，至并州、潞州等地，祀后土於脽上。說有〈扈從南出雀鼠谷〉（《本集》卷四），玄宗答和，群臣應制者有宋璟、蘇頲、王丘、袁暉、崔翹、張九齡、王光庭、席豫、梁昇卿、趙冬曦等十人。回都後，說兼中書令。

說手題王灣〈江南意〉詩於政事堂，以示能文，詩云：「海日生殘夜，江春入舊年。」

說與徐堅撰修《文府》。

王冷然有〈論薦書〉（《全唐文》卷二九四）上張說。

王昌齡客居并州、潞州。

崔顥進士及第。（《登科記考》卷七）

開元十二年（724） 五十八歲

說議請封禪，是年說稱薦斐漼，漼亦曾上書請行封禪。

房琯於東封時，獻〈封禪書〉及箋啓等，得說賞識，奏授秘書省校書郎。

（《舊唐書》卷一一一〈房琯傳〉）

祖詠登進士第。（《登科記考》卷七）

開元十三年（725） 五十九歲

說爲尚書右丞相兼中書令。

改麗正書院為集賢殿書院，說充學士，知院事。並改定樂章，議封禪事，
擬定登山之官，張九齡諫其推恩不及百官。

說重詞學之士，韋述與張九齡、許景先、袁暉、趙冬曦、孫逖、王翰常遊
其門。趙冬曦兄冬日，弟和璧、居貞、安貞、頤貞等六人，述弟迪、迥、
迴、璟、巡六人，並詞學登科。說曰：「趙韋昆季，今之杞梓也。」

是年說曾獎掖拔擢的文人有康子元、敬會真、劉宴、王丘、齊澣、徐浩、
常敬忠。

崔顥上張說〈薦樊衡書〉。（《唐代詩人叢考》，頁69）

李邕為陳州刺史，封禪畢，詔獻辭賦，甚稱上旨，由是自矜，自云當居相
位，為說所惡。（《舊唐書》卷一〇九〈李邕傳〉）

王昌齡赴河隴，出玉門關，邊塞諸詩殆作於此時。

李白出峽，經巫山、荊門，至江陵，並遊洞庭、金陵等地。

杜甫始遊於翰墨之場，與岐王範、崔尚、魏啟心等同遊。

獨孤及生。（羅聯添《唐代詩文六家年譜》）

開元十四年（726） 六十歲

說於酺宴時設榜於集賢院，以示尊儒，為陸堅所去。奏請制定新禮。

說以崔隱甫無文，薦崔日知為御史大夫，上不從，隱甫因是與說有隙；
時宇文融承恩用事，說惡其為人，故所建白，亦多抑之，四月，隱甫、
文融與御史中丞李林甫共彈劾說，說停兼中書令，餘職如故。

元行沖奏上《類禮義疏》，說駁其奏，上然之。（《舊唐書》卷一〇二〈元行沖傳〉）

張九齡出為冀州刺史。

孫逖舉賢良方正科。

儲光羲、綦毋潛登進士第。（《登科記考》卷七）

孟浩然、儲光羲、呂向互有洛陽道中詩相和。

李白春往揚州，冬至安陸，經陳州，初謁李邕。

開元十五年（727） 六十一歲

說致仕。仍修國史，續僧一行編《開元大衍曆》，並與徐堅、韋述等編《初
學記》成，上之。

王翰因說致仕出為汝州長史，改仙州別駕。

李白與故相許圉師孫女成婚，居安陸。

王昌齡登進士第，授汜水尉。

常建登進士第。(《登科記考》卷七)

蘇頲卒，年五十八。

一行卒。

開元十六年（728）　六十二歲

二月，說兼集賢殿學士。八月，上《開元大衍曆》。以「方圓動靜」試李泌。

孟浩然應試不第，年底離京返鄉。

賀蘭進明登進士第。(《登科記考》卷七)

開元十七年（729）　六十三歲

說復為右丞相，知集賢院事，再遷左丞相。與徐堅論已故學士與後進詞人優劣。修《八陣圖》成。

徐堅卒。張九齡撰碑，云有文集三十卷。(《曲江張先生文集》卷十九〈徐文公神道碑〉)

元行沖卒，年七十七。(《疑年錄》卷一)

開元十八年（730）　六十四歲

正月，說加開府儀同三司。十一月，病卒，年六十四。

玄宗年四十六。

李邕年五十五。

張九齡年五十三。

孟浩然年四十二。

高適年三十五。

王昌齡年三十三。

李白年三十。

王維年三十。

杜甫年十九。

參考資料

一、書目部份

1. 《張燕公集》，四庫全書本，臺灣商務印書館。
2. 《張說之集》，四部叢刊初編集部，臺灣商務印書館縮印明嘉靖刊本。
3. 《張燕公集》，叢書集成初編，臺灣商務印書館據聚珍版排印。
4. 《張說之文集》，結一廬氏賸餘叢書本，光緒三十一年仁和朱氏刻本。
5. 《張說研究》，王毓秀，臺灣大學碩士論文，民國70年。
6. 《張說年譜》，陳祖言，香港中文大學出版社，1984年初版。
7. 《張說與其詩》，中井紀子，輔仁大學碩士論文，民國76年。
8. 《史記》，漢‧司馬遷，新校本，鼎文書局影印本。
9. 《舊唐書》，後晉‧劉昫，新校本，鼎文書局影印本。
10. 《新唐書》，宋‧歐陽修、宋祁，新校本，鼎文書局影印。
11. 《宋史》，元‧脫脫，華岡版新刊本。
12. 《大唐六典》，唐‧李林甫等，文海出版社。
13. 《元和郡縣圖志》，唐‧李吉甫，臺灣商務印書館，叢書集成初編。
14. 《朝野僉載》，唐‧張鷟，臺灣商務印書館，叢書集成初編。
15. 《國史補》，唐‧李肇，四庫全書本。
16. 《酉陽雜俎》，唐‧段成式，源流出版社。
17. 《明皇雜錄》，唐‧鄭處誨，臺灣商務印書館，叢書集成初編。
18. 《卓異記》，唐‧李翱，臺灣商務印書館，叢書集成初編。
19. 《大唐新語》，唐‧劉肅，臺灣商務印書館，叢書集成初編。
20. 《次柳氏舊聞》，唐‧李德裕，臺灣商務印書館，叢書集成初編。

21. 《封氏聞見記》，唐・封演，世界書局。

22. 《初學記》，唐・徐堅，臺灣商務印書館，四庫全書本。

23. 《資治通鑑》，宋・司馬光，大申書局。

24. 《冊府元龜》，宋・王欽若等，中華書局。

25. 《唐會要》，宋・王溥，臺灣商務印書館，叢書集成初編武英殿聚珍版。

26. 《玉海》，宋・王應麟，文華書局，慶元路儒學刊本。

27. 《唐大詔令集》，宋・宋綬、宋敏求編，鼎文書局。

28. 《南部新書》，宋・錢易，臺灣商務印書館，叢書集成初編。

29. 《唐詩紀事》，宋・計有功，中華書局。

30. 《唐摭言》，宋・王定保，世界書局。

31. 《唐語林》，宋・王讜，世界書局。

32. 《職官分紀》，宋・孫逢吉，臺灣商務印書館，四庫全書本。

33. 《石林燕語》，宋・葉夢得，臺灣商務印書館，叢書集成初編。

34. 《開元天寶遺事》，宋・王仁裕，臺灣商務印書館，四庫全書本。

35. 《郡齋讀書志》，宋・晁公武，（日本）中文出版社。

36. 《直齋書錄解題》，宋・陳振孫，（日本）中文出版社。

37. 《書史會要》，宋・陶宗儀，臺灣商務印書館，四庫珍本。

38. 《唐才子傳》，元・辛文房，廣文書局。

39. 《全唐文紀事》，清・陳鴻墀，世界書局。

40. 《登科記考》，清・徐松，（日本）中文出版社。

41. 《疑年錄》，清・錢大昕，粵雅堂叢書，華文書局。

42. 《續疑年錄》，清・吳修，粵雅堂叢書，華文書局。

43. 《中國通史》，傅樂成，大中國圖書公司。

44. 《隋唐史》，岑仲勉（翻印本）。

45. 《唐代政治史述論稿》，陳寅恪，里仁書局。

46. 《唐僕尚丞郎表》，嚴耕望，中研院史語所專刊之三十六。

47. 《唐五代人物傳記資料綜合索引》，傅璇琮、張忱石、許逸民篇，北京中華書局。

48. 《宋史藝文志史部佚籍考》，劉兆祐，國立編譯館。

49. 《中國歷史地圖集》，譚其驤主編，地圖出版社。

50. 《歷代人物年里碑傳綜表》，姜亮夫，華世書局。

51. 《劉知幾年譜》，傅振倫，商務印書館。

52. 《李白年譜》，安旗，文津書局翻印。

53. 《杜甫年譜》，四川文史館編，西南書局影印。

54. 《唐代詩人叢考》，傅璇琮，北京中華書局。

55. 《文苑英華》，宋・李昉等編，大化出版社。

56. 《唐文粹》，宋・姚鉉，臺灣商務印書館，四部叢刊景印嘉靖刊本。

57. 《續古文苑》，明・孫星衍編，鼎文書局。

58. 《全唐文》，清・董誥等編，文友書局。

59. 《全唐詩》，清・曹寅等編，宏業書局。

60. 《唐駢體文鈔》，清・陳均編，世界書局。

61. 《唐宋文舉要》，高步瀛，藝文印書館。

62. 《庾子山集》，北周・庾信，臺灣商務印書館。

63. 《王子安集》，唐・王勃，臺灣商務印書館，四庫全書本。

64. 《楊盈川集》，唐・楊炯，臺灣商務印書館，四庫全書本。

65. 《幽憂子集》，唐・盧照鄰，臺灣商務印書館，四庫全書本。

66. 《駱賓王文集》，唐・駱賓王，臺灣商務印書館，四庫全書本。

67. 《陳拾遺集》，唐・陳子昂，臺灣商務印書館，四庫全書本。

68. 《李北海集》，唐・李邕，臺灣商務印書館，四庫全書本。

69. 《曲江張先生文集》，唐・張九齡，臺灣商務印書館，四庫全書本。

70. 《高適詩集編年箋註》，唐・高適，今人・劉開揚註，漢京公司。

71. 《杜詩錢註》，唐・杜甫，清・錢謙益注，世界書局。

72. 《李文公集》，唐・李翱，臺灣商務印書館，四庫全書本。

73. 《柳河東集》，唐・柳宗元，世界書局。

74. 《東坡全集》，宋・蘇軾，新興書局。

75. 《文心雕龍》，梁・劉勰，金楓出版社。

76. 《詩式》，唐・皎然，臺灣商務印書館，叢書集成初編。

77. 《詩品》，唐・司空圖，臺灣商務印書館，叢書集成初編。

78. 《河嶽英靈集》，唐・殷璠編，見《唐人選唐詩》，大通書局影印。

79. 《全唐詩話》，宋・尤袤，臺灣商務印書館，叢書集成初編。

80. 《唐音》，元・楊士弘，臺灣商務印書館，四庫全書珍本第十二集。

81. 《全唐詩說》，明・王世貞，臺灣商務印書館，叢書集成初編。

82. 《唐詩品彙》，明・高棅，臺灣商務印書館，四庫全書珍本第六集。

83. 《唐詩叢談》，明・胡震亨，臺灣商務印書館，叢書集成初編。

84. 《唐音癸籤》，明・胡震亨，木鐸書局。

85. 《石洲詩話》，清・翁方綱，陳邇冬點校，木鐸出版社。

86. 《藝概》，清・劉熙載，金楓出版社。

87. 《昭昧詹言》，清・方東樹，漢京公司。

88. 《唐詩別裁》，清・沈德潛，中華書局影印教忠堂本。

89. 《說詩晬語》，清・沈德潛，見《詩話叢刊》，弘道文化公司。

90. 《唐才子詩》，清・金聖嘆編，正中書局。

91. 《今體詩鈔》，清・姚鼐編，中庸出版社。

92. 《北江詩話》，清・洪亮吉，臺灣商務印書館，叢書集成初編。

93. 《續唐詩話》，清・沈炳巽，鼎文書局。

94. 《詩話》，清・李調元，臺灣商務印書館，叢書集成初編。

95. 《賦話》，清・李調元，臺灣商務印書館，叢書集成初編。

96. 《四六叢話》，清・孫梅，光緒七年刊本。

97. 《歷代詩話考索》，清・何文煥，見百種詩話類編前編，臺靜農編，藝文印書館，民國 63 年初版。

98. 《索引本何氏歷代詩話》，馬漢茂編，成文出版社。

99. 《歷代詩話續編》，丁福保編，臺灣商務印書館。

100. 《四庫提要》，臺灣商務印書館。

101. 《中國文學發展史》，劉大杰，華正書局。

102. 《中國文學史》，葉慶炳，學生書局。

103. 《中國文學概論》，前野直彬著，洪順隆譯，成文出版社。

104. 《中國文學史論文選集》，羅聯添編，學生書局。

105. 《中國文學批評史》，羅根澤，學海書局。

106. 《中國駢文發展史》，張仁青，中華書局。

107. 《駢文衡論》，謝鴻軒，廣文書局。

108. 《駢文與散文》，蔣伯潛，世界書局。

109. 《照隅室古典論文集》，郭紹虞，丹青圖書公司。

110. 《中國山水詩研究》，王國瓔，聯經出版公司。

111. 《中國詩學思想篇》，黃永武，巨流圖書公司。

112. 《唐集敘錄》，萬曼，明文書局。

113. 《唐代文學論叢》第七輯，陝西人民出版社。

114. 《唐詩通論》，劉開揚，木鐸出版社翻印。

115. 《唐詩說》，夏敬觀，河洛圖書公司。

116. 《初唐詩人著述考》，王夢鷗，臺灣商務印書館。

117. 《唐七律詩精評》，孫安琴，上海社會科學院出版，1989 年。

118. 《唐代小說研究》，劉開榮，香港商務印書館，1964 年。

119. 《宋四六文研究》，江菊松，華正書局。

二、論文部份

1. 〈論從初唐到盛唐的過渡詩人張說〉，張步雲，《上海師範大學學報》，1989 年第三期，頁 15～19。

2. 〈唐代詩壇における張說〉（一）、（二），大野實之助撰，早稻田大學《中國古典研究》十四期，頁 109～130；十五期，頁 119～144，1966 年 12 月。

3. 〈張說の傳記と文學〉，吉川辛次郎撰，《東方學》第一期，頁 1～22，1951 年 3 月。

4. 〈兩唐書玄宗元獻皇后楊氏傳考異兼論張燕公事蹟〉，俞大綱，《史語所集刊》第六本，頁 93～101，民國 25 年 3 月。

5. 〈由唐玄宗時代的宰相看安史亂前的政局〉，王吉林，中央研究院《國際漢學會議論文集》歷史考古組（上冊），頁 405～420，民國 70 年 10 月。

6. 〈唐代官僚體系中的史官〉，張榮芳，《食貨》十三卷七、八合期，頁 18～43，民國 68 年。

7. 〈唐集賢院考〉，鄭傳章，《文史》十九輯，頁 65～85。

8. 〈關於唐詩分期的幾個問題〉吳承學，《文學遺產》，頁 100～194，1989 年 3 月。

9. 〈初唐詩重探〉，呂正惠，《抒情傳統與政治現實》，頁 35～60，大安出版社，民國 78 年 9 月初版。

10. 〈初、盛、中晚唐邊塞詩語言的差異〉，何寄彭，《唐詩論文選集》，頁 153～158，長安出版社，民國 74 年。

11. 〈釋河嶽英靈集序論盛唐詩歌〉，王運熙，《唐詩研究論文集》，頁 26～36，北京人民文學出版社，1959 年。

12. 〈天寶詩風的演變〉，傅璇琮、倪其心，《唐代文學論叢》第八輯，頁 1～21，陝西人民出版社。

13. 《唐文略述》，高文，《唐代文學研究》第一輯，頁 47～63，山西人民出版社，1988 年 3 月一版。

14. 〈隋唐駢散文體變遷概觀〉，曾了若，《史學專刊》一卷一期，民國 24 年 12 月。

15. 〈唐代以前的散文〉，姜亮夫，《青年界》十卷一期，頁 143～150，民國 25 年。

16. 〈蚪髯客傳考〉，饒宗頤，《大陸雜誌》十八卷一期，頁 1～4。

17. 〈論初唐四傑及其詩〉，劉開揚，《唐詩論文集》，頁 1～25，上海古籍出版社，1979 年。

18. 〈陳子昂和他的作品〉，王運熙，《文學遺產增刊》第四輯，頁 92～121，北平作家出版社，1957 年 3 月。

19. 〈元結年譜〉，楊承祖，《淡江學報》第二期，民國 52 年。

20. 〈楊炯年譜〉，楊承祖，香港大學《東方文化》十三卷一期，頁 57～72，1975 年 1 月。

21. 〈陳子昂年譜〉，羅庸，北京大學，《國學季刊》五卷二號，頁 231～263，民國 24 年。

22. 〈王維年譜〉，陳鐵民，《文史》十六輯，頁 203～226。

23. 〈王維生平事蹟初探〉，陳貽焮，《文學遺產增刊》第六輯，頁 137～147，北平作家出版社。

24. 〈孟浩然事蹟考辨〉，陳貽焮，《文史》第四輯，頁 41～74。

25. 〈孟浩然事蹟繫年〉，楊承祖，《漢學論文集》，頁 563～618，淡江文理學院，民國 59 年 12 月。

26. 〈高適年譜〉，阮廷瑜《高常侍校注》，頁 9～38，中華書局，民國 54 年。

27. 〈詩人高適生平繫詩〉，王達津，《文學遺產增刊》第八輯，頁 221～230，北平作家出版社。

28. 〈王昌齡行年考〉，譯優學，《文學遺產增刊》第十二輯，頁 175～192，北平作家出版社，1962 年 2 月。

29. 〈唐代詩人考略〉，傅璇琮，《文史》第八輯，頁 159～184，1980 年 3 月。

30. 〈讀兩《唐書‧文藝（苑）傳》札記〉，馬茂元，《文史》第八輯，頁 141～157，1980 年 3 月。

元次山詩文研究

李建崑　著

作者簡介

李建崑，字敏求，台灣台南人。國立台灣師範大學文學博士，曾任國立中興大學中文系助教、講師、副教授、教授，現任東海大學中文系教授。主要從事中國文學史、唐代文學之教學與研究。著有：《敏求論詩叢稿》、《韓孟詩論叢》（上下冊）、《中晚唐苦吟詩人研究》、《孟郊詩集校注》（上下冊）、《張籍詩集校注》、《賈島詩集校注》、《韓愈詩探析》等書。

提　　要

　　拙作為東海大學中文研究所六十八學年度（1979 年）碩士論文。全文以四部叢刊景印明湛若水校本唐《元次山集》及近人孫望《新校元次山集》為底本，共分五章：第一章先述其家世，以明其家族背景；次述為官前後之行實，以明其一生宦蹟；三引詩文所載，以明其性行；四考本集所錄，以明其思想觀點；末依史籍資料，纂述交遊人物。第二章分就載籍之著錄、《篋中集》版本考、《全集》版本篇目考，以考述其著作。第三章先究詩論，復觀詩風，並分類選錄詩三十八首，析而論之，以探其詩之風貌。第四章先論其文源於諸子，復作辨體，再論其文之體貌，亦分體選文十三篇，闡釋其為文之用心。第五章總評次山文學之特色，校論其與唐代古文之關聯，以結全篇，或能彰顯次山文學之成就也。

目

次

序

　　元結爲唐代文學名家，性不諧俗，往往迹近詭激，然制行高潔，深抱憫時憂國之心。其詩力崇風雅，而著重興寄，卓然自成一家；其文始濔駢麗，歸於高古淳樸，論者推爲唐代古文之前驅。人品文風，皆有拔俗之姿。惜生當安史之亂，中年始著文名，著作亡佚大半，致久爲後人所忽。

　　拙作以四部叢刊景印明湛若水校本唐《元次山集》及近人孫望《新校元次山集》爲底本，共分五章：第一章先述其家世，以明其家族背景；次述爲官前後之行實，以明其一生宦蹟；三引詩文所載，以明其性行；四考本集所錄，以明其思想觀點；末依史籍資料，纂述交遊人物。第二章分就載籍之著錄、《篋中集》版本考、《全集》版本篇目考，以考述其著作。第三章先究詩論，復觀詩風，並分類選錄詩三十八首，析而論之，以探其詩之風貌。第四章先論其文源於諸子，復作辨體，再論其文之體貌，亦分體選文十三篇，闡釋其爲文之用心。第五章總評次山文學之特色，校論其與唐代古文之關聯，以結全篇，或能彰顯次山文學之成就也。

　　拙作爲東海大學中文研究所六十八學年度（1979）碩士論文，撰述期間，承前國立中興大學中文系教授王禮卿先生悉心指導，王師逝世，已逾十載，特誌之以申致永遠之謝意。

民國九十九年十二月李建崑謹識於 東海大學中文系 H504 研究室

第一章　次山傳略

第一節　家世與宦蹟

一、次山之家世

　　元結，字次山，始號元子，繼稱猗玗子、浪士、漫郎、聱叟、後稱漫叟〔註1〕。河南汝州魯山縣（今河南省魯山縣）人。《新唐書》卷一四三有傳。其先人為後魏拓跋氏，據唐顏真卿〈唐故容州都督兼御史中丞本管經略使元君表墓碑銘序〉云：「蓋後魏昭成皇帝孫曰常山王遵之十二代孫。自遵七葉，王公相繼，著在惇史。〔註2〕」據《北史・魏諸宗室傳》云：「昭成皇帝九子：庶長曰君實、次曰明元帝、次曰秦王翰、次曰閼婆、次曰壽鳩、次曰紇根、次曰地干、次曰力真、次曰窟咄。」又曰：「常山王遵，壽鳩之子也。〔註3〕」自次山之高祖以下四代，均在唐朝為官：高祖元善禕，嘗為尚書都官郎中，其後封為常山郡公，因代居太原，遂為太原人。曾祖元仁基，字惟固，曾任朝散大夫及襄信令，從太宗征遼東，襲常山郡公。祖父元亨，字利貞，為霍王府參軍，美姿儀，嘗曰：「我承王公餘烈，鷹犬聲樂是習，吾當以儒學易之。」父元延祖，歷官魏成主簿，延唐丞，以魯山縣商餘山多靈藥，遂移家商餘山〔註4〕。

〔註1〕 參見楊承祖〈元結年譜〉譜前，載於《淡江學報》第二期，25頁。
〔註2〕 《新唐書・元結傳》云：「元結，後魏常山王遵十五代孫。」係誤載。宋趙明誠《金石錄》卷二十八，清王昶《金石萃編》卷九十八，辨之甚精。詳見孫望《新校元次山集》附錄二〈元次山年譜〉及楊承祖〈元結年譜〉。
〔註3〕 參見唐李延壽《北史》列傳三〈魏諸宗室列傳〉。臺灣商務印書館版百衲本《二十四史・北史》13093頁。
〔註4〕 同註1。

　　次山有三子，〈元君表墓碑銘〉云：「二子以方以明，能世其業。」然而《魯山縣志・集傳》云：「《全唐詩》元友讓、元結子，見《永州志》。按《元結集》載長子友直、次子友正，此蓋其幼子也。」又曰：「按顏眞卿〈元次山墓志銘〉二子以方以明，能世其業，今作友直、友正，或方與明二子異名，未可知也。〔註5〕」又《唐會要》卷七十六〈制科舉〉條云：「建中元年，賢良方正，能直言極諫科，姜公輔、元友直、樊澤、呂元膺及第。〔註6〕」又韋辭〈修浯溪記〉云：「今年春，公季子友讓，以遜敏知治術，爲觀察使袁公所厚，用前寶鼎尉假道州長史。〔註7〕」可知次山三子：長名友直，字以方；次名友正，字以明；季名友讓。茲據《魏書》卷三〈帝紀三〉、《新唐書・宰相世系表》、姚薇元《北朝胡姓考》〔註8〕、孫望新校本《元次山集》附錄等資料，列表以明世系如後：

<h2 style="text-align:center">※元次山世系表</h2>

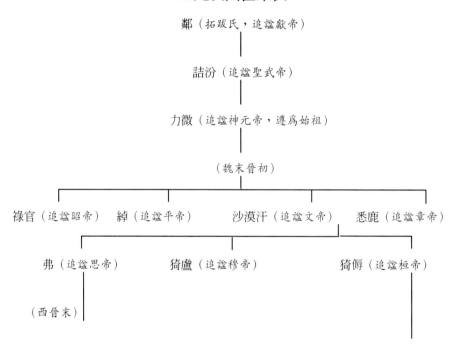

〔註5〕轉引自孫望〈元次山年譜〉「大曆七年」條。
〔註6〕參見王溥《唐會要》，世界書局版下冊1389頁。
〔註7〕參見韋辭〈修浯溪記〉。引自《全唐文》卷七一七，臺灣大通書局版9339頁。
〔註8〕參見姚薇元《北朝胡姓考・內篇第一》，宗族十姓，元氏。華世出版社民國六十六年版2～8頁。

－2－

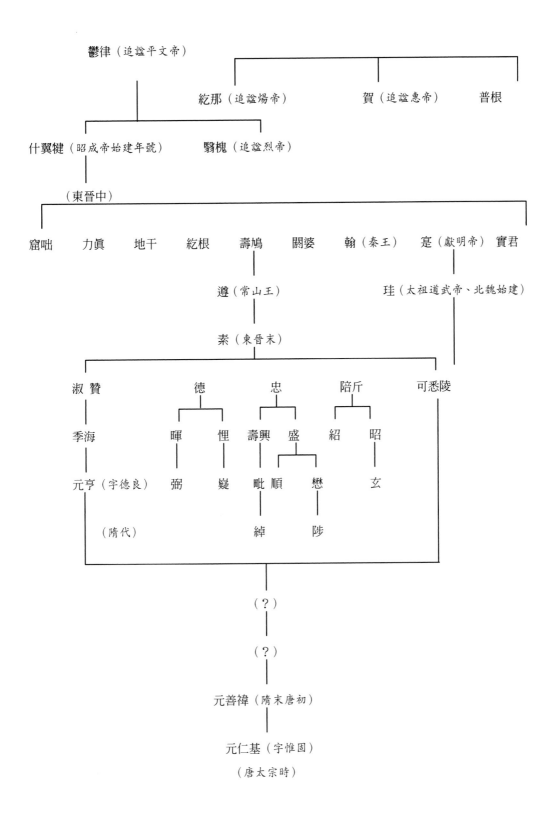

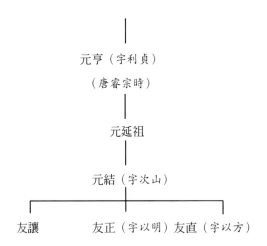

```
          │
      元亨（字利貞）
      （唐睿宗時）
          │
       元延祖
          │
      元結（字次山）
   ┌──────┼──────┐
  友讓   友正（字以明）友直（字以方）
```

　　次山生於唐玄宗開元七年己未（西元719年），卒於唐代宗大曆七年壬子（西元772年），享年五十四歲〔註9〕。次山之青年期，正當玄宗開元天寶之際，中年之後，則入於肅宗代宗兩朝。開元為玄宗初期，乃有唐自太宗貞觀以來另一盛世。玄宗於開元時代之政績甚隆，以言文治，則講求吏治，力行考試制度，整頓佛教、搜訪遺籍、纂修五禮。以言武功，則廢府兵為彍騎，沿邊設置十大兵鎮，各立節度使，文治武功，堪稱一時之盛。惜至天寶，政治漸趨於衰頹。天寶上承開元，下接肅宗廣德，為期十四載，此時玄宗不思勵精圖治，反為宮廷享樂。而宦官高力士之得寵用事，楊矜、韋堅、王鉷等人之搜括聚斂，相國李林甫之欺上瞞下，尤為興衰之關鍵。李林甫於開元二十二年為相，至天寶十一載始憂懣而死。為相期間欺瞞玄宗，陷害忠良，以致朝政大壞。林甫既逝，楊國忠繼任為相，與楊貴妃同受愛寵，驕奢淫佚，致使朝綱失墮，不可收拾。於是漁陽鼙鼓，動地而來，終在天寶十四年釀成安史之亂。

二、次山之宦蹟

　　次山志學稍晚，中年沈浮亂世，暮年始達。故以下擬先述其中舉前之事蹟，再述安史亂間之際遇，後以道州、容州刺史任內之治績作結，以明其一生宦蹟。

（一）舉進士前之遊歷（天寶六載至十三載，西元747年～754年）

　　天寶六載（西元747年），玄宗以承平日久，欲廣求天下之士，命通一藝

〔註9〕參見孫望〈元次山年譜〉及楊承祖〈元結年譜〉「唐玄宗開元七年己未」條及「唐代宗大曆七年壬子」條。

者皆詣京師，杜甫及次山聞訊皆往長安應試。相國李林甫惟恐草野之士對策斥言其奸惡，乃命郡縣長官精加試練，灼然超絕者具名送省，委尚書覆試，既而至者皆試以詩賦論，凡布衣之士皆下第，然後上表玄宗，慶賀野無遺賢〔註10〕。次山在〈喻友〉一文言之甚詳：

> 天寶丁亥中，詔徵天下士人有一藝者，皆得詣京師就選，相國晉公林甫以草野之士猥多，恐洩露當時之機，議於朝廷曰：「舉人多卑賤愚聵，不識禮度，恐有俚言，汙濁聖聽。」於是奏待制者悉令尚書長官考試，御史中丞監之，試如常吏，已而布衣之士無有第者，遂表賀人主，以爲野無遺賢。（本集卷四）

按次山是年曾進〈元謨〉、〈演謨〉、〈系謨〉及〈二風詩〉於司甌使，盼有司納獻登聞，不料林甫之用事而未受重視，乃憤然而歸〔註11〕。次年再遊長安，餘憤未消，作〈丐論〉以刺當道，後因多病而返商餘山。

次山自天寶九載（西元750年）至天寶十一載（西元751年）在商餘山習靜養病，爲時三年。其〈述居〉云：「天寶庚寅，元子得商餘之山，山東有谷，日餘中；谷東有山日少餘；山谷中有田，可耕藝者三數夫（按：一夫約爲百畝）有泉停浸，可畦稻者數十畝。泉東南合肥溪，溪源在少餘山下，溪流出谷，與瀿水合匯于瀅，將成所居。」（本集卷五）則其居處環境也。〈心規〉云：「元子病遊世，歸于商餘山中，以酒自肆。」（本集卷五）則其燕居情趣也。〈惡曲〉云：「元子時與鄰里會，曲全當時之懂，以順長老之意。」（本集卷五）則其與鄰里會也。〈水樂說〉云：「元子於山中尤所耽愛者，有水樂。水樂，是南磑之懸水，淙淙然聞之多久，於耳尤便。不至南磑，即懸庭前之水，取欹曲竇缺之石，高下承之，水聲少似，聽之亦便。」（本集卷五）則記其山中所耽愛者。〈浪翁觀化〉云：「浪翁，山野浪老也。聞元子亦浪然在山谷，病中能記水石草木蟲豸之化，亦來說常所化。」（本集卷五）此則記其與野老商量玄理也。由是知次山在商餘山隱居耕讀，兼以養病，日與鄉鄰爲伍，優遊林壑，故學行俱進，著述甚多。〈自述三篇序〉云：「天寶庚寅，元子初習靜于商餘，人聞之非非曰：『此狂者也，見則茫然。』無幾，人聞之是是曰：

〔註10〕參閱《資治通鑑》卷二一五，世界書局版。

〔註11〕《新校元次山集》卷一二〈風詩有序〉云：「天寶丁亥中，元子以文辭待制闕下，著〈皇謨〉三篇，〈二風詩〉十篇，將以干司甌氏，以裨天監，會有司奏待制者悉去之，於是歸于州里。」按本集卷四有〈元謨〉、〈演謨〉、〈系謨〉，應即所謂〈皇謨〉也。

『此學者也，見則猗然。』及三年，人聞之參參，曰：『此隱者也，見則崖然。』」
（本集卷五）此爲次山學行精進之自供。

天寶十二載（西元 753 年）次山離商餘至長安，其時禮部侍郎陽浚知貢
舉，見次山所納《文編》十卷，歎曰：「一第污元子耳，有司得元子是賴！」
是年冬，次山應舉，次年春（天寶十三載），果然進士及第〔註 12〕。據清徐
松《登科記考》所載，是歲進士三十五人，同時及第者尚有詩人韓翃、喬潭、
房白、鄔載、魏顥、尹徵、劉太眞等人，皆活躍於文壇。不幸從兄元德秀於
當年九月逝世，次山立即奔喪陸渾，爲作〈元魯山墓表〉，自是，沈浮人間
凡二、三年。

（二）安史亂間之際遇（天寶十四載至代宗廣德元年，西元 755 年～ 762 年）

天寶十四載（西元 755 年）范陽節度使安祿山興兵造反，自幽州率眾南
向，在靈昌郡渡河，先後陷陳留、滎陽及東京。哥舒翰領河隴之兵拒守於潼
關，未幾不敵，潼關失守，玄宗出奔，楊貴妃賜死，皇太子即位於靈武。次
年（西元 756 年）回紇引軍赴難，與郭子儀同破安祿山於河上。安祿山作亂
期間，次山自商餘山率家族鄰里逃難，先是經襄陽入猗玕洞（今湖北大冶）。
史思明於肅宗至德三載（西元 758 年）再度作亂，次山復招鄰里二百餘家奔
襄陽，定居於瀼溪（湖北瑞昌）。有關此事，李肇《國史補》記之甚詳：

> 天寶之亂，元結自汝濆大率鄰里，南投襄溪，保全者十餘家，乃舉
> 義師宛、葉之間，有嬰城捍寇之力。〔註 13〕

乾元二年（西元 759 年）李光弼拒史思明於河陽，肅宗擬幸河東，意欲親征，
國子司業蘇源明上書極諫，肅宗嘉其切直，遂罷東幸。並問天下士，蘇源明
雅善杜甫、鄭虔，而最稱元結、梁肅，乃薦次山可用〔註 14〕。肅宗從之，乃

〔註 12〕《新校元次山集》卷十〈文編序〉云：「天寶十二年，漫叟以進士獲薦，名在
　　　　禮部，會有司考校舊文，作文編納於有司……明年（按：天寶十三年）有司
　　　　於都堂策問群士，叟竟在上第。」顏眞卿〈元君表墓碑銘〉作：「天寶十二載，
　　　　舉進士。」《新唐書》本傳亦作天寶十二載擢上第，皆記載有誤。詳考請參閱
　　　　楊承祖先生〈元結年譜辨正〉，載《淡江學報》第五期 280 頁。民國 55 年 11
　　　　月出版。
〔註 13〕參見李肇《國史補》，筆記小說大觀正編第一冊，臺北新興書局，民國 51 年
　　　　版，第 81 頁。
〔註 14〕見《新唐書》卷一四三《列傳》六十八〈元結傳〉，臺灣商務印書館百衲本《二
　　　　十四史》，《新唐書》第 16984 頁。

詔次山詣京師，次山上時議三篇，悉陳兵勢，肅宗大悅，擢爲右金吾兵曹參軍，攝監察御史，奉旨在唐、鄧、汝、蔡等州，招緝義軍，泌南劇賊山棚、高晃等，更率五千餘眾來歸，於是史思明挫銳，不敢南侵〔註15〕。

　　乾元三年，（西元 760 年），次山任山南東道節度使來瑱府之參謀，理兵於泌南。其地於至德丁酉年間（西元 757 年）爲陷邑，百姓殺傷甚多，街廓亂骨如古屠肆，次山見之不忍，收而藏之，命曰哀丘〔註16〕。又憫將士之戰死，請給將士父母糧〔註17〕，請收養孤弱，來瑱俱納所請。次山理兵之餘，且編有《篋中集》一卷。〔註18〕

　　上元元年（西元 760 年）次山改佐荊南節度使呂諲拒史思明之亂，兼任水部員外郎及殿中侍御史。次年，次山方欲領兵鎮九江，史思明已爲其子朝義所殺，八月，次山撰〈大唐中興頌〉，是頌至大曆六年六月（西元 771 年）復由顏眞卿書之，刻於浯溪（今湖南祁陽）之磨崖。自肅宗乾元三年（西元 759 年）至代宗廣德元年（西元 763 年）之間，次山以一介儒生親與戎事，雖卓著戰功，終非夙志所在，乃有〈舂陵行〉一首自攄懷抱，詩云：

> 天下昔無事，僻居養愚鈍。山野性所安，熙然自全順。忽逢暴兵起，閭巷見軍陣；將家瀕海濱，自棄同芻糞。往在乾元初，聖人啓休運，公車議魏闕，天子垂清問。敢誦王者箴，亦獻當時論。朝廷愛方直，明主嘉忠信。屢授不次官，會與專征印。兵家未曾學，榮利非所徇。偶得兇醜降，功勞愧分寸。爾來將四歲，慙恥言可盡？請取冤者辭，爲吾舂官引。冤辭何者苦？萬邑餘灰燼。冤辭何者悲？生人盡鋒刃。冤辭何者甚？力役遇勞困。冤辭何者深？孤弱亦哀恨。無謀救冤老，祿位安可近，而可愛軒裳，其心又干進。此言非作戒，此言敢詒訓？！
> 實欲辭無能，歸耕守吾分。（本集卷二）

此詩爲次山辭官前所作，於行伍之事，自慙無能，頗有歸全山野之意，故代宗登極，欲加封邑，次山即遜讓不受。適呂諲病逝，次山代領節度使事，懼

〔註15〕 見顏眞卿〈元君表墓碑銘〉。
〔註16〕 見《新校元次山集》卷七〈哀丘表〉。表云：「乾元庚子，元子理兵于有泌之南，泌南，至德丁酉爲陷邑，乾元乙亥爲境上，殺傷勞苦，言可極耶？街郭亂骨如古屠肆，於是收而藏之，命曰哀丘。或曰：『次山之命哀丘也，哀生人將盡而亂骨不藏者乎？哀壯勇已死而名跡不顯顯者乎？』對曰：『非也！吾哀凡人不能絕貪爭毒亂之心，守正和仁讓之分，至令吾有哀丘之怨歟。』」
〔註17〕 見《新校元次山集》卷七〈請給將士父母糧狀〉。
〔註18〕 參見毛晉汲古閣本〈篋中集序〉，收入台灣大通書局版《唐人選唐詩》165 頁。

貽災患，又老母久病，乃乘機進〈乞免官歸養表〉，代宗許之，改拜著作郎〔註19〕。遂家武昌之樊口，自號聱叟、漫叟，日與漁者酒徒為伍，放情山水，耕釣自娛〔註20〕，著有詩文甚多。奈此種生活為期僅兩載，即於代宗廣德元年（西元763年）九月，奉詔擔任道州（今湖南道縣）刺史〔註21〕。

（三）道容二州任內之治績（代宗廣德元年至大曆四年，西元763年～769年）

次山於代宗廣德二年五月二十二日赴道州履新，方至任所，即見租庸調諸使之文牒，不外令徵錢物之屬，然道州甫於去年為西原（今廣西扶南縣）蠻賊所陷，燒殺擄掠，百姓甚為困頓，因進免科率狀，請免百姓所負粗稅，代宗准其請。又作〈舂陵行〉以達下情，其序曰：

> 癸卯歲，漫叟授道州刺史，道州舊四萬餘户，經賊以來，不滿四千，大半不勝賦稅。到官未五十日，承諸使徵求，符牒二百餘封，皆曰：「失其限者罪至貶削。」於戲！若悉應其命，則州縣破亂，刺史欲焉逃罪？若不應命，又即獲罪戾，必不免也。吾將守官，靜以安人，待罪而已。此州是舂陵故地，故作〈舂陵行〉以達下情。（本集卷三）

未幾，西原（今廣西扶南縣）蠻賊復來犯州，次山固守百餘日，賊退，次山作〈賊退示官吏〉為百姓請願，其序曰：

> 癸卯歲，西原賊入道州，焚燒殺掠，幾盡而去。明年，賊又攻永州破邵，不犯此州邊鄙而退，豈力能制敵歟？蓋蒙其傷憐而已！諸使何為忍苦徵斂？故作詩一篇，以示官吏。（本集卷三）

試觀此二序，其憫時憂國，關心民瘼之意，形於筆墨，故杜甫得此二詩，大為激賞，亦作〈同元使君舂陵行〉一詩，詩云：

> 覽道州元使君結，〈舂陵行〉兼〈賊退後示官吏〉作二首，志之曰：當天子分憂之地，效漢官良吏之目，今盜賊未息，知民疾苦，得結輩十數公，落落然參錯天下為邦伯，萬物吐氣，天下少安可得矣！不意復見比興體制。微婉頓挫之詞，感而有詩，增諸卷軸，簡知我者，不必寄元。
>
> 遭亂髮盡白，轉衰病相嬰，沈緜盜賊際，狼狽江漢行。歎時藥力薄，

〔註19〕 參見顏真卿〈元君表墓碑銘〉。
〔註20〕 《新校元次山集》卷八自釋以恢詭之語，述之甚詳。
〔註21〕 見《新校元次山集》卷八〈謝上表〉。

爲客羸瘵成。吾人詩家秀，博采世上名。粲粲元道州，前聖畏後生，
觀乎〈舂陵行〉，歘見俊哲情，復覽〈賊退篇〉，結也實國楨！賈誼
昔流慟，匡衡常引經；道州憂黎庶，詞氣浩縱橫。兩章對秋月，一
字偕華星。致君唐虞際，純樸憶大庭，何時降璽書，用爾爲丹青。
獄訟永衰息，豈惟偃甲兵！悽惻念誅求，薄斂近休明，乃知正人意，
不苟飛長纓。涼飆振南岳，之子寵若驚。色沮金印大，興含滄浪清。
我多長卿病，日夕思朝廷，肺枯渴太甚，漂泊公孫城。呼兒具紙筆，
隱居臨軒楹，作詩呻吟內，墨淡字欹傾。感彼危苦詞，庶幾知者聽。
〔註22〕

此詩首尾自敘憂亂傷時，中幅則對次山之思致君於有虞，濟烝民於塗炭，推
崇備至。正由於次山行古人之政，知民疾苦，爲民請命，二年之間，歸附者
萬餘家，西原賊自是懷畏，不敢來犯。此外，次山以虞舜葬蒼梧之九疑山，
適在其封內，因立舜祠於州西之山南，爲之立表刻石，表曰：

> 有唐乙巳歲，使持節道州諸軍事守道州刺史元結，以虞舜葬於蒼梧
> 九疑之山，在我封內，是故申明前詔，立祠于州西之山南，已而刻
> 石爲表。於戲！孔氏作虞書，明大舜德及生人之至，則大舜於生人，
> 宜以類乎天地；生人奉大舜，宜萬世而不厭。考大舜南巡之年，時
> 已一百一十二歲矣！自中國至蒼梧，亦幾有萬里。蒼梧山谷，深險
> 可懼，帝竟入而不同，至今山下之人，不知帝居之宮，帝葬之陵。
> 嗚呼！在有虞氏之世，人民可奪其君耶？人民於大舜，能忘而不思
> 耶？何爲來而不歸？何故死於空山？吾實惑而作表。來者遊於此
> 邦，登乎九疑，誰能不惑也歟！（本集卷八〈舜祠表〉）

相傳大舜南巡蒼梧，死於空山。豈有盛德大業，百王師表，竟歿於荒裔而陵
廟皆無，次山甚感疑惑，兼抱不平，乃謹遵舊制，立其祠廟，又進〈論舜廟
狀〉（本集卷九）乞代宗蠲免近廟百姓一兩家，令其歲時拂灑，示爲恒式。又
封內有處士張季秀，介直自全，退守廉讓，以文章爲業，不求人知，次山甚
愛賞，爲作〈舉處士張季秀狀〉以請褒揚，代宗敕依所請，及張季秀卒，又
作〈張處士表〉（本集卷九），由此諸事，可知次山在道州任內，非惟關心民
瘼，亦且表彰仁烈，於是治績卓著，聲譽日隆。百姓紛紛詣闕，請立生祠，
其受愛戴可知矣。

〔註22〕見清仇兆鰲《杜詩詳注》卷十九，文史哲出版社版 980 頁。

　　代宗大曆三年（西元 768 年）夏，進授容州刺史，兼御史中丞，充本管經略守捉使，持節都督容州諸軍事，其道州刺史遺缺，則由崔渙繼任。次山是時已五十歲，母老病身，不堪遠行，故上表乞免，未獲允許，乃移家浯溪，單車赴容州。是時容、管諸州豪蠻叛據，次山既到任，身入賊庭，親自撫諭，六旬而綏定八州〔註 23〕。先前次山既表讓容州職事，代宗察其懇切，擬詔進入朝，勑書未到，次山已丁母憂〔註 24〕，乃去官奔喪。至大曆四年夏，起復次山爲守金吾衛將軍員外，置同正員，又兼御史中丞，使持節都督容州諸軍事，兼容州刺史，充本管經略守捉使，賜紫金魚袋。次山忽蒙恩詔，甚爲驚惶，蓋次山方丁母憂，寄柩永州，若應命赴容州，則亡母歸葬無日，奠祀無主，若不應命，則有負君恩，爲之進退兩難。故再矢死懇辭容州職事，俾終喪制。代宗憫其孝心，終許所請，命長孫全緒繼其遺缺〔註 25〕。時次山已五十二歲矣！

　　次山晚年居浯溪守喪，杜門謝客，生活清簡，號其宅曰漫郎宅，林園荒廢，亦不思修治。至大曆七年春（西元 772 年）次山朝京師，代宗甚爲禮遇，方欲加封位秩，不幸染疾，卒於旅次〔註 26〕。享年五十四歲〔註 27〕。贈禮部侍郎，是年冬，歸葬於魯山。

第二節　性行與思想

一、次山之性行

　　次山少時倜儻不羈，十七始知向學，師事從兄元德秀，而德秀乃天寶間以德行著稱之學者，其於次山人格之薰陶，可想見矣。復次，次山自幼隱居商餘山，至四十一歲始入仕途，其地靈山秀水，於次山性靈之啓迪亦不待言。再者，安史之亂連亘八年，次山以一介書生親與戎事，目睹社稷之殘破，民生之困頓，自有超然於富貴，獨挺於流俗之志節。顏眞卿謂次山「其心古，其言古，其行古」而譽爲「皇家忠烈，義激文武之直清臣也」顯見次山非惟詩文名世，其人其德亦有足稱者。

〔註 23〕參見顏眞卿〈元君表墓碑銘〉。
〔註 24〕詳見《新校元次山集》卷十〈再讓容州表〉。
〔註 25〕詳見《舊唐書・王翃傳》。
〔註 26〕參見顏眞卿〈元君表墓碑銘〉。
〔註 27〕見楊承祖〈元結年譜〉唐玄宗開元七年己未一歲條所考。

　　次山〈與李相公書〉云：「某性愚弱，本不敢干時求進，十餘年間，在山野。」（本集卷六）〈乞免官歸養表〉云：「臣少以愚弱，不願爲吏，書學自業，老於儒家。」（木集卷七）又〈與呂相公書〉云：「某性荒浪，無拘限，每不能節酒，與人相見，適在一室，不能無歡於醉，醉歡之中，不能無過。少不學爲吏，長又著書論自適。」（本集卷七）此皆次山之自供，可知次山少雖穎悟有才德，然不徇名利，無意仕進，願以著述爲業，終老於山谷。然次山於〈別崔曼序〉中云：「漫叟年將五十，與時世不合，垂三十年，愛惡之聲，紛紛人間。」（本集卷十）又爲何故？蓋以次山生丁亂世，憂時甚摯，憤世太深，故多與時枘鑿，而往往梗僻不諧俗，甚或迹近詭激。舉例言之，若寶應元年，時人誚其「漫有所爲，漫聚兵，又漫辭官，漫聞議」云云，次山立以寓言作〈漫論〉以諷之：

　　　　世有規檢大夫持規之徒來問叟曰：「公漫然何爲？」對曰：「漫爲公也。」「漫何以然？！」對曰：「漫然。」規者怒曰：「人以漫指公者，是他家惡公之辭，何得翻不惡漫而稱漫爲？漫何檢括？漫何操持？漫何是非？漫不足準，漫不足規，漫無所用，漫無所施。漫也何效？漫焉何師？公髮已白，無終惑之。」叟俛首而謝曰：「吾不意公之說漫而至於此，意如所說，漫焉足恥。吾當於漫，終身不羞，著書作論，當爲漫流。於戲！九流百氏，有定限耶？吾自分張，獨爲漫家。規檢之徒，則奈我何？」（本集卷八）

按此文實爲有所矯勵之作，他如〈丐論〉、〈寱論〉、〈心規〉、〈戲規〉、〈處規〉、〈惡曲〉、〈惡圓〉諸文皆類是，故李商隱謂次山之文「危苦激切，悲憂酸傷於性命之際」〔註28〕非無因也。次山嘗於〈自釋〉云：

　　　　於戲！吾不從聽於時俗，不鉤加於當世，誰是聾者？吾欲從之。彼聾叟不慚帶乎笭箵，吾又安能簿乎著作？彼聾叟不羞聾聵於鄰里，吾又安能慚漫浪於人間？取而醉人議，當以漫叟爲稱，直荒浪其情性，誕漫其所爲，使人知無所存有，無所將待。（本集卷八）

由是益知次山之自號漫郎，不從聽於時俗，蓋有所矯勵於世也。況次山自謂：「賢士君子自植其身，不可不愼擇所處。」（本集卷九〈菊圃記〉）又謂：「四十以前，足不入公卿之門。」（本集卷六〈與韋尚書書〉）其於公卿大夫，必

〔註28〕見李商隱〈容州經略史元結文集後序〉，載於欽定《全唐文》卷七七九，臺灣大通書局版，第十六冊，10272頁。

其人能以至公之道推引君子，使名聲德業相繼稱顯，方思見之；若不能以至公之道推引君子，則避之唯恐不及，顯見次山性行之清直耿介。至若故作誕漫，無非使人知其無所求於世，非放浪以干名也。〈自箴〉云：

> 與時仁讓，人不汝上；處世清介，人不汝害。汝若全德，必忠必直。
>
> 汝若全行，必方必正。終身如此，可謂君子。（本集卷五）

正是次山最佳寫照。

二、次山之思想

次山無思想專著傳世，前人亦未嘗論及其思想。惟可自若干目錄著作之歸類暨次山本集談理之作略窺端倪。其《元子》十卷，《新唐書·藝文志》列入「儒家類」，鄭樵《通志·藝文略》列入「諸子儒家類」。其〈浪說〉七篇、〈漫記〉七篇，《新唐書·藝文志》亦並列入「儒家類」，可知次山有儒家之思想。然李商隱〈容州經略使元結文集後序〉云：「論者徒曰次山不師孔氏為非。」而曲予辯解，則次山又有非儒家之言論。今觀《次山全集》，〈皇謨〉三篇、〈述命〉、〈浪翁觀化〉諸文，實有道家傾向。按唐自玄宗開元二十一年起，制令士庶家藏《老子》一本，每年之貢舉亦量減《尚書》、《論語》兩條策，而增《老子》策。士子欲求功名，未有不讀《老子》者。則次山部份著述之著有道家色彩，毋寧視為必然。以下擬就政治教化觀及人生觀點，考察次山之思想。

（一）次山之政治教化觀

次山之政治觀傾向道家，其理想國可自〈系樂府〉第一首〈思太古〉獲悉梗概。詩云：

> 東南三千里，沅湘為太湖。湖上山谷深，有人多似愚。嬰孩寄樹顛，
> 就水捕鱨鱸。所歡同鳥獸，身意復何拘。吾行遍九州，此風皆已無，
> 吁嗟聖賢教，不覺久踟躕。

按此詩雖係描述太湖居民之生活，實即本自〈元謨〉：「上古之君，用真而恥聖，故大道清粹，滋於至德，至德蘊淪，而人自純。」（本集卷四）為言，又與《老子》第八十章及《莊子·馬蹄篇》：「夫至德之世，同與禽獸居，族與萬物並。〔註29〕」頗有異曲同工之妙。可知次山所貴之政治，其最終目的在造成無所欲求，返於自然之社會。至於次山心目中之理想國君當為何種形態？〈元謨〉曰：

〔註29〕見郭慶藩《莊子集釋·馬蹄第九》，世界書局版，第337頁。

上古之君，用眞而恥聖，故大道清粹，滋於至德，至德蘊淪，而人
自純。其次用聖而恥明，故乘道施教，修教設化；教化和順，而人
從信。其次用明而恥殺，故沿化興法，因教置令；法令簡要，而人
順教。此頽弊以昌之道也。

迨乎衰世之君，先嚴而後殺，乃引法樹刑，援令立罰，刑罰積重，
其下畏恐。繼者先殺而後淫，乃深刑長暴，酷罰恣虐，暴虐日肆，
其下須喁。繼者先淫而後亂，乃乘暴至亡，因虐及滅，亡滅兆鍾，
其下憤凶。此頽弊以亡之道也。

按此言太古有德之君，無爲無迹，民不知其所以然，而能自純；其次德既下
衰，乃取仁義爲治，民被仁義，故親之信之。再次則取刑法爲治，天下畏避，
乃能從之順之。迨乎衰世，則惟藉法術威刑以鎭之，天下之民雖處高壓，不
得動彈，一旦得勢，則必如堤防之潰決。此種思想實即導源於《老子》第十
七章：「太上，下知有之；其次，親之譽之；其次，畏之侮之。」〔註30〕乃就
人類歷史發展說明各時代政治支配者之精神修養與治術。〈演謨〉又云：

頽弊以昌之道，其由上古強毀純樸，強生道德，使興云云，使亡惛
惛，始開禮樂，始鼓仁義，乃有善惡，乃生眞僞。然後勤儉之風，
發而逾扇，嚴急之教，起而逾變，須智謀以引喻，須信讓以敦護。
是故必垂清靜，必保公正，所謂聖賢相逢，瀛瀛溶溶，不放不封，
乃見禁而無殺，順而無詭，狩愃優游，尚致平和。（本集卷四）

按此又本諸《老子》卅八章：「失道而後德，失德而後仁，失仁而後義，失義而
後禮。」及十八章：「大道廢，有仁義；智慧出，有大僞。」〔註31〕唯其與老子
政治哲學不同處在於：老子純聖去智，絕仁棄義，根本否定人文之價值，而次
山則肯定禮樂仁義，但盼聖賢相逢，施政清簡，使政道軌於昌盛。可知次山論
述政治情態之演變時，頗有理想主義之色彩。〈系謨〉之中，更就上述言論制定
規約，分就道德、風教、衣服、飲食、器用、宮室、苑囿、賦役、刑法、兵甲、
畋獵、聲樂、嬪媵、任用、郊祀、思慮諸端，力促天子遵從。「能全仁明以封天
下」、「能保靜順以涵萬物」、「能執勢儉以大功業」、「能正愼恭和以安上下」、「能
守清一以被無刑」，則爲治國之君；至若「忘戒愼道，以豫失國」、「肆極凶虐，
亂亡乃已」、「昏毒狂亂，無惡不及」、「用姦臣以虐外，寵妖女以亂內，內外用

〔註30〕見王淮《老子探義》，臺灣商務印書館版，第72頁。
〔註31〕同前書，第78頁及149頁。

亂,至於崩亡」、「以崩盪之餘,無惡不爲也」者,當屬亂君無疑。

綜上以觀,次山之政治觀點傾向道家,道家清靜無爲之政怡乃其所極端嚮往者。其崇拜之國君,又爲儒家聖君之形態,乃知次山思想融會儒道二家,而尤重道德。

次山之教化觀見於〈訂古〉五篇,次山作〈訂古〉,目的在探討五倫失序之原因,並指出五倫失序之後果,促使有司注意。全篇使用嗟傷泣恨之語氣,實則正言若反,對五倫之教化意義有其正面之肯定。〈訂古〉五篇曰:

> 吾觀君臣之間,且有猜忌而聞疑懼,其由禪讓革代之道誤也,故後世有劫篡廢放之惡興焉。嗚呼!即有孤弱,將安託哉?即有功業,將安保哉?
>
> 吾觀父子之際,且有悲感而聞痛恨,其由聽讒受亂之意惑也,故後世有幽毒囚殺之患起焉。嗚呼!即有深慈,將安興哉?即有至孝,將安訴哉?
>
> 吾觀兄弟之中,且有鬥淨而聞殘忍,其由分國異家之教薄也,故後世有陰謀誅戮之害生焉。嗚呼!即有友悌,將安用哉?即有恭順,將安全哉?
>
> 吾觀夫婦之道,且有冤怨而聞嫌妬,其由耽淫惑亂之情多也,故後世有滅身亡家之禍發焉。嗚呼!即有信義,將安及哉?即有柔順,將安守哉?
>
> 吾觀朋友之義,且有邪詐而閒忌患,其由趨勢近利之心甚也,故後世有窮凶極害之刑生焉。嗚呼!即有節分,將安與哉?即有方正,將安容哉?(本集卷五)

在此,次山指出君臣之猜忌,起於禪讓革代之道誤也。父子之痛恨,起於聽讒受亂之意惑也。兄弟之鬥爭,起於謙讓之教薄也;夫婦之嫌妬,起於耽淫之情多也。朋友之邪詐,起於趨勢近利之心甚也。此當有現實之意義,因玄宗天寶之際,政治混亂,社會不安,五倫失序,幾於窮凶極惡,故次山重提五倫,盼其父子有親,君臣有義,夫婦有別,長幼有序,朋友有信,期能「化小人爲君子,化諂媚爲公直,化姦逆爲忠信,化競進爲退讓,化刑法爲典禮,化仁義爲道德,使天下之人,皆涵純樸。」(本集卷八)。準此,則次山教化觀點屬於儒家。

（二）次山之人生觀點

次山率性方直，秉心眞淳，其憤世太深，故不免詭激；其憂世太亟，故不免感傷，大抵屬於狂狷清介之士。其人生觀點卓爾不群，異於凡輩，兼備積極進取與消極恬退。其處世之道，素重道德，尤重守分；亦主清虛，以還本眞。其人生目標，惟順命而已。自謂：「苟能耕藝山田，兼備藥石，與兄弟承歡於膝下，與朋友和樂於琴酒，不爲外物所累，於願足矣。」（本集卷五〈述居〉）故顏眞卿〈元君表墓碑銘〉稱頌次山：「允矣全德，今之古人。」以下即分四點論之：

甲、全眞：次山〈心規〉記其倦於遊世，乃返商餘，以酒自肆，優遊林泉。同里夫公甚然其「自樂山林」之說，獨於「自樂耳目」有疑。次山喻之曰：

> 子行於世間，目不隨人視，耳不隨人聽，口不隨人語，鼻不隨人氣，其甚也，則須封苞裹塞，不爾，有滅身亡家之禍、傷汙毀辱之患生焉。雖王公大人，亦不能自主口鼻耳目，夫公何思之不熟耶？（本集卷五〈心規〉）

夫徇於外物，則不能自主口鼻耳目，而須隨人視聽，仰人鼻息。故次山以弔詭之言，深慶得以自樂耳目，實即慶己能保本眞也。〈處規〉云：

> 州舒吾問元子曰：「吾聞子多矣！意將何爲？」對曰：「雲山幸不求吾是，林泉又不責吾非，熙然能自全，順時而老可矣，復安爲哉？」舒吾曰：「元子其過誤乎！其太矯也。吾厭世人飾言以由道，藏智以全璞，退身以顯行，設機以樹名。吾子由之，使我何信？」元子俛而謝之。（本集卷五）

按次山言「熙然自全，順時而老」，舒吾疑其跡近僞飾，故不予置信，次山不與辯白，俛首謝之，此亦明全眞之志也。

乙、守分：次山以爲，在賤思貴，在貧思富，乃人之常情，雖聖賢尚且如此，唯能知貧賤不可苟免，富貴不可苟取，「上順時命，乘道御和；下守虛澹，修己推分」方爲不忝。次山之重守分，乃隨全眞而來，蓋人生如行長道，所行有極而道無窮，必也各守性分，方克不徇於物。〈喻友〉云：

> 昔世以來，共尚丘園潔白之士，蓋爲其能外獨自全、不和不就，飢寒切之，不爲勞苦，自守窮賤，甘心不辭。（本集卷四）

又云：

> 於戲！貴不專權，罔惑上下；賤能守分，不苟求取，始爲君子。（本

集卷四）

此皆次山重守分之言論。

丙、正直不苟：次山之〈戲規〉記其倚于雲丘之巔，戲弄牧兒，致使牧兒受田主之鞭責。次山之友眞卿，數其罪愆，喻之曰：

> 吾聞君子不苟戲，無似非，如何惑一兒，使不知所以蒙過，此非苟戲似非之非者耶？惡不必易此。

次山聞責曰：

> 於戲！吾獨立於空山之上，戲歌牧兒得過，幾不可免。彼行於世上，有愛憎相忌，是非相反，名利相奪，禍福相從，至於有蒙戮辱者，焉得不因苟戲似非，世兒惑之以及者乎？眞卿！吾當以戲爲規！（本集卷五）

夫戲弄牧兒，本非大過，然次山以小喻大，以爲世上禍敗之來，無非苟且，故以苟戲爲己戒。

又〈惡圓〉記次山家有乳母，爲圓轉之器以戲嬰兒，嬰兒喜之，次山之友公植，聞有戲兒之器，告以古有惡圓之歌曰：「寧方爲阜，不圓爲卿；寧方爲污辱，不圓爲顯榮。」又責次山曰：

> 次山奈何任造圓轉之器，恣令悅媚嬰兒，少喜之，長必好之。教兒學圓，且陷不義；躬自戲圓，又失方正。嗟嗟次山！入門愛嬰兒之樂圓，出門當愛小人之趨圓，吾安知次山異日不言圓行圓動圓靜圓以終身乎？吾豈次山之友也。

次山聞責，告季川曰：

> 吾自嬰兒戲圓，公植尚辱我言絕，忽乎吾與汝圓以應物，圓以趨時，非圓不預，非圓不爲，公植其操矛戟刑我乎？！（本集卷五）

次山之友公植道德意識甚爲強烈，次山造圓轉器戲嬰兒即蒙苛責，蓋引申爲人處世，應絕對正直也。

另有〈惡曲〉一文，記次山與鄰里會，每曲全當時之懽，以順長老之意，門人叔盈有疑。次山謂己非曲心以徇財利，曲行以希名位，不過苟全一懽於鄰里而已，不得謂爲罪過。東邑有全直之士聞之，責次山曰：

> 今元次山苟曲言矣！強全一懽，以爲不喪其直，恩哉！若能苟曲於鄰里，強全一懽，豈不能苟曲於鄉縣，以全言行？！能苟曲於鄉縣，豈不能苟曲於邦國，以彰名譽？！能苟曲於邦國，豈不能苟曲於天

下，以揚德義？！若言行名譽德義皆顯，豈有鐘鼎不入門，權位不
在己乎？嗚呼！曲爲之，小爲大之漸。曲爲之也有何不可？姦邪凶
惡其由乎！（本集卷五）

次山聞責，稱頌其言，準此，則次山不僅厭惡圓滑應世，亦忌委曲求全。

丁、知命：〈述命〉一文，記次山問命於清惠先生，先生告以：「子欲知命，
不如平心，平心不如忘情。」次山曰：「諾」。則次山深知命之本質，非人力
可變改，應命之道，惟在平心忘情。〈述命〉又曰：

子見草木乎？子見天地乎？草木無心也，天地無情也。而四時自化，
雨露自均，根柢自深，枝幹自茂，如是，天地豈醜授而成哉？草木
豈憂求而生哉？人之命也，亦由是矣。若夭若壽，若貴若賤，烏可
強哉？不可強也。不可強也，不如忘情，忘情當學草木。（本集卷五）

次山謂命乃天道之運行，無心無情，故成敗禍福，貴賤壽夭，非我能改，惟
安時處順，殆爲良法，若是，當學草木也。

第三節　交遊考

次山之交遊人物甚夥，其事蹟見諸史傳者，固可得而詳；然大多名不見
經傳，或僅有片言零縑，記其軼聞，而無從詳考。故此但就次山本集及其他
史籍所載，纂述其人生平行事，以明其與次山之關係。

（一）元德秀

德秀字紫芝，河南人。次山之從兄，而兼有師友之分。《新唐書》《舊唐
書》皆有立傳〔註32〕。據《舊唐書》本傳云：「開元二十一年登進士第，性純
朴，無緣飾，動師古道。父爲延州刺史。」《舊唐書》本傳載其孝行云：

開元中，從鄉賦，歲遊京師，不忍離親，每行，則自負板輿，與母
詣長安。登第後，母亡，廬於墓所，食無鹽酪，藉無茵席，刺血畫
像，寫佛經，久之，以孤幼羈於祿仕。

又云：

德秀早失恃怙，縗麻相繼，不及親在而娶，既孤之後，遂不婚娶，
族人以絕嗣規之，德秀曰：吾兄有子，足繼先人之祀。

〔註32〕《新唐書》卷一四九《卓行列傳》第一一九有〈元德秀傳〉。《舊唐書》卷一
九〇下《列傳》一四〇下《文苑》下亦有〈元德秀傳〉。

按德秀早年生活不幸，成年之後，孑然一身，未曾婚娶。開元二十三年，出任魯山令，施政一出於誠信，與德秀同時之房琯嘗云：「見紫芝眉宇，使人名利之心都盡。〔註33〕」蘇源明亦常語人曰：「吾不幸生衰俗，所不恥者，識元紫芝也。〔註 34〕」此所以入《卓行傳》也。開元二十三年，次山年十七，始折節向學，師事德秀，與次山同為門弟子者尚有：程休（字士美，廣平人。）、邢宇（字紹宗，河間人。）、邢宙（字次宗，河間人。）、張茂之（字季豐，南陽人。）、李萼（字伯高，為李華之兄長。）、李丹叔（字南誠）、惟岳（字謨道）、喬潭（字源，梁人。天寶十三年與次山同榜及第，後任陸渾尉。）、房垂（字翼明，清河人。）、楊拯（字齊物）及柳識等人。次山之成立，多賴德秀之扶植。

（二）孟彥深

彥深字士源，據《唐詩紀事》所載，為天寶二年進士，天寶末，任武昌令，前後八、九年，與次山過從甚密。寶應元年（西元 762 年）次山免官歸養，甫罷職事，即居武昌樊水之郎亭山，以耕釣自娛，曾有〈漫歌〉八首贈士源，欲士源唱而和之〔註35〕。次山〈抔樽銘序〉云：

> 郎亭西乳有聚石，石臨樊水，漫叟構石顛以為亭，石有窊顯者，因修之以藏酒，士源愛之，命為抔樽，乃為士源作〈抔樽銘〉。（本集卷八）

其〈退谷銘〉又云：

> 抔湖西南是退谷，谷中有泉，或激或懸，為實為淵，滿谷生壽木，又多壽藤縈之。始入谷口，令入忘返。時士源以漫叟退修耕釣，愛遊此谷，遂命為退谷。元子作銘，以顯士源之意。（本集卷八）

此記兩人交遊情狀，友誼甚篤。廣德元年新春大雪，士源以詩問之曰：

> 江山十日雪，雪深江霧濃，起來望樊山，但見群玉峯。林鶯卻不語，野獸翻有蹤。山中應大寒，短褐何以完（一作安）？皓氣凝書帳，清著釣魚竿。懷君欲進謁，谿滑渡舟艱。〔註36〕

〔註33〕見《新唐書‧元德秀傳》。
〔註34〕同前。
〔註35〕見《新校元次山集》卷二〈漫歌八首序〉。
〔註36〕見宋計有功《唐詩紀事》卷二十四，鼎文書局《歷代詩史長編》第五種上冊，第 372 頁。

次山獲詩，酬之曰：

> 積雪閑山路，有人到庭前，云是孟武昌，令獻苦雪篇。長吟未及終，
> 不覺爲悽然。古之賢達者，與世竟何異？不能救時患，諷論以全意。
> 知公惜春物，豈非愛時和。知公苦陰雪，傷彼災患多。姦兇正驅馳，
> 不合問君子，林鶯與野獸，無乃怨於此。兵興向九歲，稼穡誰能憂。
> 何時不發卒，何日不殺牛？耕者日已少，耕牛日已希，皇天復何忍，
> 更又恐斃之。自經危亂來，觸物堪傷歎。見君問我意，只益胸中亂。
> 山禽飢不飛，山木皆凍折，懸泉化爲冰，寒水近不熱，出門望天地，
> 天地皆昏昏。時見雙峯下，雪中生白雲。（本集卷二〈酬孟武昌苦雪〉）

兩人相知之深，由其唱酬可見。次山又作〈抔湖銘〉指曰：「干進之客，不得遊之。爲人厭者，勿泛抔湖。」（本集卷八）而孟士源嘗黜官，無意仕進，故次山盼其同遊退谷，泛抔湖，作詩以招之，可知兩人交誼，非泛泛可比，堪爲次山最摯之友。

（三）孟雲卿

次山〈送孟校書往南海序〉云：「平昌孟雲卿與元次山同州里。」故知雲卿亦爲河南人。辛文房《唐才子傳》有小傳。雲卿生開元中，家貧早孤，荒居嵩陽，以耕稼爲業。年二十而學成，天寶中辭家應舉，不第，至天寶末，年已三十，猶奔走仕途，鬱鬱不得志，嘗流寓荊州，杜甫甚愛重之，與雲卿有多首贈答之作 [註37]。永春中，方官校書郎。雲卿與薛據、元結交情甚篤，工爲詩，《唐才子傳》云：

> 其體祖述沈千運，漁獵陳拾遺，詞氣傷怨，雖然模效，纔得升堂，
> 猶未入室。當時古調，無出其右，一時之英也。 [註38]

杜甫〈解悶〉十二首第五云：「李陵蘇武是吾師，孟子論文更不疑，一飯未嘗留俗客，數篇今見古人詩。」對雲卿之獎譽不可謂不高。韋應物過廣陵，遇雲卿，亦作〈廣陵遇孟九雲卿〉 [註39] 以贈之，詩中有云：「高文激頹波，四海靡不傳，西施且一笑，眾女安得妍。」則時賢對其才名評價如此。次山與

〔註37〕杜甫有〈酬孟雲卿〉、〈冬末以事之東都湖城東遇孟雲卿復歸劉顥宅宿宴飲散因爲醉歌〉、〈解悶〉十二首第五等三首題贈雲卿或論其詩文，詳見仇兆鰲《杜詩詳註》卷六、卷十七，文史哲出版社。

〔註38〕見辛文房《唐才子傳》卷二，世界書局版，第36頁。

〔註39〕見韋應物〈廣陵遇孟九雲卿〉，在《全唐詩》卷一九○；文史哲出版社第三冊1955頁。

雲卿以詞學相友幾二十年，〈送孟校書往南海詩〉前序有云：

> 於戲！材業，次山不如雲卿；詞賦，次山不如雲卿；通和，次山不
> 如雲卿，在次山又詡然求進者也。誰言時命，吾欲聽之。次山今且
> 未老，雲卿少次山六七歲，雲卿聲名滿天下，知己在朝廷，及次山
> 之年，雲卿何事不至？（本集卷三）

按次山平生不輕許人，與雲卿論交二十載，竟自謂材業、詞賦、通和皆不如
雲卿，當非故作謙詞。且次山編《篋中集》時，收雲卿詩五首，較其餘作者
為多，其崇重雲卿亦可知也。《全唐詩》編有雲卿詩一卷，今傳。

（三）其他

黨曄，字茂宗，乾元中曾官大理評事。乾元三年，次山愛其好閑自退，
曾作〈與黨評事〉一詩贈之（本集卷二）。上元二年，次山為監察御史，黨茂
宗受監察，又作〈與黨侍御〉贈之。（本集卷二）

元源休，次山之族弟也。上元二年，次山領荊南之兵鎮九江，是時次山
源休具為尚書郎，一在長沙，一在九江，不得相見，因有〈寄源休〉一詩（本
集卷二），略謂自身以一儒生而預戎事，兵興以來，功勞且不敢論，恐以荒浪
而有忝官之累也。

裴雲客與常吾直：按二人皆次山寶應元年至廣德元年間，家樊上所交之
友，事蹟不詳。次山有〈酬裴雲客〉及〈喻常吾直〉（本集卷二）二詩以贈之。
由詩中內容知二者皆為官吏，次山作詩意在招二人同遊退谷。

何饒字昌裕，永泰中為戶部員外郎。永泰元年，何饒以皮弁相贈，次山
驚喜，曾有〈與何員外書〉（本集卷八）一文答謝之。又有〈別何員外〉（本
集卷三）詩一首，首云：「誰能守清躅，誰能嗣世儒，吾見何君饒，為人有是
夫。」可知何君亦屬有德君子，故次山與之相善。

賈德方，號沔州，嘗懼次山不能甘於窮獨，又須為官，有詩喻之，略謂：
「勸爾莫作官，作官不益身。」次山因有〈漫酬賈沔州〉（本集卷二）一詩回
贈，詩成於寶應二年，故其人與次山之論交亦不晚於此時。

劉灣，字靈源，彭城人。次山之故友，天寶十四載即已論交，永泰元年，
劉靈源以侍御史居衡陽，而次山則自蒼梧至衡陽，異地相逢，月夜讌會，曾
有〈劉侍御月夜讌會〉一詩（本集卷三）以贈之。

張玄武、柳潛夫、裴季安、竇伯明、李長源：按天寶十四載，吳興張君
將為玄武縣大夫，次山作〈送張玄武序〉（本集卷六）以贈之，提及此五人皆

為次山舊友也。

韋陟、蘇源明、李揆：按乾元元年，次山以避史思明之亂率鄰里二百餘家奔襄陽，定居於瀼溪，次年，肅宗問天下士，國子司業蘇源明薦次山可用，自是次山始入宦途，故源明與次山有知遇之雅。《新唐書》有傳。次山既受薦，乘郵詣京師，時韋陟爲禮部尚書東都留守，次山拜謁，韋陟禮遇之，乃作〈與韋尚書書〉（本集卷六）答謝。時李揆爲中書侍郎同平章事，乃作〈與李相公書〉（本集卷六）以問之。

韓方源，次山故友。〈別韓方源序〉云：「昔元次山與韓方源別于商餘，約不終歲，復相見於此山，忽八年，於今始獲相見。」（本集卷七）可知次山居商餘山之時即已論交。上元二年，方源欲安家肥原，次山方理兵九江，異地相逢，悲歡之至。〈別韓方源序〉又云：「乙未之前，次山有〈元子〉；乙未之後，次山有《猗玗子》；戊戌中，次山有〈浪說〉，悉贈方源，庶方源見次山之意。」可知共交誼之深。

王契，字佐卿，京兆人。寶應二年，次山浪遊吳中，有〈別王佐卿序〉一文與之。序云：

> 癸卯歲，京兆王契佐卿，年四十六，河南元結次山年四十五，時次山須浪遊吳中，佐卿頃日去西蜀，對酒欲別，此情易耶！在少年時，握手笑別，離遠不恨，以天下無事，志氣猶壯。今與佐卿年近五十，又逢戰爭未息，相去萬里，欲強笑別，其可得乎？（本集卷八）

則知佐卿長次山一歲，少年即已論交，爲次山故友。

陶峴：唐袁郊《甘澤謠》云：「陶峴者，彭澤之子孫也……與孟雲卿奏清商曲於江湖，號水仙。」又《唐詩紀事》卷二十四云：「峴，…泛游江湖，自制三舟，與孟彥深、孟雲卿、焦遂共載，吳越之士，號爲水仙。」次山友彥深、雲卿，又嘗作〈招陶別駕家華陽〉（本集卷三）與之，可知次山亦善峴也。

第二章　次山著述考

第一節　載籍之著錄

　　次山生當世亂，寄身戎旅，而著述甚勤。所爲詩文，大都附有前序以記載述作緣由，並資考評。今據其自著序記及歷代書志之著錄，可得《異錄》、《元子》、《文編》、《猗玕子》、《浪說》、《漫記》、《篋中集》、《元次山集》八種，條舉如次：

　　（一）《異錄》

　　次山〈閔荒詩序〉云：「天寶丙戌中，元子浮隋河，至淮陰間。其年水壞河防，得隋人《宛歌》五篇，考其歌義，似宛怨時主，故廣其義，採其歌，爲〈閔荒詩〉一篇，其餘載於《異錄》。」（本集卷二）按丙戌年爲天寶五載，則次山所著《異錄》，其年代至遲不晚於天寶五載，原書不存。

　　（二）《元子》

　　次山〈別韓方源序〉云：「乙未之前，次山有《元子》。」考乙未之年，適爲天寶十四載，則知《元子》一書成於天寶十四載之前。又次山〈自釋〉云：「少居商餘山著《元子》十篇，故以《元子》爲稱。」則知《元子》著於商餘山，共十篇，次山且因此書而自稱元子。顏眞卿《元君表墓碑銘》及宋祁《新唐書・元結傳》俱引次山自釋所載，以明《元子》卷數爲十。又高似孫《子略》卷四云：

　　　　初，結居商餘山著書，其序謂天寶九年庚寅至十二年癸巳，一萬六

千五百九十五言，分十卷，是蓋有意存焉，卷首有元氏家錄，具紀其世次。〔註1〕

則知此書字數及卷首附錄。至於《元子》之內容，洪邁《容齋隨筆》卷十四有云：

又有《元子》十卷，李紓作序，予家有之，凡一百五篇。其十四篇已見於《文編》，餘者大抵澶漫矯亢。而第八卷中所載審方國二十國事最為譎誕。其略云：方國之僬，盡身皆方，其俗惡圓。設有問者曰：汝心圓，則兩手破胸露心，曰：此心圓耶？圓國則反之。言國之僬，三口三舌。相乳國之僬，口以下直為一竅。無手國，足便於手。無足國，膚行如風。其說類近《山海經》，固已不驛。至云：惡國之僬，男長大則殺父，女長大則殺母；忍國之僬，父母見子如臣見君；無鼻之國，兄弟相逢則相害；觸國之僬，子孫長大則殺之，如此之類，皆悖理害教，於事無補。次山中興頌與日月爭光，若此書，不作可也。惜哉！〔註2〕

此僅記《元子》卷八譎誕背理之言，慨稱「不作可也」，至於其他各卷，則略而未及。以原書久佚，不得其詳。晁公武《郡齋讀書志》將《元子》歸入別集類〔註3〕，鄭樵《通志·藝文略》列入諸子類儒術〔註4〕，《四庫全書總目提要》則附載於別集類《元次山集》之提要中〔註5〕。

（三）《文編》

次山〈文編序〉云：

天寶十二年，漫叟以進士獲薦，名在禮部，會有司考校舊文，作《文編》……侍郎楊公見《文編》，歎曰：以上第污元子耳，有司得元子是賴。爾來十五年矣。……叟在此州，今五年矣。地偏事簡，得以文史自娛，乃次第近作，合於舊編，凡二百三首，分為十卷，復

〔註1〕見高似《孫子略》卷四，中華書局四部備要本。
〔註2〕見洪邁《容齋隨筆》卷十四，臺灣商務印書館四部叢刊續編第三五九冊。
〔註3〕見晁公武《郡齋讀書志》卷十七，別集上。廣文書局書目續編本第四冊，第1015～1016頁。
〔註4〕見鄭樵《通志》卷六十六《藝文略》第四，鼎文書局版十通分類總纂第十九冊，第十五之408頁。
〔註5〕見《四庫全書總目提要》卷一四八集部別樂類二，臺灣商務印書館版《國學基本叢書本·四庫全書總目提要》第四冊，第3130頁。

命曰《文編》，時大曆二年丁未中冬也。〔註6〕

又李商隱〈容州經略史元結文集後序〉云：

> 次山有《文編》，有《詩集》，有《元子》，三書皆自爲之序。次山
> 見舉於弱夫蘇氏，始有名。見取於公浚楊公，始得進士第。見憎于
> 第五琦元載，故其將兵不得授，作官不至達，母老不得盡其養，母
> 喪不得終其衷，間二十年，其文危苦激切，悲憂酸傷於性命之際，
> 自占心經已下若干篇，是外曾孫遼東李惲辭收得之，聚爲《元文後
> 編》。〔註7〕

又皮日休〈文藪序〉云：

> 咸通丙戌中，比見元次山納《文編》於有司，侍郎楊公浚見《文編》，
> 歎曰：上第污元子耳。〔註8〕

由上三引知次山《文編》凡再輯，前輯即李商隱所謂之《文編》及皮日休所
見元次山所納之《文編》，成於天寶十二年。後輯即李商隱所謂之後編，乃次
山大曆二年復以新作合於舊編而成，仍以《文編》爲名。此書《新唐書·藝
文志》、晁公武《郡齋讀書志》、鄭樵《通志·藝文略》均列入別集類，卷數
俱爲十卷，原書今已不存。

（四）《猗玕子》

次山〈別韓方源序〉云：「乙未之後，次山有猗玕子。」則知此書成於天
寶十五載之後。時次山爲避安祿山之亂，舉家避難於猗玕洞，故有是名。《新
唐書·藝文志》及鄭樵《通志·藝文略》皆歸入小說家類，卷數各爲一卷。
然顏眞卿《元君表墓碑》錄作：「《猗玕子》三篇。」疑此書至宋朝三篇併合
一卷，今已不存。

（五）《浪說》

次山〈別韓方源序〉云：「戊戌中，次山有浪說。」按戊戌年即肅宗至德
三載，亦即乾元元年。時次山爲避史思明之亂，招集鄰里奔襄陽，居瀼溪。
由顏眞卿《元君表墓碑銘》引次山自釋云：「將家瀼溪，乃自稱浪士，著《浪

〔註6〕見《新校元次山集》卷十《文編序》。

〔註7〕見李商隱〈容州經略史元結文集後序〉，臺灣大通書局版欽定《全唐文》第十
六冊，卷七百七十九，第10272頁。

〔註8〕見皮日休《文藪·序》，臺灣商務印書館版四部叢刊初編第一六八冊，景印湘
潭袁氏藏本。

說》七篇。」可知此書共七篇。《新唐書‧藝文志》列入丙部子錄儒家類，鄭樵《通志‧藝文略》歸入諸子類儒術，原書久佚。

（六）《漫記》

顏眞卿《元君表墓碑銘》引次山〈自釋〉云：「及爲郎時，人以浪者亦漫爲官乎？遂見呼爲漫郎，著《漫記》七篇。」考次山〈自釋〉原文並無著《漫記》七篇之記載，然《新唐書‧藝文志》及鄭樵《通志‧藝文略》則並著錄有《漫說》七篇，是知果有其書，今已佚。今傳《元次山集》卷八有《漫論》一篇，疑即《漫記》（或作《漫說》）中之作品。

（七）《篋中集》

據次山〈篋中集序〉，此書成於肅宗乾元三年，收吳興沈千運等七人詩作二十四首，爲次山所編之詩選集，今存，詳考見下節。

（八）《元次山集》

陳振孫《直齋書錄解題》卷十六別集類云：「《元次山集》十卷唐容管經略使河南元結次山撰。」〔註9〕詳考見下節。

第二節　今傳篋中集及元次山集考述

一、今傳篋中集考

《篋中集》者，次山所編沈千運輩七人詩選也。序云：

> 元結作《篋中集》，或問曰：公所集之詩何以訂之？對曰：風雅不興，幾及千歲，溺於時者，世無人哉！嗚呼！有名位不顯，年壽不終，獨無知音，不見稱頌，死而已矣。誰云無之？近世作者，更相沿襲，拘限聲病，喜尚形似，且以流易爲辭，不知喪於雅正，然哉？彼則指詠時物，會諧絲竹，與歌兒舞女生污惑之聲於私室可矣，若令方直之士，大雅君子，聽而誦之，則未見其可矣。吳興沈千運獨挺於流俗之中，強攓於已溺之後，窮老不惑，五十餘年。凡所爲文，皆與時異，故朋友後生，稍見師效，能似類者，有五六人。於戲！自沈公及二三子，皆以正直而無祿位，皆以忠信而久貧賤，皆以仁讓

而至喪亡。異於是者，顯榮當世，誰爲辯士？吾欲間之。兵興於今
六歲，人皆務武，斯焉誰嗣？已長逝者遺文散失，方祖師者不見近
作；盡篋中所有，編次之，命曰《篋中集》，且欲傳之親故，冀其不
忘。於今凡七人，詩二十二首。時乾元三年也。〔註10〕

按此序於《篋中集》編纂始末，言之甚詳。蓋唐興以來，詩文之道大抵沿襲
江左餘風，繪章縟句，巧尚形似，次山懼斯文之喪於雅正，見沈千運輩七人
之詩以高古自守，既歎七公之不遇於世，又悲其聲之湮而不彰，乃盡篋中所
有，編而次之，欲斯風之得嗣，用心可謂甚苦。《新唐書‧藝文志》將此書
著錄於丁部集錄總集類〔註11〕四部叢刊影印明本《元次山集》及《全唐文》
所載〈篋中集序〉並云：「詩二十二首」陳振孫《直齋書錄解題》卷十五則
云：

> 《篋中集》一卷，唐元結次山錄沈千運、趙微明、孟雲卿、張彪、
> 元季川、于逖、王季友七人詩二十四首，盡篋中所有次之。〔註12〕

永瑢等《四庫全書總目提要》卷一八六亦云：

> 錄沈千運、王季友、于逖、孟雲卿、張彪、趙微明、元季川七人之
> 詩凡二十四首。〔註13〕

考之《篋中集》，應以二十四首爲是。《篋中集》重要版本有四：

（一）影宋鈔本：丁丙《善本書室藏書志》載有《篋中集》一卷，影鈔
　　　宋本。

（二）明崇禎元年虞山毛氏汲古閣本《篋中集》一卷。

（三）江蘇巡撫採進本，此爲四庫全書所據底本，實即毛氏舊帙。

（四）隨盦徐氏叢書本，乃民國徐乃昌據丁丙所見影鈔宋本所刻。附有
　　　徐乃昌之札記一卷。

上列四種版本實僅兩種，而互有得失，未可甲乙。坊間流傳之《篋中集》
係臺灣大通書局據國立中央圖書館藏毛氏刻本影印，收入毛氏唐人選唐詩九
種之中。另有河洛出版社出版之《唐人選唐詩》一種，書係鉛印，未可據以

〔註10〕見虞山毛氏汲古閣刊本〈篋中集序〉。收入臺灣大通書局《唐人選唐詩》第166
　　　頁。
〔註11〕見世界書局版《唐書經籍藝文合志》第377頁。
〔註12〕見陳振孫《直齋書錄解題》卷十五。
〔註13〕見商務印書館《國學基本叢書本‧四庫全書總目提要》卷一八六，在該書第
　　　六冊，第4126～4127頁。

研究版本。今據毛氏汲古閣本《篋中集》可得作者及篇目如次：

> **沈千運四首**
>
> > 〈感懷弟妹〉〈贈史修文〉〈濮中感言〉〈山中作〉
>
> **王季友二首**
>
> > 〈別李季友〉〈寄韋子春〉
>
> **于逖二首**
>
> > 〈野外行〉〈憶舍弟〉
>
> **孟雲卿五首**
>
> > 〈古樂府挽歌〉〈今別離〉〈悲哉行〉〈古別離〉〈傷懷故人〉
>
> **張彪四首**
>
> > 〈雜詩〉〈神仙〉〈北遊還酬孟雲卿〉〈古別離〉
>
> **趙微明三首**
>
> > 〈回軍跛者〉〈挽歌詞〉〈思歸〉
>
> **元季川四首**
>
> > 〈泉上雨後作〉〈登雲中〉〈山中曉興〉〈古遠行〉

《唐書》無七子之傳，然《唐才子傳》、《全唐詩小傳》、《唐音癸籤》、《唐詩紀事》仍有零星記載，此外如：高適張籍之與沈千運，岑參郎士元之與王季友，李白獨孤及之與于逖，杜甫袁郊之與孟雲卿，杜甫之與張彪，均有詩文往來唱酬，可據以徵考事蹟，然此非本文重點，況前輩學者孫望先生已有〈篋中集作者事輯一種〉可資參閱，故不贅。至若集中所載諸詩，前人有「高古」之評。毛晉汲古閣本〈篋中集跋〉謂：「篋中七人之詩亦皆歡寡愁殺之語，不類唐人諸選。」〔註14〕亦頗近實。七子生丁亂世，以正直而無祿位，以忠信而久貧賤，以仁讓而至喪亡，蓋有所不為者也。今觀其詩，淳古淡泊，絕去雕飾，與當時作者之門徑迥殊，即七人所作之見於他集者，亦不若本集之精善，此次山汰取之功也。

二、全集版本篇目考述

次山生前雖有《異錄》、《元子》、《文編》、《猗玕子》、《浪說》、《漫記》諸作，然大半亡佚散失，今存者唯《元次山集》而已。《元次山集》恐非次山

〔註14〕見臺灣大通書局版《唐人選唐詩》第 192 頁。

自定，乃後人摭拾散佚而編之。李商隱〈容州經略使元結文集後序〉云：

> 次山有《文編》，有《詩集》，有《元子》，三輪皆自爲之序。……自《占心經》已下若干篇，是外曾孫遼東李惲辭收得之，聚爲《元文後編》。

由是知李惲辭曾編次山之佚文。《元次山集》據陳振孫《直齋書錄解題》所載，有蜀本及江州本兩種，蜀本但載自序，而此自序究爲何人手筆，則不得而知。江州本則冠李商隱序於其首〔註15〕。此外，蜀本有《拾遺》一卷，〈大唐中興頌〉、〈出規〉、〈處規〉、〈戲規〉、〈心規〉、〈時規〉、〈惡圓〉、〈惡曲〉之屬均在其中。江州本則分屬於各卷之中，此爲蜀本與江州本不同之處。此二本異同並爲陳氏所見，今已不得一覩。

今人所能見及年代最早者，惟明正德郭氏刊本。此本爲賜進士出身翰林院編修國史經筵官湛若水校，太保武定侯郭勛編於明正德丁丑（西元1517年）孟冬。全書十卷，卷首有湛若水之前序曰：

> 史若水曰：自吾得《元子》，而文思益古。夫太上有質而無文，其次有質而有文，其次文浮其質。文浮其質，道之敝也，故林放問禮之本，孔子大之。物之生也，先質而後文，故質也者，生乎天者也。文也者，後天而述者也，故人之於斯文也，不難於文而難於質，不難於華而難於朴，不難於巧而難於拙。余自北遊，觀藝於燕冀之都，得《元子》而異焉：欲質不欲野，欲朴不欲陋，欲拙不欲固，卓然自成其家者也。唐之大家，風斯下矣。其駸駸乎中古而不已矣乎？其泯而不傳，將文末之世爾矣乎？兩廣總戎太保武定侯郭公世臣，武而好文，余謂之《元子》，公讀之，若有契焉。曰：「嗟嗟次山，浩然剛大，憤世疾邪者也，安得百十次山以噴俗爾？獨文乎哉！」遂以余本次而刻之，俾余敘其說云爾。正德丁丑孟冬十有三日，賜進士出身翰林院編修國史經筵官湛若水書於西樵之煙霞洞。〔註16〕

明本今有四部叢刊影印江安傅氏雙鑑樓藏明刊本《元次山文集》流傳。

另有淮南黃又研旅訂刊本《元次山集》一種。章學誠曰：「黃又不知何時

〔註15〕見陳振孫《直齋書錄解題》卷十六，臺灣商務印書館《國學基本叢書本》第445頁。

〔註16〕見《元次山文集》，臺灣商務印書館四部叢刊初編。

人，淮南亦不知何縣治，無題跋，不知其訂刊歲月，楮板精佳，款式亦似近代人所為，大兒貽選購之五柳陶氏書估，可寶貴也。」〔註17〕黃本正集十卷，拾遺二十三篇，分為二卷，而〈五規〉與〈惡曲〉、〈惡圓〉在拾遺前卷。

另有陳繼儒點訂明刊本《元次山集》一種，現藏於中央研究院歷史語言研究所，原藏南京圖書館。前輩學者孫望先生云：「是本訛謬至多，不足根據。」〔註18〕

清有四庫全書本《元次山集》，據永瑢等《四庫全書總目提要》所載，四庫本原據內府藏本所繕抄，不足以語板本。

民國以後，前輩學者孫望先生嘗據明本、黃本、《全唐詩》、《全唐文》重新校補，成《新校元次山集》一種，為最新之校本。全書十卷，首三卷收詩，其餘各卷為文。另有附錄四卷。收元次山作品二百二十三篇，按年代先後編次。與明本比勘，增〈自釋〉（據《全唐文》補）、〈峿臺銘〉（據石刻拓本補）、〈唐頌銘〉（據石刻補）、〈文編序〉（據《全唐文》補）、〈讓容州表〉（據《全唐文》補）、〈冰泉銘〉（據《全唐文》補）、〈再讓容州表〉（據《全唐文》補）、〈東崖銘〉（據《全唐文》及黃本補）。其篇次與明本互有出入，然較合理。校讎甚精，為近世最佳之校本。此書與明本並為筆者撰作論文之主要依據。

〔註17〕見章學誠《元次山集書後》，在《章氏遺書》卷十三，臺灣大通書局版。
〔註18〕見孫望《新校元次山集・凡例》，世界書局版。

第三章　次山之詩

第一節　次山之詩論與詩風

一、次山之詩論

　　次山論詩之資料不多，然其基本論點則甚易知，此即提倡風雅，反對聲律也。考有唐之論詩，初唐偏於作法，中唐則重「補察時政，洩導人情」之社會功能，兩者之交替則在盛唐。故盛唐一面有王昌齡、皎然之《詩格》、《詩式》；一面有陳子昂、李白、杜甫之提倡風雅詩與社會詩。次山之詩論顯然承繼後者而來。

　　按陳子昂〈與東方左史虬修竹篇序〉云：

　　　　文章道弊五百年矣！漢魏風骨，晉宋莫傳，然而文獻有可徵者。僕嘗暇時觀齊梁間詩，彩麗競繁，而興寄都絕，每以永歎。竊思古人，常恐逶迤頹靡，風雅不作，以耿耿也。〔註1〕

又〈喜馬參軍相過醉歌序〉云：

　　　　吾無用久矣！進不能以義補國，退不能以道隱身，……日月云邁，蟋蟀謂何？夫詩可以比興也，不言曷著？〔註2〕

陳子昂之提倡風雅乃厭棄南朝之綺靡，而思論道匡君，以義補國。李白〈古風五十九首〉第一云：

〔註1〕見《新校陳子昂集》卷一〈修竹篇并序〉，世界書局版，第15頁。
〔註2〕見《新校陳子昂集》卷二〈喜馬參軍相過醉歌并序〉，世界書局版，第41頁。

大雅久不作，吾衰竟誰陳。……自從建安來，綺麗不足珍。聖代復
元古，垂衣貴清眞。……〔註3〕

〈古風五十九首〉第三十五云：

醜女來效顰，還家驚四鄰，壽陵失初步，笑殺邯鄲人。一曲斐然子，
雕蟲喪天眞，棘刺造沐猴，三年費精神。功成無所用，楚楚且華身，
大雅思文王，頌聲久崩淪。安得郢中質，一揮成風斤。〔註4〕

此亦與陳子昂之論詩有相同之精神。陳子昂欲使詩有比興之功用，李白則欲
使詩不失古之清眞，此外，杜甫〈戲爲六絕句〉云：

不薄今人愛古人，清詞麗句必爲鄰；且攀屈宋宜方駕，恐與齊梁作
後塵。〔註5〕

未及前聖更勿疑，遞相祖述復先誰？別裁僞體親風雅，轉益多師是
吾師。〔註6〕

則杜甫雖不菲薄江左文人，然而示人以「別裁僞體親風雅」，可知亦屬主張興
寄者，此所以杜甫在寫實之社會詩有特殊之成就也。

　　然陳子昂李白之於聲律，雖暗示菲薄，猶未明顯反對，正面鄙棄者，殆
爲次山。次山〈篋中集序〉云：

風雅不興，幾及千歲，溺於時者，世無人哉？嗚呼！有名位不顯，
獨無知音，不見稱頌，死而已矣。誰云無之？近世作者，更相沿襲，
拘限聲病，喜尚形似，且以流易爲辭，不知喪於雅正，然哉！彼則
指詠時物，會諧絲竹，與歌兒舞女生污惑之聲於私室可矣，若令方
直之士，大雅君子，聽而誦之，則未見其可矣。

在此，次山對當時詩壇形式上「拘限聲病，喜尚形似」，內容上「指詠時物，
會諧絲竹，與歌兒舞女生污惑之聲」至表不滿，故當吳興沈千運等七人之詩
文「獨挺於流俗之中，強攘於已溺之後」十分欣賞，乃盡篋中所有，編而次
之，欲其傳諸親故，不致「濁無知音，不見稱頌。」又〈劉侍御月夜讌會序〉
亦有類似看法：

<hr>

〔註3〕見《李太白全集》卷二〈古風五十九首〉，華正書局版上冊，第87頁。
〔註4〕見《李太白全集》卷二〈古風五十九首〉，華正書局版上冊，第133頁。
〔註5〕見仇兆鰲《杜詩詳註》卷十一，〈戲爲六絕句〉第五，文史哲出版社版，第561
　　　頁。
〔註6〕見仇兆鰲《杜詩詳註》卷十一，〈戲爲六絕句〉第六，文史哲出版社版，第563
　　　頁。

於戲！文章道喪蓋久矣！時之作者，煩雜過多，歌兒舞女，且相喜愛，系之風雅，誰道是邪？諸公嘗欲變時之淫靡，爲後生之規範，今夕豈不能道達性情，成一時之美乎？〔註7〕

準此，則次山反對浮靡之詩風而喜尚風雅之意，可謂甚明。而提倡風雅之作用何在？且觀〈系樂府十二首序〉：「古人歌詠，不盡其情聲者，化金石以盡之。其歡怨甚耶戲（按：音呼）！盡歡怨之聲者，可以上感於上，下化於下。」易言之次山所重視者，殆爲詩之諷諭感化作用，此蓋與陳子昂思「以義補國」之旨同。然次山又有更進一步之看法，於〈二風詩論〉中，直指風雅詩係用以規諷時君。〈二風詩論〉曰：

客有問元子曰：「子著二風詩何也？」曰：「吾欲極帝王理亂之道，系古人規諷之流。」曰：「如何也？」「夫至理之道，先之以仁明，故頌帝堯爲仁帝；安之以慈順，故頌帝舜爲慈帝；成之以勞儉，故頌夏禹爲勞王；修之以敬慎，故頌殷宗爲正王；守之以清一，故頌周成爲理王；此理風也。夫至亂之道，先之以逸惑，故太康爲荒王；壞之以奇縱，故閔夏桀爲亂王；覆以淫暴，故閔殷紂爲虐王；危之以用亂，故閔周幽爲惑王；亡之以累積，故閔周赧爲傷王，此亂風也。……吾敢言極，極其中道也。吾且不曰著斯詩也，將系規諷乎。」

〔註8〕

則次山之〈二風詩〉固屬風雅詩，實亦不妨謂爲「規諷詩」。由次山其他詩作序言，亦能證此觀點。如〈閔荒詩序〉云：「得隋人〈宛歌〉五篇，考其歌義，似宛怨時主，故廣其義，採其歌，爲〈閔荒詩〉一篇。」（本集卷二）〈舂陵行序〉云：「吾將守官，靜以安人，待罪而已。此州是舂陵故地，故作〈舂陵行〉以達下情。」（本集卷三）〈賊退示官吏序〉云：「諸使何爲忍苦徵斂，故作詩一篇，以示官吏。」（本集卷三）可見次山重要詩作莫不有興寄，莫不可規諷，惟其如此，稍後於次山之元稹、白居易方能順利完成諷諭詩及新樂府運動，使中唐詩另開新局也。

二、次山之詩風

　　清洪亮吉《北江詩話》卷二云：「有唐一代詩文兼擅者，惟韓柳小杜三家。

〔註7〕見《新校元次山集》卷三〈劉侍御月夜讌會并序〉。
〔註8〕見《新校元次山集》卷一〈二風詩論〉。

次則張燕公、元道州。他若李習之、皇甫持正,能爲文而不能爲詩。」〔註9〕
可見次山不僅古文名世,詩作亦佳。次山之詩以自然爲主,元氣爲根,其機鑒
甚高,非中興諸彥能比,其詩不以聲色見長,而以命意爲宗,宛轉屈伸,以求
盡意,意已盡則止,殆無剩語,可謂自成一家。其詩風可分三期論之。

(一)隱居商餘時期

自玄宗天寶六載至天寶十三載,次山雖隱居商餘山,然亦時至各地遊
歷,故眼界廣大,格局甚寬,所作以樂府詩爲主。本集中若〈補古樂歌〉十
首、〈二風詩〉十篇、〈系樂府〉十二首、〈閔荒詩〉、〈引極〉三首、〈演興〉
四首皆作於此時。次山〈補古樂章〉十首,乃爲國家歲時薦享,作樂之用,
故辭約義深,古雅典重,深得古樂歌之精神。〈二風詩〉乃用以「極帝王理
亂之道,系古人規諷之流」,故語似用事而義非用事,意在檢束防閑,然詞
溫而正。〈系樂府〉十二首乃將前世可歎之事,引其義而寄其情聲,冀其「上
感於上,下化於下」,故放詞正直,緣境不盡。〈引極〉三首及〈演興〉四首,
俱爲騷體詩,前者意在演意盡物,引興極喻;後者厥爲招祠訟閔之作,故措
辭深晦,用意幽隱。他若〈閔荒詩〉則爲詠史之作,故廣歌義以刺時,以議
論見長。

綜觀本期詩作,立意皎然而造詞奇古佶倔,此或即晁公武所以譬之爲「古
鐘磬不諧於俚耳,而可尋玩」也。

(二)安史之亂時期

自玄宗天寶十四載至代宗廣德元年,次山先是避亂而飽嘗流離之苦,再
則以儒生而率兵討亂,故詩風一變,以五言古詩爲主,大多往來酬寄藉申胸
懷之作。次山〈與瀼溪鄰里〉、〈喻瀼溪舊遊〉,乃理兵荊南之時,存問寄旅瀼
溪時之鄰里舊遊,故造語溫厚委婉而感慨深長。〈與黨評事〉、〈與黨侍御〉兩
詩同與一人,而時事變遷,立意迥異,頗見次山質直之風。至若〈雪中懷孟
武昌〉、〈招孟武昌〉、〈酬孟武昌苦雪〉諸作,乃次山與摯友孟彥深往來之作,
約潔有態而蘊藉深曲。他如〈漫歌八曲〉、〈登殊亭作〉,雖似閒適之作,莫不
有興寄,大抵不願爲官,企盼退遊林泉也。

綜觀此期詩,變奇古爲樸質,變佶倔爲柔潤,能直舉胸臆,心語相應,
淡泊於仕途,慨然有歸隱之意。

〔註9〕 見《新校元次山集》附錄三。

（三）道容二州時期

自代宗廣德元年至大曆四年，次山先後擔任道容二州刺史，身入閭閻，目擊民間疾苦，故詩風再變，以五七言古詩爲主，名篇甚多。若〈春陵行〉、〈賊退示官吏〉諸作，筆力遒勁，充以時事，王闓運頗稱賞，謂「元結排宕，斯五言之善者乎！」〔註10〕若〈宿無爲觀〉、〈無爲洞口作〉、〈登九疑第二峰〉，頗騁思於仙道。再如〈登白雲亭〉、〈引東泉作〉、〈遊溔泉示泉上學者〉諸作，自然溫潤，別有天趣，此或即劉熙載所以謂次山學陶（淵明）也〔註11〕。至若〈宿樽詩〉、〈石魚湖上作〉雖爲詠物之作，然以作文之法作詩，又有佶倔之風。

綜觀此期詩作，風格最爲繁複，大體變溫潤爲遒勁，變質直爲排宕。歷代論者毀譽不一，有毀次山詩者曰：「樸質過甚處棘子成疾……未必次山之詩，遂爲有唐風雅正宗。」（清翁方綱《石洲詩話》）〔註12〕亦有譽次山詩者曰：「孔門如用詩，則於元道州必有取焉。」（清劉熙載《藝概》）〔註13〕。

第二節　次山詩例釋

今本《元次山集》共收三卷九十五首詩，其數量視天寶大曆諸作者或較少，然其內容亦至爲繁複。以言詩體，則騷體六首、樂府四十一、五古三十六、七古十二。長於五古而短於七古，且無律絕傳世。以言內容立意，則或寓意古題，規諷時事；或考校古樂，補正歌辭；或演意盡物，引興極喻；或往來酬寄，藉申胸懷；或敘事論時，以明己志；或燕居閒適，登臨詠物。以下擬就其代表作試爲闡析，或能略窺風貌，印證筆者前節所言。

一、寓意古題，規諷時事

天寶十載，次山曾將前朝可稱歎之事，撰成十二首詩，總名曰《系樂府》。按樂府之名，始於炎漢，自茲而後，文人沿用此名，而內容大有變異。清馮班《古今樂府論》考之最詳，大抵將樂府分爲七類：「製詩以協於樂一也，采詩入樂二也，古有此曲，倚其聲爲詩三也，自製新曲四也，擬古五也，詠

〔註10〕見王闓運《王志》卷二〈論唐詩諸家源流〉，轉引自《新校元次山集》附錄三。

〔註11〕劉熙載《藝概》卷二云：「元、韋兩家皆學陶。然蘇州猶多一『慕陶直可庶』之意，吾尤愛次山以不必似爲眞似也。」，在華正書局版，第62頁。

〔註12〕見臺靜農《百種詩話類編》上冊，第108頁，藝文印書館。

〔註13〕同註11。

古六也，并杜陵之新題樂府七也。古樂府無出此七者矣。」（見《鈍吟雜錄》）〔註14〕次山之〈系樂府〉實爲唐世新曲，以其辭實樂府而末被於聲也。至於何以謂之「系」則別無說。考《說文通訓定聲》云：「垂統於上而連屬於下謂之系，猶聯綴也。」次山〈二風詩論〉云：「吾欲極帝王理亂之道，系古人規諷之流。」則知次山之《系樂府》，雖不若前人之製詩采詩以入樂，或倚古曲之聲文以爲詩，猶有承繼古樂府諷諭美刺之義。詩十二篇，分章題名如下：〈思太古〉、〈隴上歎〉、〈頌東夷〉、〈賤士吟〉、〈欸乃曲〉、〈貧婦詞〉、〈去鄉悲〉、〈壽翁興〉、〈農臣怨〉、〈謝大龜〉、〈古遺歎〉、〈下客謠〉。每篇皆十二句，合而觀之，皆寡歡愁殺之語，分而探之，各寓深意。詩云：

〈思太古〉

　東南三千里，沅湘爲太湖，湖上山谷深，有人多似愚。嬰孩寄樹顛，
　就水捕鰷鱸。所歡同鳥獸，身意復何拘？吾行遍九州，此風皆已無。
　吁嗟聖賢教，不覺久踟躕。

〈隴上歎〉

　援車登隴坂，窮高遂停駕。延望戎狄鄉，巡迴復悲咤。滋移有情教，
　草木猶可化；聖賢禮讓風，何不遍西夏。父子忍猜害，君臣敢欺詐。
　所適今若斯，悠悠欲安舍。

〈頌東夷〉

　嘗聞古天子，朝會張新樂。金石無全聲，宮商亂清濁。來驚且悲歎，
　節變何煩數，始知中國人，耽此亡純朴。爾爲外方客，何爲獨能覺？
　其音若或在，蹈海吾將學。

〈賤士吟〉

　南風發天和，和氣天下流。能使萬物榮，不能變羈愁。爲愁亦何爾？
　自請說此由。諂競實多路，苟邪皆共求。常聞古君子，指以爲深羞。
　正方終莫可，江海有滄洲。

〈欸乃曲〉

　誰能聽欸乃，欸乃感人情。不恨湘波深，不怨湘水清。所嗟豈敢道，
　空羨江月明。昔聞扣斷舟，引釣歌此聲，始歌悲風起，歌竟愁雲生。
　遺曲今何在，逸爲漁父行。

────────────

〔註14〕見臺靜農主編《百種詩話類編》下冊，第 1554 頁，藝文印書館。

〈貧婦詞〉

　　誰知苦貧夫，家有愁怨妻。請君聽其詞，能不爲酸嘶。所憐抱中兒，
　　不如山麂；空念庭前地，化爲人吏蹊。出門望山澤，回顧心復迷。
　　何時見府主，長跪向之啼。

〈去鄉悲〉

　　踟蹰古塞關，悲歌爲誰長？日行見孤老，羸弱相提將。聞其呼怨聲，
　　聞聲問其方。乃言無患苦，豈棄父母鄉？非不見其心，仁惠誠所望。
　　念之何可說，獨立爲悽傷。

〈壽翁興〉

　　借問多壽翁，何方自修育？惟云順所然，忘情學草木。始知世上術，
　　勞苦化金玉。不見充所求，空聞恣耽欲。清和存王母，潛濩無亂黷。
　　誰正好長生，此言堪佩服。

〈農臣怨〉

　　農臣何所怨，乃欲干人主。不識天地心，徒然怨風雨。將論草木患，
　　欲說昆蟲苦。巡迴宮闕旁，其意無由吐。一朝哭都市，淚盡歸田畝。
　　謠頌若採之，此言當可取。

〈謝大龜〉

　　客來自江漢，云得雙大龜，且言龜甚靈，問我君何疑。自昔保方正，
　　顧嘗無妄私，順和固鄙分，全守貞常規，行之恐不及，此外將何爲。
　　惠恩如可謝，占問敢終辭。

〈古遺歎〉

　　古昔有遺歎，所歎何所爲？有國遺賢臣，萬世爲冤悲。所遺非遺望，
　　所遺非可遺；所遺非遺用，所遺在遺之。嗟嗟山海客，全獨竟何辭？
　　心非膏濡類，安得無不遺。

〈下客謠〉

　　下客無黃金，豈思主人憐。客言勝黃金，主人然不然？珠玉成彩翠，
　　綺羅如嬋娟，終恐見斯好，有時去君前。豈知保忠信，長使令德全。
　　風聲與時茂，歌頌萬千年。

按〈思太古〉者，嚮往上古治世也。詩題已微顯此旨。次山〈元謨〉曰：「上
古之君，用眞而恥聖，故大道清粹，滋於至德，至德蘊淪，而人自純。」此

詩正藉太湖之民純任自然為言，詩分三節：首二句總起，概指東南三千里之
處，沅湘二水形成太湖。三四句正承太湖，分寫湖上之地及湖上之民。謂其
地山高水深，其民純樸若愚。五至八句承上「有人多似愚」為言，為本詩第
二節，正寫太湖之民生活與性情。先寫其生活隨順自然，再述其身意有若鳥
獸，無所拘束，一若太古之治世然。竟其既無文明紛華以亂其心，又無邪曲
巧智以惑其性，故能返其天真，復其本然也。「吾行」以下四句為第三節，推
言遍遊九州，不見是風，則此聖賢之教，蓋失之久矣。末句歎語作結，深惜
其失也。

　　〈隴上歎〉，歎風教澆薄也。次山〈演謨〉云：「中古轉生澆眩，轉起邪
詐，變其娙娙，驅令嗤嗤。」此詩正同此意。樂府詩以「歎」為名者，古有
〈楚妃歎〉、〈明妃歎〉等篇，其詩雖憂深思遠，然係憂己；次山此篇，吁嗟
慨想，一唱三歎，所憂殆為斯世，此其不同也。詩分三節：首二句言援車登
坂，窮高而止，點出隴地。三四承上停駕之意，言據高延望戎狄之鄉，揭出
狄人，以悲咤起下歎言。五六句以下為第二節，轉用議筆，言教化有情，施
之草木，亦能感化，何聖賢禮讓之風，不能遍被於西夏？正寫歎意。「父子」
二句承上實寫所歎之事，慨言戎狄風俗，父子猜害，君臣欺詐。考諸天寶之
際，政治失序，風教澆薄，此當有其現實之意味，亦次山〈訂古〉五篇之所
以作也。結二句回應首節，言所適若此，何得安止？總束全章。

　　〈頌東夷〉，諷今上之侈張音樂也。本詩乃祖次山〈系謨〉：「其聲樂在節
諧八音，聽聆金石，不可耽喜靡慢，宴安淫溺。」之意。詩分三節：首節一
二句託言古之天子，實暗指今之人君，言其於朝會之際，大張新樂。三四句
承上，言此樂淆亂宮商，一無金石全聲。「來驚」四句為第二節，亦託外國使
臣之言，述其聞樂而驚，繼而悲歎，蓋此急管繁絃應非廟堂正樂也。「始知」
二句，言東夷來使批評中國之人耽於此樂，乃所以喪失純朴也。「爾為」以下
四句為第三節，先問外方來客何以獨具靈覺見微知著，再以純朴之音果存夷
邦，願蹈海一學作結。

　　〈賤士吟〉，刺上任用非人，諂邪當道也。詩分三節，首二句借物起興，
謂南風促使和柔之氣周流天下，用頂鍼句法順遞。三四承上，言此和風固
能使萬物欣欣向榮，獨不能變吾羈旅之愁，暗伏深羞之意。「為愁」四句為第
二節，承上羈愁之意以自述緣由，謂乃因今上校掄材能，不能明察邪正，致
諂競之輩當令於朝，茍邪之人皆為所求。「嘗聞」以下四句為第三節，先言自

古君子以此爲恥，末二句再推言若正道終不可行，將蹈海避世也。

〈欸乃曲〉，遊湘水，想古意，騁己懷也。詩分二節：首節先以「誰能聽欸乃」二句敘題，再假「不恨湘波深」二句敘地，皆夾敘夾議。以「所嗟」二句遞進起下。七八句以下至終篇爲第二節，先以「昔聞」句宕入懷想，謂嘗聞古人扣斷舟而歌，因引釣者歌之。按「斷舟」不知典出何處，考之屈原〈漁父〉：「漁父莞爾而笑，鼓枻而去。歌曰：滄浪之水清兮，可以濯吾纓；滄浪之水濁兮，可以濯吾足。」所謂鼓枻，即扣舟舷也。此可與本詩末句「遺曲今何在，逸爲〈漁父行〉」相應，或即用此。「始歌」二句承上，實寫所嗟之意，「悲風」「愁雲」似若寫景，實則喻情也。末句言此古歌之流傳，至今衍爲〈漁父行〉。

〈貧婦詞〉，怨官吏苛擾也。詩分三節，首節一二句先提貧夫，再提怨婦，以點明此怨婦家貧也。三四承上言怨婦感慨遭遇，吐詞悲切，聞者必感酸悽。五句以下爲第二節，用議筆述怨事：一怨抱中之兒不如山下之麛，此怨家貧也。再怨庭前之地幾成人吏之蹊，此怨官吏苛擾也。九句以下爲第三節，謂此怨婦傍徨山澤，悲怨不平，亟思一見府主，跪訴怨曲也。

〈去鄉悲〉，悲戍卒老死邊關也。詩分三節，首節一二句總起，謂己盤桓邊塞，悲歌爲誰乎？三四句承明，謂己悲歌，乃爲戍邊之孤老也。句法自問自答。五句以下爲第二節，謂己忽聞呼怨之聲，乃問所怨，孤老自謂以邊患去鄉，而今行將老死邊關，是其所怨也。句法相問相答。九句以下爲第三節，謂孤老心意，非不可見，唯盼今上恩賜仁惠，得以歸鄉。然此亦徒寄於願望耳，言其不能得也。末句以歎語寄其悲憫，回應首節「悲歌爲誰長」之意作結。

〈壽翁興〉，言長壽之道在隨順自然，少私寡欲也。故本詩假託壽翁故事，以闡正道。首二以問句詢壽翁，三四壽翁自答，謂長壽之道在隨順自然，句法一問一答。「始知」以下爲第二節，反轉上意，謂世上求壽之人皆不能如此，彼但知化金銀寶玉以鍊丹藥，不知充實長壽之道，故唯見其耽於此欲，而徒勞無功也。九句以下爲第三節，先以議筆謂王母以清和自存，亂黷之輩絕不庇護，結言壽翁之言堪佩服，句意緊切。

〈農臣怨〉，怨農臣疾苦無由吐也。詩分二節：首以「農臣何怨」二句作問答，謂其欲干人主。三句以下爲農臣所言，乃緊承上意，述其將論草木之患，與農家疾苦。七句以下爲第二節，述農臣徘徊於宮闕之旁，無由吐訴，乃泣而歸。「謠頌」二句用議筆斷結，謂採詩之官當記此言也。

〈謝大龜〉，謂己方正無私，謹守貞常，無須大龜決疑也。詩分二節：首二句敘有客獲得一雙大龜，三四句言此龜決疑甚靈，有疑待決否？此問語也。「自昔」以下八句述己守身之道，大抵方正無私，順和爲分，全守正規。謹持行之，此外別無所圖。所惠決疑之恩情如可辭謝，占問之好意，敢終辭之。此答辭也。

〈古遺歎〉，歎有國者遺棄賢能也。詩分三節：首二句總起，謂古有遺賢之歎也。三四順承，言有國者遺棄賢能，爲萬世同悲之憾事也。「所遺」以下四句爲第二節，乃承前節遺賢臣之意分敘，謂國君遺棄孚望之人，固非所宜；遺棄並非無用之人，亦不得當也。「嗟嗟」以下四句爲第三節，謂隱居有道之士，傷此政風，全其獨善，夫復何辭？而彼不思以膏潤之恩流被下民者，安能無遺賢之憾乎？

〈下客謠〉，謂下客之言，勝於金玉，以忠信保全主人令德也。詩分二節：首二句言下客貧賤，身無黃金，無以爲禮，然不求主人憐恤也。三句謂客直言正道，所言有貴於黃金者，四句承之，言但視主人以爲然否耳。此以徵詢之詞扣其意向。「珠玉」以下八句爲第二節，此節另開一意，謂珠玉綺羅，人之所愛，己之所無，己但能諫諍而已，恐主人以此見疏也。「豈知」以下二句，句意陡轉，謂己不知主人竟有眞識，仍重客言，既保其忠信，又使主人令德長全。末句頌詞，言主人因下客之言，聲名遠揚也。

二、考校古樂，補正歌辭

次山另有〈補樂歌〉十首，乃因古樂辭之亡佚而補之，與皮日休之〈補九夏歌〉同一義蘊。其撰作動機，備於序文。十首分別爲：〈網罟〉、〈豐年〉、〈雲門〉、〈九淵〉、〈五莖〉、〈六英〉、〈咸池〉、〈大韶〉、〈大夏〉、〈大濩〉。全詩并序如下：

> 自伏羲氏至於殷世，凡十代，樂歌有其名，亡其辭。考之傳記，而義或存 焉。嗚呼！樂聲自太古始，百世之後，盡無古音；嗚呼！樂歌自太古始，百世之後，遂無古辭。今國家追復純古，列祠往帝，歲時薦享，則必作樂，而無〈雲門〉〈咸池〉〈韶〉〈夏〉之聲，故探其名義以補之。誠不足以全化金石，反正宮羽而或存之，猶乙乙冥冥有純古之聲，豈幾乎司樂君子道和焉爾。凡十篇，十有九章，各引其義以序之，命曰〈補樂歌〉。

〈網罟〉，伏羲氏之樂歌也。其義蓋稱伏羲能易人取禽獸之勞。

　　吾人苦兮，水深深；網罟設兮，水不深。

　　吾人苦兮，山幽幽；網罟設兮，山不幽。

右〈網罟〉二章，章四句。

〈豐年〉，神農氏之樂歌也。其義蓋稱神農教人種植之功。

　　猗太帝兮，其智如神；分草實兮，濟我生人。

　　猗太帝兮，其功如天；均四時兮，成我豐年。

右〈豐年〉二章，章四句。

〈雲門〉，軒轅氏之樂歌也。其義蓋言雲之出，潤益萬物，如帝之德，無所不施。

　　玄雲溶溶兮，垂雨濛濛；類我聖澤兮，涵濡不窮。

　　玄雲漠漠兮，含映愈光；類我聖澤兮，溥被無方。

右〈雲門〉二章，章四句。

〈九淵〉，少昊氏之樂歌也。其義蓋稱少昊之德，淵然深遠。

　　聖德至深兮，蘊蘊如淵。生類娓娓兮，孰知其然。

右〈九淵〉一章，章四句。

〈五莖〉，顓頊氏之樂歌也，其義蓋稱顓頊得五德之根莖。

　　植植萬物兮，滔滔根莖。五德涵柔兮，渢渢而生。其生如何兮，釉
　　釉；天下皆自我君兮，化成。

右〈五莖〉一章，章八句。

〈六英〉，高辛氏之樂歌也。其義蓋稱帝嚳能總六合之英華。

　　我有金石兮，擊考崇崇。與汝歌舞兮，上帝之風。由六合兮，英華
　　渢渢。

　　我有綠竹兮，韻和泠泠。與汝歌舞兮，上帝之聲。由六合兮，根柢
　　嬴嬴。

右〈六英〉二章，章六句。

〈咸池〉，陶唐氏之樂歌也。其義蓋稱堯德至大，無不備全。

　元化油油兮，孰知其然。至德汩汩兮，順之以先。

　元化混混兮，孰知其然。至德決決兮，由之以全。

右〈咸池〉二章，章四句。

〈大韶〉，有虞氏之樂歌也，其義蓋稱舜能紹先聖之德。

　森森群象兮，日見生成。欲聞朕初兮，玄封冥冥。

　洋洋至化兮，日見深柔。欲聞涵護兮，大淵油油。

右〈大韶〉二章，章四句。

〈大夏〉，有夏氏之樂歌也。其義蓋稱禹治水，其功能大中國。

　茫茫下土兮，乃生九州，山有長岑兮，川有中流。

　茫茫下土兮，乃均四方，國有安人兮，野有封疆。

　茫茫下土兮，乃歌萬年。上有茂功兮，下載仁天。

右〈大夏〉三章，章四句。

〈大濩〉，有殷氏之樂歌也。其義蓋稱湯救天下，濩然得所。

　萬姓苦兮，怨且哭，不有聖人兮，誰護育？

　聖人生兮，天下和，萬姓熙熙兮，舞且歌。

右〈大濩〉二章，章四句。

按〈網罟〉為伏羲氏之樂歌，旨在稱頌伏羲製作網罟，能易人取魚獸之勞也。《易・繫辭下》傳曰：「古者庖犧氏之王天下也，仰則觀象於天，俯則觀法於地，觀鳥獸之文與地之宜，近取諸身，遠取諸物，於是始作八卦，以通神明之德，以類萬物之情，結繩而為網罟，以畋以漁，蓋取諸離。」〔註15〕此即次山所本。全詩二章，章四句。首章就捕魚為言，述初無網罟，苦於水深，捕之不易。既作網罟，捕之非難，又頓感水不深也。次章就捕獸為言，述初無網罟，苦於山深，捕之不易。及有網罟，捕之非難，又頓覺山不深也。兩章章法皆前後相形，以喻伏羲之功濟生民。造語樸拙，深得古樂歌之精神。

〔註15〕關於五帝之資料全取自《藝文類聚》，新興書局版。

　　〈豐年〉為神農氏之樂歌，旨在稱頌神農教民種植之功也。《易‧繫辭下》傳曰：「神農氏作，斲木為耜，揉木為耒，耒耨之利，以教天下。」《帝王世紀》云：「炎帝神農氏，姜姓也。人身牛首，長於姜水，有聖德。都陳，作五絃之琴，始教天下種穀，故號神農氏。」此為次山所本。全詩二章，章四句，首章歎美其智。先以歎語稱頌其智如神，再補敘其辨草實，教稼穡，以普濟萬民。次章歎美其功，先以歎語稱頌其功如天，再補敘教民種植，民無凍綏，樂享豐年，如天之均分四時也。兩章章法相同，皆先提後述也。

　　〈雲門〉為軒轅氏之樂歌，旨在稱頌帝德無所不施也。《左傳》曰：「郯子曰：黃帝以雲師而雲名。」《河圖挺佐輔》曰：「黃帝修德立義，天下大治。」《淮南子》曰：「黃帝治天下，而力牧太山稽輔之，使強不得掩弱，眾不得暴寡，人民保命而不夭，歲時熟而不凶，百官正而無私，輔弼公而不阿。道不拾遺，市不預賈，城廓不閉，邑無盜賊，人相讓以財，狗彘吐菽粟於道路，而無忿爭之心。於是日月精明，星辰不失其行，風雨時節，五穀登熟，虎豹不妄噬，鷙鳥不妄搏，鳳凰翔於庭，麒麟遊於郊，青龍進駕，飛蝗伏皂。諸北儋耳之國，莫不獻其貢職。」此於黃帝之德縷述甚詳，亦次山所本。全詩二章，章四句，全頌黃帝之德。首章借物起興，以玄雲之廣大、垂雨之無方作喻，頌帝德之涵濡無窮。次章以玄雲之無聲響而光映愈明作喻，頌帝德之普被萬方。

　　〈九淵〉為少昊氏之樂歌。其義蓋稱少昊之德，淵然深遠。《左傳》云：「郯子曰：我高祖少昊摯之立也，鳳鳥適至，故紀於鳥，為鳥師而鳥名焉。」又《帝王世紀》曰：「少昊帝名摯，字青陽，姬姓也。降居江水，有聖德，邑於窮桑，以登帝位，都曲阜，故或謂之窮桑，即圖讖所謂白帝朱宣者也，故稱少昊，號金天氏，在位百年而崩。」此載籍所記少昊之事蹟，亦次山所本。全詩一章，章四句。首二句：「聖德至深兮，蘊蘊如淵。」言少昊之德畜積如淵也。三四句「生類娓娓兮，孰知其然。」言生民嬉然生活，皆不知少昊溥被仁德之深。

　　〈五莖〉為顓頊氏之樂歌，其義蓋稱顓頊得五德之根莖也。《史記‧五帝本紀》曰：「帝顓頊高陽者，靜深有謀，疏通知事。北至幽陵，南至交趾，西濟流沙，東至蟠木。動靜之物，大小之神，日月所照，莫不砥屬。」《帝王世紀》曰：「及顓頊，生十年而佐少昊，二十而登帝位，平九黎之亂，以水事紀官，南正重司天以屬神，火正黎司地以屬民，於是眾神不雜，萬民

有序。始都窮桑，徙商丘，命飛龍效八風之音，作樂〈五英〉，以祭上帝。」此於顓頊氏之事蹟述之甚詳，亦次山所本也。全詩一章，章八句，上四句就萬物之根莖，興起五德之根莖。下四句承寫其生之感，揭明我君化成之旨。

〈六英〉為高辛氏之樂歌，其義蓋稱帝嚳能總六合之精華。《史記‧五帝本紀》曰：「帝嚳生而神靈，自言其名，日月所照，風雨所至，莫不從助。」《帝王世紀》曰：「帝嚳高辛氏，姬姓也。有聖德，年十五而佐顓頊，四十登位，都亳，以人事紀官，故以勾芒為木正，祝融為火正，蓐收為金正，玄冥為水正，后土為土正，是五行之官。分職而治諸侯，於是化被天下，遂作樂《六莖》，以康帝位。」此為次山所本。全詩二章，章六句。首章「我有金石兮，擊考崇崇，與汝歌舞兮，上帝之風。」四句就作樂及歌舞為言，謂生民得以如是歡愉，蓋因帝嚳之風所化。「由六合兮，英華渢渢。」二句，渢渢，中庸之聲，謂帝嚳之德，總六合之英華，故得中庸之美聲。次章「我有絲竹兮，韻和泠泠，與汝歌舞兮，上帝之聲。」四句亦就作樂歌舞為言，謂生民得以如是歡愉，乃因帝嚳之樂聲所感。「由六合兮，根柢贏贏。」謂帝嚳之化，乃總六合之英華，故其根柢滿餘也。

〈咸池〉為陶唐氏之樂歌，其義蓋稱堯德至大，無不備全也。《論語‧泰伯篇》曰：「大哉堯之為君也，巍巍乎！唯天為大，唯堯則之。蕩蕩乎！民無能名焉。巍巍乎其有成功也，煥乎其有文章也。」《大戴禮記》曰：「宰我曰：請問帝堯。孔子曰：其仁如天，其智如神，就之如日，望之如雲。富而不驕，貴而不豫。」此記帝堯之德甚全，為次山所本也。本詩二章，章四句。首章：「元化油油兮，孰知其然。至德汨汨兮，順之以先。」油油，流行貌。汨汨，演進不止之狀。元化，大化也，亦即修文訓武，則天而行，仁澤流洽，天下嘉樂也。此問大化之流行，誰知其因？答曰：堯以順天為先，故聖德演進不已。次章：「元化浤浤，孰知其然，至道決決兮，由之以全。」浤浤，水盛貌。決決，弘大貌。此問大化如水之盛大，誰知其然？答曰：堯以弘大之至道，故得由之以全也。兩章句法皆以下答上。

〈大韶〉為有虞氏之樂歌，其義蓋稱舜能紹先聖之德。《尚書‧舜典》曰：「慎徽五典，五典克從。納于百揆，百揆時敘。賓于四門，四門穆穆。納于大麓，烈風雷雨弗迷。帝曰：咨爾舜，詢事考言，乃言底可績。三載，汝陟帝位。」《尸子》曰：「舜一徙成邑，再徙成都，三徙成國。堯聞其賢，徵之

草茅之中。與之語禮樂而不逆，與之語政至簡而行，與之語道，廣大而不窮，於是妻之以媓，媵之以娥，九子事之，而託天下焉。」此皆舜之事蹟，當為次山所本也。本詩二章，章四句。首章：「森森群象兮，日漸生成。欲聞朕初兮，玄封冥冥。」森森，長密貌。朕，兆也。玄封，喻舜也。冥冥，專默精誠之謂也。此言宇宙萬象，日見生成，而欲知其初兆，則如舜帝之專默精誠也。次章：「洋洋至化兮，日見深柔，欲聞涵濩兮，大淵油油。」洋洋，充滿也。濩，雨流下貌。涵濩，則喻舜德之及於民也。油油，光悅貌。此言大化充盈，日見深柔，欲知舜德之教化，則如大淵之光悅也。

〈大夏〉為有夏氏之樂歌。《淮南子》曰：「禹沐淫雨，櫛疾風，決江疏河；鑿龍門，闢伊闕，乘四載，隨山刊木，平治水土，定七百國。」此當為次山所本。本詩三章，章四句，其義蓋稱禹治水，其功能大中國。各章皆以「茫茫下土」提起，首謂九州，有高山深水，各自成形。次謂禹平定四方，自是生民安居，封疆始建。三章謂禹之德，可歌頌萬年，蓋禹之大功，使萬民如戴仁天。

〈大濩〉為有殷氏之樂歌。《春秋・元命苞》曰：「湯之時，其民大樂，其救之於患害，故樂名〈大濩〉，濩者，救也。」此當為次山所本。本詩二章，章四句，其義蓋稱湯救天下，濩然得所也。首章：「萬姓苦兮，怨且哭，不有聖人兮，誰濩育。」此言夏桀暴虐，民生困苦，不有商湯伐桀，生民焉得濩然長育。次章：「聖人生兮，天下和，萬姓熙熙兮，舞且歌。」此言湯既降世，天下遂得安寧，於是萬民和樂，既歌且舞。

三、演意盡物，引興極喻

〈引極〉三首為次山所撰之騷體詩，據楊承祖先生《元結年譜》所考，大致作於天寶九載至十二載之間。序云：「演意盡物，引興極喻。」則其文辭之佶倔，詩旨之深隱，亦不言可喻也。全篇三章，分章題名為〈思元極〉、〈望仙府〉、〈懷潛君〉，每章各十二句，每二句一換韻，句法大致相同。合而觀之，其辭意蓋為慕道體元；分而闡之，〈思元極〉以天為喻，寫其企慕君上也。〈望仙府〉以山為喻，寫其軼塵求仙之想。〈懷潛君〉以海為喻，寫其求賢致治之盼也。全篇并序如次：

> 引極，興也，喻也。引之言演，極之言盡。演意盡物，引興極喻，
> 故曰〈引極〉。

〈思元極〉

　　天曠漭兮杳泱茫，氣浩浩兮色蒼蒼。上何有兮人不測，積清寥兮成
　　元極。彼元極兮靈且異，思一見兮藐難致。思不從兮空自傷，心慅
　　悑兮意惶懷。思假翼兮鸞鳳，乘長風兮上矼。揖元氣兮本深實，餐
　　至和兮永終日。

〈望仙府〉

　　山鑿落兮眇巇岑，雲溶溶兮木梣梣。中何有兮人不覩，遠欹差兮閟
　　仙府。彼仙府兮深且幽，望一至兮藐無由。望不從兮知如何，心混
　　混兮意渾和。思假足兮虎豹，超阻絕兮凌趨。詣仙府兮從羽人，餌
　　五靈兮保清真。

〈懷潛君〉

　　海浩淼兮汩洪溶，流蘊蘊兮濤洶洶。下何有兮人不聞，深溢溿兮居
　　潛君。彼潛君兮聖且神，思一見兮藐無因。思不從兮空踟躕，心回
　　迷兮意縈行。思假鱗兮鯤龍，激沆浪兮奔從。拜潛君兮索玄寶，佩
　　元符兮軌皇道。

按〈思元極〉第一節：「天曠漭兮杳泱茫，氣浩浩兮色蒼蒼。上何有兮人不測，
積清寥兮成元極。」曠漭，平野也，狀天之廣。泱茫，曉氣不明貌。浩浩，
廣大貌。蒼蒼，深青色也。清寥，清明寂寥也。本節首二句純粹寫景，以雄
渾之筆寫天之氣象。三四句落到元極，述其為積清寥之氣所成。第二節：「彼
元極兮靈且異，思一見兮藐難致。思不從兮空自傷，心慅珉兮意惶懷。」慅
者，勞也。悑者，心不止也。惶者，恐也。懷者，憚也。首二句承上，謂彼
元極其靈異之能，吾欲求見而渺不可得。三四句緊承思意，謂求見不得，心
勞不止。第三節：「思假翼兮鸞鳳，乘長風兮上矼。揖元氣兮本深實，餐至和
兮永終日。」矼，飛至也。至和，元氣也。首二句言元極之處高遠，乃假鸞
鳳之翼而至。三四句言既至後之情景。

　　本章以天為喻，先寫天之氣象再落入元極，然後述求索及既至之情景，
敘次整然有序。古以天為君，則思元極者，企慕君上也。上言「彼元極兮靈
且異」，則喻人間之聖君。而上天求索，指其求意之殷切，「餐至和兮永終日」
句，殆喻其浸沐於郅治也。此章言天，就上設境。

　　〈望仙府〉第一節：「山鑿落兮眇巇岑，雲溶溶兮木梣梣。中何有兮人不
覩，遠欹差兮閟仙府。」巇，山勢聳立貌。岑，山小而高貌。溶溶，廣大貌。

棽棽，林木繁蔚貌。閟，閉門也。本節首二句狀山勢之高，林木之茂，寫仙府之境。三四句落到仙府，謂山間究有何物，人不能見，然彼仙府正在其中。第二節：「彼仙府兮深且幽，望一至兮藐無由。思不從兮知如何，心混混兮意渾和。」混混，元氣未分也。渾，濁貌。首二句承上仙府所在，述其位置既深且幽，欲往而不得徑路。三四句緊承上意，謂既詣仙府而不可得，衷心為之渾濁不寧也。此節由仙府敘入求索也。第三節：「思假足兮虎豹，超阻絕兮凌趄。詣仙府兮從羽人，餌五靈兮保清真。」趄，遠也。羽人，仙子也。餌，食也。五靈，麟鳳龍龜白虎也。首二句言仙府所在之處深幽，乃假虎豹之足，超越險阻，凌遠而往。三四句寫成仙府之情事也。

　　本章以山為喻，先言仙府所在之處幽深難至，次敘上山求索，最後抵達仙府而成仙也。故本章旨在寫其軼塵求仙之想也。此章言地，就中設境。

　　〈懷潛君〉第一節：「海浩淼兮汩洪溶，流蘊蘊兮濤洶洶。下何有兮人不聞，深溢潀兮居潛君。」浩淼，水遠大貌。洪溶，水波廣大貌。蘊蘊，滯積畜聚也。首二句純寫海之景象，謂海廣大畜積，波濤洶湧也。三四句承上，言水下不知何所有，再落到潛君。本節先寫海，再及於潛君。第二節：「彼潛君兮聖且神，思一見兮藐無因。思不從兮空踟躕，心囘迷兮意縈紆。」縈，旋繞也。紆，心之鬱結也。首二句承上，謂潛君既聖且神，吾欲求見而渺無因緣，三四句緊承思意，謂不遂吾願，為之徘徊盤桓，心意難伸。本節由潛君落入求索。第三節：「思假鱗兮鯤龍，激沆浪兮奔從。拜潛君兮索玄寶，佩元符兮軌皇道。」鯤，大魚也。沆，大水也。軌，依也，法也。皇道，大道也。首二句言假魚龍之力，破浪以詣潛君之宮，三四句述既見潛君之情景也。

　　本章以海為喻，古以隱而未顯謂之潛，則潛君喻隱逸也。此人既聖且神，則非聖賢莫屬，故懷潛君者，乃喻求聖賢也。第三節述下海求詣潛君，則喻其求賢若渴。至若「玄寶」則喻治道，「軌皇道」則又喻郅治也。此章言海，就下設境，章法秩然，寄意闊遠。

四、往來酬寄，藉申胸懷

　　肅宗上元二年，次山為荊南節度使呂諲之幕僚，將兵鎮九江，曾作〈寄源休與族弟元源休〉，暢抒己懷。又作〈與瀼溪鄰里〉、〈喻瀼溪舊遊〉，皆為傳誦一時之作。

〈寄源休〉

> 辛丑中，元結與族弟源休皆為尚書郎，在荊南府幕。休以曾任湖
> 南，久理 長沙；結以曾遊江州，將兵鎮九江。自春及秋，不得相
> 見，故抒所懷以寄之。

天下未偃兵，儒生預戎事，功勞安可問，且有忝官累。昔常以荒浪，
不敢學為吏，況當在兵家，言之豈容易。忽然向三歲，境外為偏帥。
時多尚矯詐，進退多欺貳。縱有一直方，則上似姦智。誰為明信者，
能辨此勞畏。

按此抒懷詩也，次山以時勢不靖，兵災未息，己為儒生而預戎事，忽
忽三載。為吏既非初志，將兵更恐力有未逮，遑論功勞矣。於時風會，
多尚矯詐，己之方直，其誰能知，故有是作。首句言時，次句言己，
三四句言畏己忝官。「昔常」以下四句言夙志既不在為吏，何況兵家？「忽然」
以下，承上未偃兵之意，言己今日竟為偏帥，將兵境外。「時多」二句言世風多詐，
欺罔貳志之人，所在多有，己之方直，恐見誣陷。己之勞畏，誰人可辨。忠悃之情，溢於言表。

〈與瀼溪鄰里〉

> 乾元元年，元子將家自全于瀼溪。上元二年，領荊南之兵鎮于九
> 江，方在軍旅，與瀼溪鄰里不得如往時相見遊，又知瀼溪之人，
> 日轉窮困，故作詩與之。

昔年苦逆亂，舉族來南奔，日行幾十里，愛君此山村。峯谷呀回映，
誰家無泉源。修竹多夾路，扁舟皆到門。瀼溪中曲濱，其陽有閑園，
鄰里昔贈我，許之及子孫。我嘗有匱乏，鄰里能相分。我嘗有不安，
鄰里能相存。斯人轉貧弱，力役非無寃。終以瀼濱訟，無令天下論。

按瀼溪，據《瑞昌縣志》及《九江府志》所載，在瑞昌之南，與九江毗鄰。
次山嘗於肅宗乾元元年避安史之亂而居此，上元元年，次山領兵鎮九江，聞
瀼溪之人日轉窮困，因有是作。詩由昔年敘起，憶曩日率族南奔，來到此境，
與瀼溪鄰里結緣，即已深愛此地山村。以下即寫其景致。「瀼溪」八句，敘瀼
溪鄰里之待我。先述其慨贈閑園，再述其分濟匱乏，存問己之不安。「斯人」
二句述瀼人近況，知斯人之貧困，實為力役所致。末二句言己既知瀼人苦況，
必爭曲直於有司，以答瀼人之待我，不使天下之論我也。本詩初敘與瀼溪鄰
里結緣，再落入鄰里之人，中間摹寫鄰里待我，若贈閑園，若相分相存，皆
淡淡若筆，字字含情。自「斯人」二句，改為議筆，使結句有力。

〈喻瀼溪舊遊〉

> 往年在瀼濱，瀼人皆忘情。今來遊瀼鄉，瀼人見我驚。我心與瀼人，
> 豈有辱與榮，瀼人異其心，應為我冠纓。昔賢惡如此，所以辭公卿。
> 貧窮老鄉里，自休還力耕，況曾經逆亂，日厭聞戰爭。尤愛一溪水，
> 而能存讓名。終當來其濱，飲啄全此生。

按〈與瀼溪鄰里〉與本篇係前後之作，作前篇時，猶未見瀼人，故有寄思。
作本詩時，既遊瀼溪，瀼畏其居官，故有此喻。次山制行高潔，不徇名利，
雖以世亂而為官，然時有退意。本詩即就此意以喻瀼人。首四句敘與瀼人相
見，而有今昔之別。此蓋瀼人昔能忘情，今日則否也。「我心」四句開筆側承，
謂己心與瀼人初無榮辱之別，今日猶然，而瀼人所以驚畏，乃因吾居官也。「昔
賢」二句收束上意，謂此所以昔賢惡為官也。句意緊切，兼有慨歎。「貧窮」
以下又承「辭公卿」意，以申己懷，謂己全退之時，當返鄉里力耕，況既遭
戰亂，厭聞戰爭，尤當引退。尤愛此溪之能存讓名，他日當退隱於此。結筆
論斷，透出主旨。

五、敘事論世，以明己志

天寶五載，次山遊淮陰，作〈閔荒詩〉一首，乃借隋人冤歌，吟詠隋煬
帝之暴虐凶忍也。此詩雖為詠史，但亦諷諭當世。按煬帝方為太子，即矯情
飾行，陰有奪宗之意。自嗣立為皇，立事巡遊。以天下承平日久，士馬全盛，
慨然慕秦皇漢武之事，乃盛治宮室，窮極侈靡。召募行人，分使國外，有不
服者，即興兵討伐。又營建東都，鑿太行山以通馳道，開永濟渠以達於河水。
引汴水入於淮水，開邗溝以至長江。又為行幸江都，大造龍舟數萬艘，舟高
四重，飾以全玉，制度大小與宮殿無異。其興民役，動輒以數十萬人計。又
猜忌臣下，有不合意者，以構其罪而族滅之，故楊玄感有黎陽之亂，匈奴有
雁門之圍，煬帝匆棄中土而遠適揚州，於是群雄乘釁，強弱相陵，大則稱帝
稱王，小則千百成群，攻城奪邑，茫茫九土，並為逐鹿之場，生靈塗炭，邑
落為墟。煬帝終然不悟，遂以萬乘之尊而死於一夫之手。是即次山所詠史實
也。全詩并序如次：

> 天寶丙戌中，元子浮隋河，至淮陰間。其年水壞河防，得隋人〈冤
> 歌〉五篇，考其歌義，似冤怨時主。故廣其義，採其歌，為〈閔
> 荒詩〉一篇，其餘載於《異錄》。

煬皇嗣君位，隋德滋昏幽，日作及身禍，以爲長世謀。居常恥前王，
不思天子遊，意欲出明堂，便登浮海舟。令行山川改，功與玄造伴。
河淮可支合，峰山扈生回溝。封隄下澤中，作山防逸流。舡艫狀龍
鵠，若負宮闕浮。荒娛未央極，始到滄海頭。忽覓海門山，思作望
海樓。不知新都城，已爲征戰丘。當時有遺歌，歌曲太冤愁。四海
非天獄，何爲非天囚，天囚正凶忍，爲我萬姓讎。人將引天釴，人
將持天鉞，所欲充其心，相與絕悲憂。自得隋人歌，每爲隋君羞。
欲歌當陽春，似覺天下秋。更歌曲未終，如有怨氣浮。奈何昏王心，
不覺此怨尤，遂令一夫唱，四海忻提矛。吾聞古賢君，其道常靜柔，
慈惠恐不足，端和忘所求。嗟嗟有隋氏，惛惛誰與儔。

按全詩可分爲五段，「煬皇」以下四句爲第一段，乃全篇總綱。謂自煬帝嗣立，
隋德即昏，蓋以煬帝居常所爲，無非及身禍事，而反自以爲長世之謀也。「居
常」句以下至「已爲征戰丘」爲第二段，此段緊承「及身禍」句，縷敘煬帝
之好巡遊、興徭役，致令民怨沸騰，群雄並起也。先以「居常」四句述煬帝
恥前王之不思巡遊，乃欲一出明堂，即造四海之遠。「令行山川改」六句乃指
煬帝大業三年發河北十餘郡丁男鑿太行山，達於并州，以通馳道。大業元年
開通濟渠，引沁水入淮及大業四年，發河北諸郡男女百餘萬開永濟渠，引沁
水南達於黃河三事也。「舡艫狀龍鵠」二句言煬帝遣王弘等造龍舟之事。「荒
娛」四句言煬帝率船隊巡幸江都也。「不知」二句言海內騷然，群雄並起也。
本段重點在煬帝，史實雖繁，然造語約潔，又夾敘夾議，故氣脈一貫。自「當
時有遺歌」至「相與絕悲憂」爲第三段。落入隋人冤歌，謂其詞甚爲冤愁。
以下至段末，即冤歌之義。「四海」二句蓋云九州之土，本非天獄，何故煬帝
所爲，無非使民成爲天囚。「天囚」二句蓋謂陷民天囚之行正殘刻，故百姓引
爲仇讎。「人將」四句述天下皆怨煬帝，意欲揭竿而起也。本段述隋人言，全
用議筆，是與上段不同處。「自得隋人歌」二句，應上「當時有遺歌」句而來，
以下八句爲第四段，敘次山讀歌之感，蓋深羞煬帝之所爲也。「欲歌」四句，
謂未歌之際，時當陽春，既歌之後，如感秋至。更歌未竟，已覺怨氣滿浮也。
「奈何」以下四句議筆作結，謂天下憤怨，而昏王終然不悟，歎令一夫倡議
聲討，四海之民提矛景從也。本段敘寫兼行，揭明憫意。「吾聞」以下六句爲
第五段，前四句全用議筆，謂自古賢君常以靜柔之道施民慈惠，且猶恐不足；
更端拱而治，與民休養，而無所求。「嗟嗟」二句，以歎語作結，謂其昏愚，

並世無儔也。

　　次山於代宗廣德元年（西元763年）授道州刺史，次年五月二十二日（參見次山〈謝上表〉）至道州履新，抵任所末五十日，即見租庸諸使文牒二百餘封，不外令徵錢物之屬。然道州方於去歲爲西原蠻賊所陷據（參見《新唐書・代宗本紀》）燒殺屠掠，幾盡而去。百姓既遭賊亂，甚爲困頓，次山見之，不忍加賦，而諸使徵求，又甚爲迫促，若不應命，罪至貶削；若悉應所求，則州縣殘破，必激起民亂，故撰成〈舂陵行〉一詩，代達下情，全詩并序云：

　　　　癸卯歲，漫叟授道州刺史。道州舊四萬餘户，經賊以來，不滿四
　　　　千，大半不勝賦税。到官未五十日，承諸使徵求，符牒二百餘封，
　　　　皆曰：失其限者，罪至貶削。於戲！若悉應其命，則州縣破亂，
　　　　刺史欲焉逃罪；若不應命，又即獲罪戾，必不免也。吾將守官，
　　　　靜以安人，待罪而已。此州是舂陵故地，故作〈舂陵行〉以達下
　　　　情。

　　　　軍國多所需，切責在有司，有司臨郡縣，刑法竟欲施。供給豈不憂，
　　　　徵斂又可悲。州小經亂亡，遺人實困疲。大鄉無十家，大族命單羸，
　　　　朝飧是草根，暮食是木皮。出言氣欲絶，言速行步遲。追呼尚不忍，
　　　　況乃鞭扑之。郵亭傳急符，來往跡相追。更無寬大恩，但有迫促期。
　　　　欲令鬻兒女，言發恐亂隨。悉使索其家，而又無生資。聽彼道路言，
　　　　怨傷誰復知？去冬山賊來，殺奪幾無遺。所願見王官，撫養以惠慈。
　　　　奈何重驅逐，不使存活爲？安人天子命，符節我所持。州縣忽亂亡，
　　　　得罪復是誰？逋緩違詔令，蒙責固所宜。前賢重守分，惡以禍福移。
　　　　亦云貴守官，不愛能適時。顧惟孱弱者，正直當不虧，何人采國風，
　　　　吾欲獻此辭。

按本詩爲次山傳世之作，全篇共分三段。「軍國多所需」四句總起，述朝廷連年用兵，乃責成有司徵斂軍需，而彼臨治郡縣之時，無視現況，催迫甚急。有不遂者，竟欲施以刑罰。「供給」二句以議筆逆承，謂供應軍需，豈不憂慮，而急急徵斂，則又可悲。憐恤之意，形於言表。「州小」句以下至段末，緊承上意鋪敍

　　道州黎庶之慘狀。在此，先述道州既遭匪亂，十室九空，邑落爲墟。再述遺民賴草根木皮維生，率皆氣若遊絲，孱弱不堪。「追呼」二句應前「刑法意欲施」句，以喻筆寄其悲憫，暗議有司之不仁。

「郵亭傳急符」以下為第二段，首述郵亭時傳急符，徵斂諸使亦時來道州，然於道州黎庶之處境，並無寬大之恩，反有促迫之期限而已。「欲令」六句敘次山進退兩難也。前言有司既無意展緩歲賦，此又言即令鬻兒賣女，搜刮民宅，亦無法應命，反將激起民亂也。此點次山知之甚明，而有司全然無睹，故有「聽彼道路言，怨傷誰復知」之歎。「去冬」以下六句，遙承上段「州小經亂亡」句而來，補敘百姓之願望。在此先敘去冬山賊復來，殺奪無遺，百姓皆願王官慈惠，與民休養生息。再以議筆責有司之迫促，豈不欲百姓存活哉哉？！本段敘議兼行，其譴責有司之不仁，又視前段為烈。

「安人天子命」以下為第三段，乃由百姓落入己身。「安人」六句以議代敘，言己持節道州，天子命以安人為責，果以徵斂而致暴亂，欲焉逃罪？而遲緩詔令，亦宜蒙責。「前賢」四句，以開筆據理辯駁，謂前賢有重守分之訓，不因禍福而移其志；亦有貴守官之諭，不喜適時而變。「顧惟」二句承上，謂憐恤孱弱，理當不虧。「何人」二句，慨言作本詩乃為達下情也。

次山刺道州，承賊亂之後，諸使徵率繁重，民不堪命，故有〈舂陵行〉以達下情。廣德二年（西元 764 年）西原（今廣西扶南縣）蠻攻永州（今湖南零陵），破邵（今湖南寶慶），不犯道州而去，次山有惑，又作〈賊退示官吏〉一詩，全詩并序云：

> 癸卯歲，西原賊入邁州，焚燒殺掠，幾盡而去。明年，賊又攻永州，破邵，不犯此州邊鄙而退，豈力能制敵歟？蓋蒙其傷憐而已！諸使何為忍苦徵斂？故作詩一篇，以示官吏。
>
> 昔歲逢太平，山林二十年。泉源在庭戶，洞壑當門前。井稅有常期，日晏猶得眠。忽然遭世變，數歲親戎旃。今來典斯郡，山夷又紛然。城小賊不屠，人貧傷可憐！是以陷鄰境，此州獨見全。使臣將王命，豈不如賊焉？今彼徵斂者，迫之如火煎；誰能絕人命，以作時世賢？思欲委符節，引竿自刺船，將家就魚麥，歸老江湖邊。

按《新唐書》卷二二二下〈西原蠻列傳〉云：「復圍道州，刺史元結固守，不能下。」又次山〈奏免科率狀〉云：「去年賊又逼州界，防捍百餘日，賊攻永州陷邵州，臣州獨全者，為百姓捍賊。」可知序所云：「不犯此州邊鄙而退。」但警世耳，不合史實。詩分三段，首段自敘出處，其中「昔歲」二句敘己隱居商餘二十年，「泉源」二句敘昔日居住環境及生活狀況。「忽然」二句陡轉，

言己由一介隱逸而參與戎事。「親戎旃」指理兵泌南、佐呂諲拒賊及率兵鎮九江也。

　　自「今來典斯郡」起為第二段，敘己刺道州事。「城小」四句言西原蠻賊二度作亂，不犯道州邊鄙而退，乃因道州飽經兵禍，遺民困疲不堪，蒙賊傷憐，故鄰境皆陷賊手，唯道州獨全也。「使臣」句轉用議筆，謂蠻賊猶能恤貧，而獨官吏不知憐憫，豈官甚於賊耶？自「今彼徵斂者」以下為第三段，承上「官不如賊」意，敘徵斂之迫促有如火煎。其中「誰能」二句反語對照，謂今之良臣，唯以絕民命為能，乃己所不欲為者也。末四句直率表明心跡，謂其欲棄官也。

　　本詩亦為次山傳世之作，其性之不諧俗，制行之高潔，不徇權勢，閔時憂國之意，盡形諸言表。清劉熙載《藝概》卷二云：「孔門如用詩，則於元道州必有取焉。」又云：「『獨挺於流俗之中，強攖於已溺之後』元次山以此序沈千運詩，亦以自寓也。」又云：「次山詩令人想見立意較然，不欺其志。其疾官邪，輕爵祿，意皆起於惻怛為民，不獨〈舂陵行〉及〈賊退示官吏作〉足使杜陵感喟也。」又清王闓運《王志》卷二〈論唐詩諸家源流〉陳兆奎附案云：「次山在道州諸作筆力遒勁，充以時事，可誦可謠，其體極雅。」推獎可謂甚高。

六、燕居閒適，登臨詠物

　　次山另有抒寫燕居情趣之作，若〈登白雲亭〉、〈欸乃曲〉五首、〈石魚湖上醉歌〉，皆為後人所傳誦。此類詩作，造語溫潤，直舉胸臆，亦可見次山處擾擾之世，及時行樂之丰神。〈登白雲亭〉云：

> 出門上南山，喜逐松徑行。窮高欲極遠，始到白雲亭。長山繞井邑，
> 登望宜新晴。洲渚曲湘水，縈回隨郡城。九疑千萬峰，嶸嶸天外青。
> 煙雲無遠近，皆傍林嶺生。俯視松竹間，石水何幽清，涵映滿軒戶，
> 娟娟如鏡明。何人病惛濃，積醉且未醒，與我一登臨，為君安性情。

按本詩作於代宗永泰大曆年間，為登臨之作。「出門」四句述登亭，「長山」四句自亭鳥瞰，分寫山水。「井邑」為道州民宅櫛聚之處，「新晴」則狀登臨時之天侯。「洲渚」、「曲江」、「縈回郡城」並為高處所見。「九疑」四句特寫九疑山萬千峰巒、煙雲籠漫之遠境。以上八句純寫遠景。「俯視」以下四句則寫自亭下望之近景，謂此亭松竹遍植，澗水幽清，綠意涵映，娟娟如鏡，其

境極爲清妍。「何人」句以下議筆作結，乃即景興感也，謂人皆惛濃，積醉不醒，若能隨我登亭，性情必有所安也。

永泰大曆間，次山多次暢遊道州封內之石魚湖，並作〈石魚湖上作〉、〈夜讌石魚湖〉、〈石魚湖上醉歌〉等詩。次山〈石魚湖上序〉云：「漶泉南上，有獨石在水中，狀如遊魚。魚凹處，修之可以目居酒。水涯四匝多欹石相連，石上堪人坐。水能浮小舫載酒，又能繞石魚徊流，乃命湖曰石魚湖，鐫銘於湖上，顯示來者，又作詩以歌之。」湖在今湖南道縣東部。此三首看似飲酒放歌，及時作樂，然而〈石魚湖上作〉有句云：「金玉吾不須，軒冕吾不愛，且欲坐湖畔，石魚長相對。」又〈夜讌石魚湖作〉有句云：「醉昏能誕語，勸醉能忘情，坐無拘忌人，勿限醉與醒。」又頗能反映次山厭倦官場，亟思歸隱，復返自然之心聲。其中又以〈石魚湖上醉歌并序〉最爲後人所傳誦，全篇如次：

> 漫叟以公田米釀酒，因休暇則載酒於湖上，時取一醉，醉歡中，據湖岸，引臂向魚取酒，使舫載之，遍飲坐者，意疑倚巴邱，酌於君山之上，諸子環洞庭而坐，酒舫泛泛然，觸波濤而往來者，乃作歌以詠之。
>
> 石魚湖，似洞庭，夏水欲滿君山青。山爲樽，水爲沼，酒徒歷歷坐洲島。長風連日作大浪，不能廢人運酒舫。我持長瓢坐巴邱，酌酒四座以散愁。

按本詩既爲「醉歌」，故句式不定。自「石魚湖」句至「君山青」爲一解。「山爲樽」至「坐洲島」爲二解。「長風」二句爲三解。「我持」二句爲四解。起首用喻筆敘湖中風景。次敘賞覽景觀兼及飲酒行樂之法。再進而言其日日行樂，風雨無阻也。末以「愁」字收束，透示其歸隱之意。次山此詩託石魚湖以寄興，盤桓笑傲，逍遙世外，亦可見其質性之眞淳，胸襟之闊大。

大曆元年，次山以軍事詣長沙，次年二月還道州，泛湘江，適逢春水，舟行不進，乃作〈欸乃曲〉五首以寄興，全篇并序云：

> 大曆丁未中，漫叟以軍事詣都使遺還州，逢春水，舟行不進，作〈欸乃〉五曲，舟子唱之，蓋欲取適於道路耳。詞曰：
>
> 偶存名跡在人間，順俗與時未安閑。來謁大官兼問政，扁舟卻入九疑山。
>
> 湘江二月春水平，滿月和風宜夜行。唱橈欲過平陽戍，守吏相呼問姓名。

千里楓林煙雨深，無朝無暮有猿吟。停橈靜聽曲中意，好是雲山
韶濩音。

零陵郡北湘水東，浯溪形勝滿湘中。溪口石巔堪自逸，誰能相伴
作漁翁。

下瀧船似入深淵，上瀧船似欲昇天。瀧南始到九疑郡，應絕高人
乘興船。

按本詩為次山七言名作。第一首：「偶存名跡」喻己為官。「順俗與時」喻己
為軍務而隨順時俗，未得安閒。三句敘進詣都督府之緣由，四句「扁舟」點
明水路，敘自都督府入九疑，取道水路返道州。本詩為其他四首之總起，洗
練明快，而文法高古渾邁。第二首：「湘江」句應上「扁舟」句而來，敘所經
地境及當時之季候。「滿月」句又點明夜泛湘江，明月當空也。「唱橈」二句
言舟行不止，途經平陽，戍吏相呼也。本詩主眼在湘江，故敘季候，敘夜行，
敘戍吏相呼，造語自然，朴質無華。第三首：上二句述兩岸楓林籠罩煙雨，
猿吟不絕。「停橈」二句承上「猿吟」，謂舟行至此，停橈靜聽猿吟，其聲調
天然，故自成雲山雅樂。本詩主眼在兩岸景致，先寫後敘，韻清境幽，尤以
前半寫景入畫，清麗絕倫。第四首：寫水行過祈陽之浯溪也。首句點明浯溪
之位置，在零陵之北，湘江之東。二句言其形勝冠於全湘。「溪口」二句，言
溪口之形勢不凡，其石巔可以隱居，因生退思也。本詩以浯溪為主眼，抒情
作結。第五首：「下瀧」句言順急湍而行也。「入深淵」狀其危險；「欲昇天」
狀其難行。由「瀧南始到九疑郡」句，則知次山乃自北逆湘水而南，故舟行
不進也。末句「乘興船」謂乘興而遊之高士，必不犯此艱險，反形己之倥傯
軍務之塵勞也。本詩皆寫取適之意。

〈欸乃〉五首，韻清境幽，而造語自然，故元遺山〈論詩絕句・第十七
首〉云：「切響浮聲發巧深，研磨雖苦果何心，浪翁水樂無宮徵，自是雲山韶
濩音。」〔註16〕正取次山〈水樂說〉及本詩第三首末句以闡發詩中天然聲調
之理。清沈德潛《唐詩別裁》卷三云：「次山詩自寫胸次，不欲規橅古人，而
奇響逸趣，在唐人中另闢門徑。」〔註17〕觀次山此詩，其說得之矣。

〔註16〕詳見王師禮卿《遺山論詩詮證》第109～115頁。中華叢書編審委員會出版。
〔註17〕見《新校元次山集》附錄三。

第四章　次山之文

第一節　次山文之淵源與體貌

一、次山文之淵源

　　古來作者莫不於六經諸子有所取資，故能成其大。如賈誼自名家、縱橫家入，故其言浩瀚而斷制；晁錯自法家、兵家入，故其言峭刻而覈實；劉子政自儒家、道家入，故其言沖和而多端。即以唐宋大家文集論之，如韓愈之於儒家、柳宗元之於名家、蘇洵之於兵家、蘇軾之於縱橫家、王安石之於法家，皆以平生所得，見諸文字，故言有物，行有恒。

　　袁簡齋〈答友人論文第二書〉云：「元次山好子書，故其文碎。蘇長公通禪理，故其文盪。」〔註1〕王葆心《古文辭通義》卷十六亦云：「元次山文出自子書而不免弊，故其文碎。」〔註2〕章學誠〈元次山集書後〉曰：「元之面目，出於諸子，人所共知。其根蘊本之騷人，而感檄怨懟奇怪之作，亦自〈天問〉、〈招魂〉揚其餘烈，人不知也。」〔註3〕可見次山為文取資諸子之處甚多。

　　今觀本集〈皇謨〉三篇，暢論治道，全以君臣之對話為之，其思想之基礎，即為道家。再如〈瓀論〉、〈丐論〉，文辭奇峭，推闡入深，有法家文之遺形。至若〈心規〉、〈戲規〉、〈處規〉、〈惡圓〉、〈惡曲〉、〈時化〉、〈世化〉、〈自述〉三篇，莫不屬詞比事，翻空易奇，似莊子之寓言，皆可證次山之文，出

〔註1〕引自馮書耕、金仞千合著《古文通論》第1083頁，雲天出版社印行。
〔註2〕見王葆心《古文辭通義》卷十六，中華書局版下冊，卷十六第17頁。
〔註3〕見章學誠《章氏遺書》卷十三〈元次山集書後〉。

於諸子。至若〈引極〉三首、〈演興〉四首、〈說楚王賦〉三篇，則直有《楚辭》之遺意，乃知章氏之規，甚爲近實。

又陳衍《石遺室論文》云：

> 唐承六朝之後，文皆駢儷，至韓柳諸家出，始相率爲散文，號稱起衰復古，然元次山結、杜子美甫，已嘗爲之。次山大唐中興頌序最工，蓋學《左氏傳》而神似者。〔註4〕

則次山既本屈騷之志，蕩肆於莊周之寓言，又得《左傳》之簡古詭變，其文取資多方，亦可知也。

二、次山文之體貌

今傳《元次山集》收文七卷共一〇一篇，內容至爲繁複，舉凡論、說、序、議、狀、表、書、記、規、箴、頌、銘賦各體均包。茲依姚鼐《古文辭類纂》序之分類，辨體如次：

論辨類：〈瘼論〉、〈丐論〉、〈管仲論〉、〈漫論〉、〈化虎論〉、〈水樂說〉、〈時議〉三篇。

序跋類：〈篋中集序〉、〈文編序〉。

奏議類：〈請省官狀〉、〈請給將士父母糧狀〉、〈請收養孤弱狀〉、〈舉呂著作狀〉、〈奏免科率狀〉、〈論舜廟狀〉、〈舉處士張季秀狀〉、〈辭監察御史表〉、〈爲呂荊南謝病表〉、〈請節度使表〉、〈乞免官歸養表〉、〈謝上表〉、〈廣德二年賀赦表〉、〈永泰元年賀赦表〉、〈再謝上表〉、〈讓容州表〉、〈再讓容州表〉、〈爲董江夏自陳表〉、〈崔潭州表〉。

書說類：〈與韋尚書書〉、〈與李相公書〉、〈與韋洪州書〉、〈與呂相尚書〉、〈與何員外書〉。

贈序類：〈送張玄武序〉、〈別韓方源序〉、〈別王佐卿序〉、〈送王及之容州序〉、〈送譚山人歸雲陽序〉、〈別崔漫序〉。

碑誌類：〈元魯縣墓表〉、〈哀丘表〉、〈夏侯岳州表〉、〈張處士表〉、〈惠公禪居表〉、〈左黃州表〉。

雜記類：〈廣宴亭記〉、〈茅閣記〉、〈菊圃記〉、〈寒亭記〉、〈九疑圖記〉、〈右溪記〉、〈刺史廳記〉、〈殊亭記〉。

〔註4〕引自陳柱《中國散文史》第195頁，臺灣商務印書館中國文化史叢書。

箴銘類：〈心規〉、〈戲規〉、〈處規〉、〈出規〉、〈時規〉、〈惡圓〉、〈惡曲〉、〈自箴〉、〈縣令箴〉、〈異泉銘〉、〈瀼溪銘〉、〈抔樽銘〉、〈抔湖銘〉、〈退谷銘〉、〈陽華岩銘〉、〈窊樽銘〉、〈朝陽岩銘〉、〈丹崖翁宅銘〉、〈七泉銘〉、〈五如石銘〉、〈浯溪銘〉、〈峿臺銘〉、〈㟪顔銘〉、〈東崖銘〉、〈寒泉銘〉。

頌贊類：〈虎蛇頌〉、〈大唐中興頌〉。

詞賦類：〈說楚何荒王賦〉、〈說楚何惑王賦〉、〈說楚何悟王賦〉。

次山論體之作若〈㾁論〉、〈丐論〉、〈漫論〉皆屬遭時感物，設為問答，以抒胸中所蓄者，故特具子書之遺形，其他各篇亦推闡時物，辨正然否，雖於文辭不免枝碎，大抵能言其倫而析之，度其宜而揆之。其序跋，善敘文理，文論詩論，具見於斯，吐辭精實而嚴潔。奏議之作甚多，有謝恩、有按劾、亦有陳情。謝恩之表則任氣以攄忠，按劾之表則敬慎而清斷，陳情之表則懇至而委婉。其謝上表因謝上而能極論民窮吏惡，勸天子以精擇長吏，實為體國恤民之佳章也。其書說之作，或指陳時政，或括論世局，或暢抒積悃，不論窮達，辭氣皆不卑不亢。其贈序之作亦多陳忠告，致敬愛。因次山所結交之士，多屬不慕榮利，志在丘園之士，故其贈序不諂不諛，頗能直抒胸臆，篇幅雖短，語切意真。其碑誌之作善表情感，時有借題發揮，如〈元魯縣墓表〉、〈哀丘表〉，皆溢出題外，直哀世人。其雜記，類皆小品，然尺幅千里，境高韻遠。其記道州山水，曲極其妙，已有柳宗元山水諸記之刻鏤，惟柳作精巧絕倫，元作簡淡高古，特具藝術價值。次山好奇之士也，所居山水必自名之，故多銘文。其銘文用字選材，均簡古奇卓，而規體之作尤其曲折深微，未易學步。其頌體之作有二，而〈大唐中興頌〉燦爛金石，清奪湘流，足以名世。其詞賦之作僅三篇，乃假君臣問對以達旨，不免巧談以成豔，古來稱之者甚鮮。

歷來論次山之詩文者，多稱其志，若呂溫於〈道州刺史廳壁後記〉中稱頌次山〔註5〕，實因次山「彰善而不黨，指惡而不誣，直舉胸臆，用為鑒戒。」若宋黃徹《䂬溪詩話》之稱頌次山〔註6〕則又又因次山「先民後己，輕官爵而重人命」與「不徇權勢而專務愛民」之風操也。若就文論文，則次山文之體貌，可以三點明之。

〔註5〕見唐呂溫〈道州刺史廳壁後記〉，載於大通書局版《全唐文》卷六二八。
〔註6〕見宋黃徹《䂬溪詩話》卷六，引自《新校元次山集》附錄三。

（一）怪奇

次山早年詩文，頗有入於怪奇之象。夫文人好奇，其來遠矣。昔莊周自稱其書「雖瓌瑋而連犿無傷也，其辭雖參差而俶詭可觀也。」其後揚子《法言・君子篇》有「子長愛奇」之語。文人愛奇，或因「不奇，言不用也。」（王充《論衡・藝增篇》）或因「意翻空而易奇，言徵實而難巧。」（《文心雕龍・神思篇》）故為文者，莫不欲去陳言以標新立異。雖然，苟非根本深、魄力厚，而以鷙悍之氣，噴薄之勢，恢詭之趣，倔強之筆，濃郁之辭，鏗鏘之調以行之，必不能窺其奧窔，反有其弊。此所以《文心雕龍・定勢篇》云：「舊鍊之才，執正以馭奇；新學之士，逐奇而失正。」而蘇軾〈答黃魯直書〉亦必云：「溢為怪奇，蓋出於不得已也。」〔註7〕

次山文之入於奇，有奇在字句者，有奇在用意者，有奇在結體老。如〈演興〉四首之二〈初祀〉云：

> 山之乳兮葺太祠，木孫為楠兮木母橒。雲纓為楣兮愚木栭，洞淵禪兮揭巍巍。塗水蘭兮蒔糅藭，被弱草兮絺衿聯。仡渾洪兮馥闐闐，管化石兮洞剡天。翹脩鈠兮掉蕪爻，靈巫謀兮無顯于。薦天鱻兮酒陽泉。獻水藝兮飯霜秫，與太靈兮千萬年。

此雖韻文，而辭義奧衍，佶倔難讀，殆為奇於字句也。再如〈七不如〉七篇云：

其一

> 元子以為人之毒也，毒於鄉、毒於國、毒於鳥獸、毒於草木，不如毒其形、毒其命、毒其姻戚、毒其家族者爾。於戲！毒可頌也乎哉？毒有甚焉何如？

其二

> 元子以為人之媚也，媚於時、媚於君、媚於朋友、媚於鄉縣，不如媚於廐、媚於室、媚於市肆、媚於道路者爾。於戲！媚可頌也乎哉？媚有甚焉何如？〔註8〕

於此但舉兩篇，已可見其語法之怪，用意之奇矣。他如〈虎蛇頌序〉中謂「王虎如古君子」「均蛇如古賢士」，其比擬亦近於不倫。其頌詞曰：

〔註7〕見蘇軾〈與魯直〉二首，載《蘇東坡全集・下冊》，續集卷四，第101頁，河洛圖書出版社。

〔註8〕見《新校元次山集》卷五〈七不如七篇〉。

　　猗！王虎！將何與方？方古太王。非不方於今，今也惠讓不如王虎
　　之心。(〈虎頌〉)

　　猗！均蛇！將何與儔？儔古延州。非不儔於時，時也順讓不如均蛇
　　之爲。(〈蛇頌〉)〔註9〕

其意旨頗爲險怪，結體尤其。他如〈時化〉、〈世化〉落筆之奇，〈訂古〉五篇
結體之奇，俱與唐人迥具。

　　綜觀次山文之入於奇者，限於辭意二端，於神理、氣勢則不能奇，故落
入晦澀之途，而失自然之趣。後人論及於此，率多貶抑，以此類作品之文格
不高也。

（二）纖碎

　　自皇甫湜〈題浯溪石〉謂：「次山有文章，可惋只在碎。然長於指敘，約
潔有餘態。」後之作者，論及次山，咸謂其文碎。如前節所引袁簡齋〈答友
人論文·第二書〉云：「元次山好子書，故其文碎。」王葆心《古文辭通義》
亦云：「元次山文出自子書而不免弊，故其文碎。」觀乎次山之文，固有此失。
如〈系謨〉云：

　　夫王者，其道德在清純玄粹，惠和溶洽，不可恩會濫懬，衰傷元休，
　　其風教在仁慈諭勸，禮信道達，不可沿以澆浮，溺之淫末。其衣服
　　在禦於四時，勿加敗弊，不可積以繡綺，奢侈過制。其飲食在備於
　　五味，示無便耽，不可煎熬珍怪，尚惑所甘……〔註10〕

此文旨在暢論爲君之道，而自道德、風教、衣服、飲食、器用、宮室、苑囿、
賦役、刑法、兵甲、畋獵、聲樂、嬪嬙、任用、思慮等十五端縷縷言之，詳
固詳矣，而不免於碎。再如〈時化〉云：

　　於戲！時之化也：道德爲嗜欲化爲險薄，仁義爲貪暴化爲凶亂，禮
　　樂爲耽淫化爲侈靡，政教爲煩急化爲苛酷，翁能記於此乎？時之化
　　也：夫婦爲溺惑所化，化爲犬豕；父子爲惛慾所化，化爲禽獸；兄
　　弟爲猜忌所化，化爲讎敵；宗戚爲財利所化，化爲行路；朋友爲世
　　利所化，化爲市兒；翁能記於此乎？時之化也：大臣爲威權所化，
　　忠信化爲姦謀。庶官爲禁忌所拘，公正化爲邪佞。公族爲猜忌所限，
　　賢哲化爲庸愚。人民爲征賦所傷，州里化爲禍邸。姦凶爲恩幸所迫，

───────────────

〔註9〕見《新校元次山集》卷六〈虎蛇頌〉。
〔註10〕見《新校元次山集》卷四〈系謨〉。

廝皁化爲將相，翁能記於此乎？……〔註11〕

此文亦條舉細目，臚列成章，氣勢雖雄而辭不免碎，就文術而論，古文貴疏貴簡，碎則害於渾成也。

（三）高古

次山之文，亦有高古淳樸者，其傳世之文，多屬此類。夫高對卑言，古對俗言；高則俯視一切，古則抗懷千載。次山爲文，必窮盡其理，故其識見高。又其志芳潔，故其氣骨高。又欲質不欲野，欲樸不欲陋，欲拙不欲固，是以筆老意眞，翛然世味之外。如〈張處士表〉云：

> 永泰丙午中，處士張秀卒。於戲！吾嘗驗古人，將老死巖谷，遠跡時世者，不必其心皆好山林，若非介直方正，與時世不合；必識高行獨，與時世不合；不然則剛褊傲逸，與時世不合。彼若遭逢不容，則身不足以爲禍，將家族以隨之，至於傷污毀辱，何足說者？故使之矯然絕世，逃其不容，直爲逸民，竟爲退士，枕石飲水，終身而已。當時之君，欲以祿位招之；有土之官，欲以厚禮處之，彼驚懼抗絕而去，時之見能如此，所以尤高尚焉。嗚呼！處士與時不合者耶！而未能矯然絕世，遭以禮法相檢不見容，悲夫！〔註12〕

此文就張處士之與時世不合，反覆詠歎，反形其人識高行獨，全文樸淡不華，其文格之高，當於眞樸處求之。

第二節　次山文例釋

本師王先生禮卿云：「徵實爲論文之筌蹄，課虛爲論文之歸宿。」（〈歷代文約選詳評序〉）故在此擬就本集論、表、書、序、記、箴、銘、頌各體傳世之作，選文十三篇，試爲析論，略明其章旨、結構，或能管窺次山爲文之用心。

一、議論之作：〈丐論〉

論者，議也。劉勰《文心雕龍・論說篇》云：「原夫論之爲體，所以辨正然否，窮于有數，追于無形，跡堅求通，鉤深取極；乃百慮之筌蹄，萬事之權衡也，故其義貴圓通，辭忌枝碎。」又云：「論如析薪，貴能破理；斤利者，

〔註11〕見《新校元次山集》卷五〈時化〉。
〔註12〕見《新校元次山集》卷九〈張處士表〉。

越理而橫斷；辭辨者，反義而取通。」〔註 13〕凡此所陳，皆作論之準則，亦為詮衡之標的。論體之條流，劉勰分為陳政、釋經、辯史、銓文四品，明徐師曾《文體明辨序說》倍之，列為八品：「一曰理論，二曰政論，三曰經論，四曰史論，五曰文論，六曰諷論，七曰寓論，八曰設論。」〔註 14〕考次山作〈丐論〉在天寶七載。按天寶六載，次山欣聞玄宗欲廣求天下士，乃詣長安，獻〈皇謨〉三篇、〈二風詩〉十篇，欲以文辭干司甄使，詎料相國李林甫弄權而未能如願，怏然返商餘。次年再遊長安，作此以諷當道，則此文當屬「諷論」無疑。全文如次：

　　　天寶戊子中，元子遊長安，與丐者為友。或曰：「君友丐者，不太乎？」

　　　對曰：古人鄉無君子，則與雲山為友；里無君子，則與松竹為友；坐無君子，則與琴酒為友；出遊於國，見君子則友之。丐者今之君子，吾恐不得與之友也，丐者丐論，子能聽乎？吾既與丐者相友，喻求罷，丐友相喻曰：「子羞為丐耶？！有可羞者，亦曾知之未也。嗚呼！於今之世，有丐者：丐宗屬於人，丐嫁娶於人，丐名位於人，丐顏色於人。甚者，則丐權家奴齒以售邪妄，丐權家婢顏以容媚惑。有自富丐貧、自貴丐賤、於刑丐命；命不可得，就死丐時、就時丐息；至死丐全形，而終有不可丐者。更有甚者，丐冢族於僕圉，丐性命於臣妾，丐宗廟而不取，丐妻子而無辭，有如此者，不為羞哉？吾所以丐人之棄衣，丐人之棄食，提罌倚杖，在於路旁，且欲與天下之人為同類耳。不然，則無顏容行於人間。夫丐衣食，貧也；以貧乞丐，心不慚；跡與人同，示無異也，此君子之道。君子不欲全道耶？幸不在山林，亦宜具罌杖隨我，作丐者之狀貌，學丐者之言辭，與丐者之相逢，使丐者之無恥，庶幾時世始能相容。吾子無矯然取不容也。」

　　　於戲！丐者言語如斯，可編為〈丐論〉，以補時規。

按全文分為三段：首段敘元子遊長安，與丐者為友，或以為不然，謂此舉太下。自「對曰」以下為第二段，乃全文之主體，以弔詭之辭論丐亦有道。第二段又可分為三小段：（一）先以開筆作三議，以明古人交友之道，再以「丐

〔註13〕見范文瀾《文心雕龍注》卷四〈論說〉第十八，明倫出版社，第 328 頁。
〔註14〕見明徐師曾《文體明辨序說》，長安出版社版，第 131 頁。

者今之君子」二語束住。末則以「丐者丐論,子能聽乎」問之。(二)承上與丐者相友,因曉以丐論,即歷敍今之丐者,乃丐宗屬、丐嫁娶、丐名位、丐顏色之屬也。其甚者與更甚者,則愈無倫矣。語語含譏,向文勢遒勁。末言丐者提囂倚杖,乞人棄衣棄食,蓋欲與天下人同也。語意曲折,然譏刺之意甚明。(三)再進闡一層,應第一小段「丐者今之君子」之意,謂丐者自謂貧而爲丐,故能不慚其心,跡與世人同,直可爲今之君子,乃欲元子同具囂杖相隨,以全君子之道,此處諷意更甚。本段層層惟闡,諷意愈深。自「於戲!」以至篇末爲第三段,敍丐言如此,乃欲編爲〈丐論〉,以補時規,結束全篇。

夫彼世之人,丐求無厭,甚者,自棄人格尊嚴,亦所不惜,故次山設問作喻,出以弔詭之辭,欲有以勸世也。全文筆法、篇法俱奇警。論者皆謂次山之文好奇,觀予〈丐論〉一文,信不誣也。

二、奏議之作:〈謝上表〉、〈讓容州表〉

表者,標也明也。標著事緒,使之明白,以告乎上也。古者獻言,但稱上書,秦改爲奏,漢定四品:一曰章,以謝恩;二曰奏,以按劾;三曰表,以陳情;四曰議,以執異。後世奏表,用途日廣。於是有論諫、有請勸(勸進)、有陳乞(待罪)、有進獻、有推薦、有慶賀、有慰安、有辭(辭官)解(解官)、有陳謝(謝官、謝上、謝賜)、有訟理、有彈劾等十餘種奏表。明吳訥《文章辨體序說》引眞西山云:「表中眼目,全在破題,要見盡題意,又忌太露。……大抵表文以簡潔精緻爲先,用事忌深僻,造語忌纖巧,鋪敍忌繁冗。」〔註15〕準此以觀,則次山之〈謝上表〉爲陳謝之表,〈讓容州表〉爲辭解之表。唐時奏表,多用四六,以雄渾見長;次山之奏表,則全以散體爲之,以明暢著稱,此其不同也。以下即徵引兩文,並略作闡釋:

〈謝上表〉

臣某言。去年九月敕授道州刺史,屬西戎侵軼,至十二月,臣始於鄂州授敕牒,即日赴任。臣州先被西原賊屠陷,節度使已差官攝刺史,兼又聞奏,臣在道路,待恩命者三月,臣以五月二十二日到州上訖。

者老見臣,俯伏而泣;官吏見臣,已無菜色;城池井邑,但生荒草.,登高極望,不見人煙。嶺南數州,與臣接近,餘寇蟻聚,尚

未歸降。臣見招輯流亡，率勸貧弱，保守城邑，畬種山林，冀望秋
後，少可全活。

　　臣愚以爲今日刺史，若無武略以制暴亂，若無文才以救疲弊，
若不清廉以身率天下，若不變通以救時須，一州之人不叛則亂將作
矣，豈止一州者乎？臣料今日州縣堪征稅者無幾，已破敗者實多，
百姓戀慕者蓋少，思流亡者乃眾，則刺史宜精選謹擇以委任之，固
不可拘限官次，得之貨賄，出之權門者也。

　　凡授刺史，特望陛下一年問其流亡歸復幾何？田疇墾闢幾何？
二年問畜養此初年幾倍？可稅此初年幾倍？三年計其功過，必行賞
罰，則人皆不敢冀望僥倖，苟有所求。

　　臣實孱弱，辱陛下符節。陛下必當謹擇，臣固宜廢歸山野，供
給井稅。臣不任懇款之至，謹遣某官奉表陳謝以聞。

按次山於代宗廣德元年奉詔任道州刺史，次年五月二十二日赴道州履新，本
表即作於是時。次山有〈謝上表〉及〈再謝上表〉，而前者最爲世人所傳誦，
以其眞摯剴切，不事華藻而自能動人也。全文分爲五段：第一段敘到任。言
己雖早在去敕授刺史，然因西戎侵軼及西原蠻侵陷道州，致延至今年五月方
到任。全段敘述簡晰。第二段敘道州近況。謂既至道州「耆老俯伏而泣」「官
吏面無菜色」，此見其困窘。「城池井邑，但生荒草；登高極望，不見人煙」，
此見其喪亂。「嶺南數州，餘寇蟻聚」，此見地方不靖。末敘己之招輯流亡，
保守城邑，冀於喪亂之中，重建秩序。全段敘中有寫，層疊盡致。第三段論
選吏之法。先言今之刺史須兼備武略、文才、清廉、變通，方足以勝任。接
敘天下各州，經濟破敗，民心思變，刺史之職，宜精選愼擇。末提選吏之法，
謂不可限於官次，亦不可經由賄賂或權貴援引而委之刺史也。次山憂世甚摯，
故率直以陳，忠悃之意，形諸言表。第四段陳課吏之法。謂凡授刺史，未三
載不可遷官，以察其功過，使人不敢僥倖苟求。按《唐會要》卷六十八，天
授二年獲嘉縣主簿劉知幾上疏亦主刺史非三歲以上不可遷官。景龍二年，御
史中丞盧懷愼上疏，亦有諸州都督刺史上佐等未經四考：戶口所以流放、倉
庫所以空虛、百姓所以凋弊，不許遷除，並與次山此段所陳用意相似。第五
段陳述謝意，並致忠誠。語謙而意眞。

　　本文初爲謝恩而作，而竟陳選吏課吏之法，乃成言事之作。全篇用筆峻

削，辭無枝葉，直攄懇款，有謝表以來，未之見也。

〈讓容州表〉

　　　　臣結言。臣伏奉今月二十二日敕，授臣使持節都督容州諸軍
　　事，守容州刺史御史中丞，充本管經略守捉使。四月十六日敕到二
　　十一日發付本道行營。臣實愚弱，謬當寄任，奉詔之日，不勝憂懼，
　　臣結中謝。

　　　　臣聞孝於家者忠於國，以事君者無所隱。臣有至切，不敢不言。
　　臣實一身，奉養老母。醫藥飲食，非臣不喜。臣暫違離，則憂悸成
　　疾。臣又多病，近日加劇。前在道州，黽勉六歲，實無政理，多是
　　假名，頻請停官，使司不許。

　　　　今臣所屬之州，陷賊歲久，頹城古木，遠在炎荒。管內諸州，
　　多未賓伏。行營野次，向十餘年。在臣一身，為國展效，死當不避，
　　敢憚艱危？臣以老母念臣疾疹日久，時方大暑，南逾大山，舉家漂
　　泊，寄在湖上，單車將命，赴於賊庭。臣將就路，老母悲泣，聞者
　　悽愴，臣心可知。臣欲扶持版輿，南之合浦，則老母氣力，難於遠
　　行。臣欲奮不顧家，則母子之情，禽畜猶有。臣欲久辭老母，則又
　　污辱名教。臣欲便不之官，又恐稽違詔命，在臣肝腸，如煎如灼。

　　　　昔徐庶心亂，先主不逼；令伯陳情，晉武允許；君臣國家，萬
　　代為規。伏惟陛下以孝理萬姓，慈育生類，在臣情志，實堪矜愍。
　　臣每讀前史，見吳起遊宦，噬臂不歸；溫嶠奉使，絕裾而去；常恨
　　不逢斯人，使之殊死。臣所以冒犯聖旨，乞停所授，待罪私門，長
　　得奉養，供給井稅。臣之懇願，塵黷天威，不勝惶恐。謹遣某官奉
　　表陳讓以聞。

按大曆三年，次山奉詔由道州調容州刺史，並持節都督容州諸軍事，以母老
身病，不堪遠符，乃進此表，乞停所授。全文分為四段：第一段敘奉詔經過。
先敘敕授諸職，再致憂懼之意。此段總起，預伏辭讓之意。第二段敘老母身
病。段分三層，首言孝於家者必忠於國，於君無所隱。次言母老，需己奉養，
不能遣離。三言己病加劇，兼及持節道州時已有辭意之事。全段先議後敘，
辭氣委婉。第三段敘老母既待養，又詔加新職，為之進退兩難也。先言所屬
及所管諸州境內情況，下即縷敘己單車赴新職與老母相別之悲狀。末敘欲偕

老母南行，欲奮不顯家，欲不就官，皆未能兩全其美也。全段反覆曲盡，辭意感人。第四段正揭辭讓之意。先引「徐庶心亂」、「令伯陳情」兩段史實，明己情志堪憫。再引吳起、溫嶠棄母從官之可痛恨，冒死陳辭，乞停所授，裨便孝養，結束全篇。

　　本文原爲辭解官職而作，而以陳述私情爲主，明允篤誠，委婉懇至。較之李令伯〈陳情表〉，實不迫多讓。

三、書說之作：〈與呂相公書〉

　　臣僚敷奏，朋舊往復，皆需用書。書者，舒也，舒布其言而陳之簡牘也。書以代言，故宜溫文爾雅，曹丕所謂「書記翩翩」者是也。劉勰《文心雕龍・書記篇》云：「詳總書體，本在盡言；言以散鬱陶，託風采，故宜條暢以任氣，優柔以懌懷。」〔註16〕故知書之爲體，不獨用以道情愫，通款曲，即令陳詰難，涉詬詈，亦能應之，此書牘之體性也。次山書牘之作凡五篇，皆敷陳明白，辨難懇到。其中尤以〈與呂相公書〉最爲特出，全文如次：

　　　　某月日，某官某再拜。相公閣下：某嘗見時人不能自守性分，俛仰於傾奪之中，低迴於名利之下，至有傷污毀辱之患，滅身亡家之禍，則欲劇爲之箴。於身豈願逾性分，取禍辱，而忘自箴者耶？

　　　　某性荒浪，無拘限，每不能節酒。與人相見，適在一室，不能無歡於醉。醉歡之中，不能無過。少不學爲吏，長又著書論自適。昔天下太平，不敢絕世業，亦欲求文學之官職員散冗者，爲子孫計耳。

　　　　自兵興以來，此望亦絕，何哉？某一身奉親，奔走萬里，所望飲啄承歡膝下。今則辱在官，以逾其性分，觸禍辱機兆者，日未無之。某又三世單貧，年過四十，弱子無母，年未十歲，孤生嫁娶者一人。相公視某，敢以身徇名利者乎？有如某者，以身徇名利，齒於奴隸尚可羞，而況士君子也歟！

　　　　某甚愚鈍，又無功勞，自布衣歷官，不十月，官至尚書郎。向十歲，官末削，人多相榮，其實自憂，相公忍令某漸至畏懼而死，甚令必受禍辱而已。某前所言，相公似未見信，故藉紙筆，煩瀆門下。某再拜。

〔註16〕見范文瀾《文心雕龍注》卷五〈書記〉第二十五，明倫出版社版，第456頁。

按呂相公係指荊南節度使呂諲。次山於肅宗上元六年任水部員外郎，佐呂諲拒賊，此書當作於上元二年。全文分爲四段：第一段敍時人不知自守性分，每每沈浮於名利傾奪之中，己則不願如此。是爲總起。先敍時人，再落己身，文辭流利自如，末三句反束勁峭。第二段承上「自守性分」之意敍入己之性行。先言己性，再言己行，末則點明己志，謂己不願爲吏也。第三段敍己無法自守性分，蓋因兵興似來，不得不忝列官場也，然己固非徇名利之徒。段分三層，先以抑揚之筆，敍己不得不爲官，承歡雙親之望亦絕。再補敍家世，以明己之處境。末則以反詰之語，明己不徇名利。文勢勁疾，極盡開闔之妙。第四段述己以愚鈍之質，自布衣而至尙書郎，不勝憂懼。在此，先述己遷官之速，以應上段「逾其性分」意；再述己之憂懼，以應「觸禍辱機兆」意。末揭致書之意，以結束全文。

次山制行高潔，不得已而爲官，視爲禍辱之機兆。其〈文編序〉嘗自謂：「所爲之文，多退讓老，多檄發者，多嗟恨老，多傷閔者」，既觀此書，知其說不誣也。

四、贈序之作：〈送王及之容州序〉

《爾雅》云：「序，緒也。」言其善敍事理，次第有序若絲之緒也。爲體有二：一曰議論，二曰敍事。用之於朋舊相別，陳忠告，致戒勉也。呂東萊云：「凡序文籍，當序作老之意；如〈贈送燕集〉等作，又當隨事以序其實也。」〔註17〕古來序體之作，惟贈送爲盛，此蓋取古人贈言之義也。次山贈序之作凡六篇，而以〈送王及之容州序〉及〈別崔曼序〉爲最著。今以〈送王及之容州序〉爲例，試爲闡釋。全文云：

> 乾元中，漫叟浪家于瀼溪之濱，以耕釣自全而已。九江之人，未相喜愛，其意似懼叟衣食之不足耳，叟亦不促促而從之。

> 有王及者，異乎鄉人焉。以文學相求，不以羈旅見懼，以相安爲意，不以可否自擇，及於叟也，如是之多。

> 叟在春陵，及能相從遊，歲餘而去。將行，規之曰：叟愛及者也，無惑叟言。及方壯，可強藝業，勿以遊方爲意。人生若不能師表朝廷，即當老死山谷。彼驅驅於財貨之末，局局於權勢之門，縱得鐘鼎，亦胡顏受納？行矣自愛！耿容州歡於叟者，及到容州，爲

叟謝主人：聞幕府野次久矣，正宜收擇謀夫，引信才士，有如及也，
能收引乎？！

　　二三子賦送遠之什，以系此云。

按本文作於代宗永泰元年，時次山任道州刺史，王及從佐道州事，歲餘將離
道州赴容州，故作此序以贈之。全文分爲四段：第一段自敘昔日浪家漢濱，
九江之人，不相往來。此蓋追溯往事，意在反形下文。第二段由王及獨異於
九江人說起，言彼時惟王及以文學相求，以相安爲意，惠己甚多。此承上段，
總提兩人情誼之眞也。第三段敘王及將行，乃贈之以言，爲全文主段。在此，
先敘王及從遊春陵，歲餘將去。再揭出贈言，勉其強藝業，勵品節。末提容
州刺史耿愼惑爲己舊識，可往拜謁，並望其汲納束住。本段筆法跌宕生姿，
敘議兼行，餘意不盡。第四段補敘作序之由，結束全篇。

　　唐人贈序之作，昌黎世稱獨步，然次山此序於氣格、立意、筆法已不讓
昌黎矣。

五、碑誌之作：〈左黃州表〉、〈惠公禪居表〉

　　碑誌之作，旨在頌揚功德，垂諸後世。其始爲上古帝皇，始號封禪，樹
石埤岳，其後依倣刻銘，作用漸廣，而其體亦駢枝分展，大抵以敘事爲主，
其後漸雜議論，間有託物寓意之屬。次山碑誌之作凡六篇：〈元魯縣墓表〉，
以敘元魯山之學行德履爲主眼；〈哀丘表〉旨在奠祭泌南無主亂骨；〈夏侯岳
州表〉意在彰顯岳州刺史夏侯公之遺德；〈張處士表〉旨在表彰處士張秀，皆
爲墓表，體格甚正。惟〈左黃州表〉、〈惠公禪居表〉兩表，行文立意，去墓
表、墓誌甚遠。左振及禪師惠公，作表時皆在世；次山兩表雖仍敘論其功德
善烈，然已接近雜記，故爲變體之作。以下即以此兩表爲例，略爲闡析。

〈左黃州表〉

　　乾元己亥，贊善大夫左振出爲黃州刺史。下車，黃人歌曰：「我
欲逃鄉里，我欲去墳墓；左公今既來，誰忍棄之去？」於戲！天下
兵興，今七年矣。河淮之北，千里荒草；自關已東，海濱之南，屯
兵百萬。不勝征稅，豈獨黃人？能使人忍不去者，誰曰不可頌乎？

　　後一歲，黃人又歌曰：「吾鄉有鬼巫，惑人人不知。天子正尊
信，左公能殺之。」於戲！近年以來，以陰陽變怪，將鬼神之道，
周上惑下，得尊於當時者，日見斯人。黃之巫女，亦以妖妄得蒙恩

澤，朝廷不敢問，州縣惟其義，公念而殺之，則彼可誅戮，豈獨巫
女？如黃公者，誰曰不可頌乎？

居三年，遷侍御史，判金州刺史。將去黃，黃人多去思，故爲
黃人作表。如左氏世采、左公贍官、及黃之門生故吏與女巫事，則
南陽左公能悉記之。

按本文作於肅宗上元二年，時次山爲荆南節度判官，水部員外郎兼殿中侍御
史，方領荆南之兵鎭於九江，聞黃州刺史左振，治州三年，甚有德政，將離
黃州，黃人多去思，乃作此表。全文共分三段：第一段稱頌左振既刺黃州，
黃人不忍去鄉。此段先總提左振爲黃州刺史，再提黃人之歌作案。「於戲」以
下，敘天下兵興，各地困苦之象，正與黃人所歌上二句相映照。再以「能使
其人忍不去者，誰曰不可頌乎」與黃人所歌下二語相呼應，正形左振之德政。
全段敘議兼備。第二段稱頌左振勇於誅戮巫女。亦引黃人之歌作案，自「於
戲」起，先論近年以鬼巫之道見重者日不乏人，再言黃之巫女亦以妖妄蒙恩
澤，朝廷州縣無如之何，惟左公敢殺之。末以反詰之語頌左公之勇。全段夾
敘夾議，章法與上段相準。第三段簡敘作表緣由。

本文就左振爲黃州刺史略舉二事以見其德其勇，但不正面實寫，而引黃
人兩歌作案，再以議論出之。全篇虛實相涵，整中有肆，文格甚奇。

〈惠公禪居表〉

溯樊水二百餘里有湧溪，入溪八九里，有蛇山之陽，是惠公禪
居。禪師以無情待人之有情，以有爲全己之無欲。各因其性分，莫
不與善；知人困窮，喻使耕織；因人災患，勸守仁信；故閭里相化，
恥於弋釣，日勤種植。不五六年，沮澤有溝，荒皐有阡陌，桑果竹
園如伊洛間。所以愛禪師者，無全行，無全道，豈能及此？

鄉人欲增修塔廟，託禪師以求福，禪師亦隨人之意而制造焉。
直門臨溪，廣堂背山；庭列雙臺，修廊夏寒．松竹蒼蒼，周流清泉，
岑嶺複抱，眾山回旋；斯亦曠絕之殊境矣。

吾以所疑咨於禪師，禪師曰：「我恐人忘善，以事誘人，及人
將善，固不以事爲累。」吾以所疑咨於禪師，禪師曰：「公若以惑相
問，我亦惑於問焉。公若無惑，我復何對？」於戲！吾漫浪者也，
焉能盡禪師之意乎？縣大夫孟彥深，王文淵識，名顯當世，必能盡

禪師之意，故命之作贊。贊曰：

> 聖者忘跡，達人化心；惠公之妙，無得而尋。如山出雲，如水
> 涵月；惠公得之，演用不竭。無情之化，可洽群黎，將引天下，同
> 於湧溪。

按肅宗寶應元年，次山以老母久病，進乞免官歸養表，肅宗閔其孝心，詔准
所請，乃改拜著作郎，並移家武昌樊水之郎亭山下，〈惠公禪居表〉即作於是
時。全文分為四段，文末附孟彥深之贊詞。第一段寫禪居所在位置。第二段
落入惠公禪師。段首二句：「以無情待人之有情，以有為全己之無欲」總提主
旨，以下寫惠公化民之實例及教化大行之結果，用總提分應之筆法。末以「無
全行，無全道，豈能及此！」稱美頓住。第三段正寫禪居，先敘禪師隨鄉人
之意修塔廟，接寫禪居所在形勝。敘處簡古味永，寫處澹宕清幽。第四段敘
次山似所疑所惑咨於禪師，禪師答語玄妙。次山未能盡意，乃委孟彥深代作
贊詞。贊詞共十二句，係括上文之意而為之。首四句謂聖者忘己行跡，達者
化人之心，是故惠公教化之妙，無方可尋。中四句謂無情之教如山出雲，如
水涵月，故惠公得其玄奧而演用不盡。末四句謂無情之教，可以和洽群生也。

　　本文題為惠公禪居，實以惠公之教為主眼。於惠公之全道、全行亦不正
面實寫。禪師之兩段答語甚玄奧，而由孟彥深之贊詞代為點醒。通篇看似倡
手雜記，而章法實甚謹嚴。

六、雜記之作：〈右溪記〉、〈茅閣記〉、〈菊圃記〉

　　記者，記事之文也。考諸往史，《禹貢》、《顧命》乃記體之祖，而記之得
名，剛始於《禮記·學記》、《樂記》諸篇。漢魏之前，作者甚少，有唐以後，
此體漸盛。有敘記、雜記兩大類，敘記用以記會盟征伐一國大事；雜記則所
包甚廣，凡濬渠築塘，以及祠宇亭臺、登山涉水、遊讌觴詠、金石書畫古器
物之考訂，宦情隱德、遺聞逸事之敘述，皆記也。或施之刻石，近於碑誌；
或侈為考據，又近於序跋；雖綜名為記，其體不一，是誠雜也。此前入論記
之要義也。次山雜記之作凡八篇，多為小品，頗可賞玩。此但舉〈右溪記〉、
〈茅閣記〉、〈菊圃記〉為例析釋之。

〈右溪記〉

> 道州城西百餘步，有小溪，南流數十步合營溪。水抵兩岸，悉
> 皆怪石。欹嵌盤屈，不可名狀。清流觸石，洄懸激注；佳木異竹，

垂陰相蔭。

　　此溪若在山野，則宜逸民退士之所遊；處在人間，則可爲都邑之勝境，靜者之林亭。而置州以來，無人賞愛，徘徊溪上，爲之悵然。

　　乃疏鑿蕪穢，俾爲亭宇，植松與桂，兼之香草，以裨形勝。爲溪在州右，遂命之曰右溪。刻之石上，彰示來者。

按本文作於代宗永泰、大曆間，時次山任道州刺史。全文分爲三段：首段述右溪位置及勝概。先以三語點出小溪，再寫兩岸景致。敘處精簡，寫處幽奇。二段就景致發議，謂此溪宜逸民退士之所遊，亦可爲都會之勝境，隱逸之林亭，竟無人賞愛，乃以悵歎作結。上段寫景，此段議論，是其筆法不同處。三段敘修治增勝及溪之所以名。明王鏊《震澤長語》云：「吾讀《柳子厚集》，尤愛山水諸記，而在永州爲多。子厚之文，至永益工，其得山水之助耶？及讀《元次山集》，記道州山水，亦曲盡其妙。子厚豐縟精絕，次山簡淡高古，二子之文，吾未知所先後也。唐文至韓、柳始變；然次山在韓柳前，文已高古，絕無六朝一點習氣。」〔註18〕高步瀛《唐宋文舉要》引吳摯甫曰：「次山放恣山水，實開子厚先聲。文字幽眇芳潔，亦能自成境趣。」〔註19〕觀次山此記，其說甚確。

　〈茅閣記〉

　　乙巳中，平昌孟公鎮湖南，將二歲矣。以威惠理戎旅，以簡易肅州縣；刑政之下，則無撓人。故居方多閒，時與賓客嘗欲因高引望，以紓遠懷。

　　偶愛古木數株，垂覆城上，遂作茅閣，蔭其清陰。長風寥寥，入我軒檻，肩和爽氣，滿於閣中。世傳衡陽暑熱鬱蒸，休息於此，何爲不然？

　　今天下之人正苦大熱，誰似茅閣，蔭而庥之？於戲！賢人君子爲蒼生之庥陰，不如是耶？諸公歌詠以美之，俾茅閣之什，得系嗣於風雅者矣。

按永泰元年，孟士源鎮湖南，是年夏建茅閣，次山爲作〈茅閣記〉。全文分爲

〔註18〕引自馮書耕、金仭千合著《古文通論・上編》第35頁，雲天出版社版。
〔註19〕引自高步瀛《唐宋文舉要・甲編》卷一，藝文印書館版，第89頁。

三段：第一段敘孟士源鎮湖南，軍政並美，故時作登高之遊。敘次簡括。第二段點出茅閣，寫其形勝。全段敘寫相間，由「清陰」及「爽氣」，由「爽氣」及「託問」，迤邐成章。第三章承上發議，先言今天下正苦大熱，而無茅閣庇之。再言賢人君子乃蒼生之庇蔭，結處附敘諸公訏歌雅事。

〈菊圃記〉

　　春陵俗不種菊，前時自遠遠之，植於前庭牆下；及再來也，菊已無矣。徘徊舊圃，嗟歎久之。

　　誰不知菊也，芳華可賞，在藥品是良藥，為蔬菜是佳蔬，縱須地趨走，猶宜徙植修養，而忍蹂踐至盡，不愛惜乎？於戲！賢士君子，自植其身，不可不慎擇所處。一旦遭人不愛重，如此菊也，悲傷奈何。

　　於是更為之圃，重畦植之。其地近讌息之堂，吏人不此奔走；近登望之亭，旌麾不此行列。縱參歌妓，菊非可惡之草；使有酒徒，菊為助興之物。為之作記，以託後人，並錄《藥經》，列於記後。

按本文作於永泰二年，時次山為道州刺史。全篇分為三段：第一段敘菊植而復失。末句致歎，以起下文。第二段正揭歎意，為全文主段。又分二層：（一）言菊之可賞可藥可餚，豈能不加愛惜。（二）取菊為例，論君子自植其身，宜慎所處。文勢跌宕。第三段敘更闢菊圃，重畦植之。首二句總提再植之事，以下六句敘所植之地，刻意離避吏人奔走，旌麾行列，以免再度摧折。句用排偶，與他篇異。末以作記附錄《藥經》束住，以結全篇。

　　次山雜記，篇幅皆短，然自有情韻，以其無時不放眼蒼生，故意氣高，境格亦高也。

七、箴銘之作：〈縣令箴〉、〈浯溪銘〉

　　箴銘之類，皆為有韻之文，而無韻者，間亦有之。箴有規箴之義，銘則兼含褒讚。按劉勰《文心雕龍・銘箴篇》云：「銘者，名也。觀器必也正名，審用貴乎盛（慎）德。」又云：「箴者，所以攻疾防患，喻鍼石也。」又云：「夫箴誦於官，銘題於器，名目雖異，而警戒實同。箴全禦過，故文資確切；銘兼褒讚，故體貴弘潤。其取事也，必覈以辨；其文摛也，以簡而深，此其

大要也。」〔註20〕後世箴、銘、規、訓、戒，皆屬此類，要以語意警切、對句工整、音韻和諧為上。次山箴銘之作最多，共計二十五篇，凡其所居山水，必自名之，或刻銘自警故宋歐陽修《集古錄》卷七評為「喜名之士也。」以下但舉〈縣令箴〉、〈瀼溪銘〉二篇以例其餘，或能略窺一斑。

〈縣令箴〉

　　　　古今所貴，有土之官，當其選授，何嘗不難：為其動靜，是人禍福；為其噓吸，作人寒燠。

　　　　煩則人怨，猛則人懼，勿以賞罰，因其喜怒。太寬則漫，登能行令？太簡則疏，難與為政。既明且斷，直焉無情；清而且惠，果然必行。

　　　　或曰：關由上官，事不自我。辭讓而去，有何不可？誰欲字人，贈君此箴。豈獨書紳，可以銘心。

按次山箴體之作僅兩篇，而以此篇最為後人所傳誦。分為三段：首段總提有土之官，自古以來即為人所貴，其簡拔誠非易事。蓋以一授官職，其動靜噓吸即攸關百姓之禍福寒燠也。第二段正言為官之道，不可太煩，亦戒太猛，更不可隨喜怒而施賞罰。既不能失之寬，亦不可失之簡；苟能清明裁斷，公正無私，清廉仁惠，果敢必行，則庶幾可矣。第三段拓開一意，謂事不自主固可辭解，而撫字者必以此為銘也。

　　次山此箴，言簡而深，義正而嚴，誠箴文之勝篇也。

〈瀼溪銘〉

　　　　乾元戊戌，浪生元結始家瀼溪之濱。瀼溪，蓋溢水分稱，瀼水夏瀼江海，則百里為瀼湖，二十里為瀼溪。瀼溪，浪士愛之，銘之其濱。於戲！古人喜尚君子，不見君子，見如似者亦稱頌之。瀼溪，可謂讓也。讓，君子之道也，稱頌如此，可遺瀼溪。若天下有如似讓者，吾豈先瀼溪而稱頌者乎？頌曰：

　　　　瀼溪之瀾，誰取盥焉？瀼溪之漪，誰取飲之？盥實可矣，飲豈難矣。得不慚其心，不如此水。浪士作銘，將戒何人？欲不讓者，慚遊瀼濱。

〔註20〕見范文瀾《文心雕龍注》卷三〈銘箴〉第十一，明倫出版社版，第 193～194頁。

按本文作於肅宗乾元元年，時次山以避安史之亂自商餘山率家族奔襄陽，再由襄陽將家自全於瀼溪。《九江府志》卷四云：「瀼溪，在（瑞昌）縣南五十步，唐元結嘗居此。」可知瀼溪在今江西瑞昌，與九江毗鄰。序文敘作銘之緣由。文分二段：首段先簡述己之浪家瀼濱，再述瀼溪形勢。自「於戲」以下為第二段，改用議筆，謂瀼溪有讓，堪為稱頌也。序末全就讓意闡發，此亦銘文之主旨。銘文分三層：首層四句，作兩排語，就瀼溪設問，問誰能取盬其瀾，取飲其潀？二層四句承上，謂取盬取飲，各有其揆，而得如此水又不慚其心，斯可矣。三層四句以問答揭出銘旨，謂作此銘，在戒不讓者也。言質而婉。

　　考銘之本意，蓋作器能銘，主乎規戒，其後流衍，則山川泉石，無不能銘，而以語意警切，足以進德揚芳為佳。次山以讓為銘，雖不刻意琢磨，然辭直而意切，得精約之美。

八、頌贊之作：〈大唐中興頌并序〉

　　頌贊與箴銘相類，皆為有韻之文；惟箴銘義多規戒，而頌贊意取揄揚。劉勰《文心雕龍·頌贊篇》云：「頌者，容也，所以美盛德而述形容也。」又云：「頌惟典雅，辭必清鑠；敷寫似賦，而不入華侈之區；敬慎如銘，而異乎規戒之域；揄揚以發藻，汪洋以樹義；唯纖曲巧致，與情而變；其大體所抵，如斯而已。」〔註21〕故知頌之為體，須鋪張揚厲，然又以典雅豐縟為貴。次山頌贊之作，僅〈虎蛇頌〉、〈大唐中興頌〉兩篇。而以後者最為後世所傳誦。全文并序如次：

　　　　天寶十四載，安祿山陷洛陽。明年，陷長安，天子幸蜀，太子即位於靈武。明年，皇帝移軍鳳翔，其年復兩京，上皇還京師。於戲！前代帝王，有盛德大業者，必見于歌頌。若今歌頌大業，刻之金石，非老於文學，其誰宜為。頌曰：

　　　　噫嘻前朝！孽臣姦驕，為昏為妖。邊將騁兵，毒亂國經，群生失寧。大駕南巡，百寮竄身，奉賊稱臣。天將昌唐，繄曉我皇，匹馬北方；獨立一呼，千麾萬旟，我卒前驅；我師其東，儲皇撫戎，蕩攘群兇。復服招期，曾不踰時，有國無之。事有至難，宗廟再安，二聖重歡。地闢天開，蠲除祅災，瑞慶大來。兇徒逆儔，涵濡天休，死生堪羞。功勞位尊，忠烈名存，澤流子孫。盛德之

〔註21〕見范文瀾《文心雕龍注》卷二〈頌讚〉第九，明倫出版社版，第158頁。

興，山高日昇，萬福是膺。能令大君，聲容沄沄，不在斯文。湘
江東西，中直浯溪，石崖天齊。可磨可鐫，刊此頌焉，何千萬年。

按本文作爲肅宗上元二年，歐陽修《集古錄》卷七云：「〈大唐中興頌〉，元結撰，顏貞卿書。字尤奇偉而文辭古雅，世多模以黃絹爲圖障。碑在永州磨崖，石而刻之。」《輿地紀盛》云：「荊湖南路永州〈大唐中興頌〉在祁陽浯溪石崖上，元結文，顏眞卿書，大曆六年刻，俗謂之『磨崖碑』。」〔註22〕本文乃爲肅宗平定安祿山而作。雖有宋范成大評爲「婉辭含譏，蓋之而章。」（〈書浯溪中興碑後〉）然此文雄偉莊重，堪稱次山最具代表之作。

序文分兩小節：（一）敍安祿山興兵作亂，天子幸蜀，肅宗平亂之史實。僅四十餘字，凡言年者四：曰十四載、曰明年者二、曰其年者一。言地者七：曰洛陽、曰長安、曰蜀、曰靈武、曰鳳翔、曰兩京、曰京師。其人二而名號四：曰天子、曰太子、曰皇帝、曰上皇，名稱鄭重分明，故《石遺室論文》謂次山此序文學《左傳》而神似。（二）自「於戲」以下轉敍爲議，謂此盛德大棄，宜刻之金石。結以委婉之辭，致其謙退之意。全序簡括而嚴肅，深得金石文字之精神。頌辭部分，三句一換韻，此蓋倣秦刻石也。可分爲五小節：第一節歎起，括敍玄宗朝臣奸佞驕縱，致朝綱失墜，邊將作亂，玄宗南巡。遙應序首「安祿山陷洛陽、長安、天子幸蜀」。此雖但敍史實，然敍中有議。第二節承上敍入肅宗，詳寫其招輯兵馬，攘除奸兇。遙應序中「太子即位靈武」及「皇帝移軍鳳翔」句。第三節敍迅速平亂，收復兩京。全用讚歎之詞。第四節先敍凶徒，再及忠烈，正反相形，以顯其不同境遇。後敍肅宗之德，聲容之盛，宜著之斯文。敍法變化有致。第五節點出刊刻此頌之處，補敍其形勝，末以贊頌作結。

考頌之爲體，在形容盛德，揚厲休功。次山此頌，句少而意多，論盛衰興廢於數言之中，可謂峻偉雄剛，詞與事稱，此所以辛文房盛贊此文「燦爛金石，清奪湘流」也。

〔註22〕見《新校元次山集》附錄三。

第五章　次山文學總評

第一節　次山文學之特色

　　綜觀次山之詩，喜自寫胸次，不欲規模古人。而其來往詩友，多屬志在丘園不慕榮利之士，故雖富於奇響逸趣，並未與於詩壇主流。其文力排六朝駢儷綺靡之習，改以清剛簡質之風，可謂冷然獨挺於流俗之外，約而言之，則次山詩文獨具如下之特色：

一、樸質眞淳，風格與人格合一

　　次山賦性方直，秉心眞純，爲文不虛美，不掩惡。方其爲官，則抒下情而通諷諭，宣上德而盡忠孝；既致仕，則自放於山巓水涯，以抒其幽思感憤，既不爲文造情，亦不虛述人外，由是其文名固爲當世所崇重，其人品亦隨詩文傳頌於後世。

　　今觀其〈賤士吟〉曰：「詔競實多路，苟邪皆共求，嘗聞古君子，指以爲深羞。」詩中之賤士，顯即次山之自況。賤士之所愁，實亦次山之所愁。又〈謝大龜〉云：「自昔保方正，顧嘗無妄私。順和固鄙分，全守貞常規。行之恐不及，此外將何爲？」此亦次山自攄懷抱也。又次山書表多陳己志，大抵不願爲吏，願以學自業，其詩頗多退語，如：〈喻瀼溪鄉舊遊〉云：「尤愛一溪水，而能存讓名。終當來其濱，飲啄全此生。」〈舂官引〉云：「實欲辭無能，歸耕守吾分。」〈樊上漫作〉云：「四鄰皆漁父，近渚多閑田，且欲學耕釣，於斯求老焉。」〈喻舊部曲〉云：「勸汝學全生，隨我畚退谷。」揆諸次山生平，果於上元元年進〈辭監察御史表〉，寶應元年進〈乞免官歸養表〉，

大曆三年進〈讓容州表〉，大曆四年進〈再讓容州表〉，四度請辭，以明心跡，則次山之言與行合，固不難舉證矣。此所以清劉熙載《藝概》評之曰：「孔門如用詩，則於元道州必有取焉。」

二、氣格高古，頗富於社會意識

次山自幼隱居商餘山，至四十一歲始因國子司業蘇源明之引薦而爲官，中值安史之亂，以舉家避難而飽受顛沛流離之苦。其後以一介儒生參與戎事，四五年間未嘗稍弛兵甲，故其閱世也深，詩文頗著感時憂國之情懷。既爲刺史，又身入閭閻，深知民間疾苦，故詩文頗富於社會意識。

次山早年詩文若〈貧婦詞〉、〈去鄉悲〉、〈農臣怨〉、〈古遺歎〉，固已能曲盡百姓歡怨之聲，以上達於當政者。若〈與瀼溪鄰里〉：「昔年苦逆亂，舉族來南奔。」〈舂官引〉：「忽逢暴兵起，閭巷見軍陣。」〈喻常吾直〉：「山澤多飢人，閭里多壞屋，戰爭且未息，徵斂何時足。」更不乏寫實精神。至若〈舂陵行〉，〈賊退示官吏〉，則古來代匹夫匹婦語其飢寒勞困者，無過於此也。其文若〈哀丘表〉云：

> 乾元庚子，元子理兵于有沁之南，沁南，至德丁酉爲陷邑，乾元己亥爲境上，殺傷勞苦，言可極耶？街郭亂骨如古屠肆，於是收而藏之。〔註1〕

〈請省官狀〉云：

> 自經逆亂，州縣殘破，唐鄧兩州，實爲尤甚。荒草千里，是其疆畎；萬室空虛，是其井邑；亂骨相枕，是其百姓；孤老寡弱，是其遺人。哀而恤之，尚恐冤怨；肆其侵暴，實恐流亡。〔註2〕

〈請收養孤弱狀〉云：

> 小兒等無父母者，鄉國淪陷，親戚俱亡，誰家可歸？傭丐未得。有父兄者，其父兄自經艱難，久從征戍，多以忠義，遭逢賊誅。有遺孤弱子，不忍棄之，力相恤養，以至今日。乞令諸將有孤兒者，許收驅使；有孤弱子弟者，許令存養；當軍小兒，先取回殘及回易雜利給養。〔註3〕

〔註1〕見《新校元次山集》卷七〈哀丘表〉。
〔註2〕見《新校元次山集》卷七〈請省官狀〉。
〔註3〕見《新校元次山集》卷七〈請收養孤弱狀〉。

由此皆不難見當時既遭賊亂，民生凋敝、社會殘破、孤弱無依之狀。次山此類詩文，雖無奇麗之句，飛騰之勢，隨意揮斥，而氣格自高，以其嚴疑之氣不可抗也。

三、涵詠道德，寓規諷勸戒之旨

次山素富道德感，其〈文編序〉云：「所爲之文，可戒可勸，可安可順。」又云：「所爲之文，多退讓者、多激發者、多嗟恨者、多傷閔者，其意必勸之忠孝，誘以仁惠，急於公直，守其節分。」〔註4〕此與〈二風詩論〉云：「欲極帝王理亂之道，系古人規諷之流。」同一義蘊，並以爲救世勸俗之所需，故其文學乃以教民化世爲目的，非僅指詠時物，會諧絲竹而已。今觀全集之中，其詩若〈二風詩〉、〈系樂府〉十二首，固已意存規諷；至若〈與黨侍御〉、〈喻常吾直〉、〈別何員外〉、〈酬裴雲客〉、〈漫問相里黃州〉、〈喻舊部曲〉、〈遊潓泉示泉上學者〉，亦何嘗不在勸世？其文若喻友，乃所以喻鄉人「貴不專權，罔惑上下；賤能守分，不苟求取，始爲君子。」若〈瘝論〉，所以譏諫官之不言事也。若《丏論》，所以刺今人之求取無厭也。若〈出規〉，意存乎有爲；〈處規〉意存乎有守；〈七不如〉雖若憤世太深，亦足以使頑廉懦立。〈惡圓〉、〈惡曲〉，所以勉人全其本眞也。凡此，無不寓有深意，有所垂勸。

由上觀之，次山之立言祈向，傾於載道，撰作態度，在求裨益人心。自古文以行立，德蓄於內，而發之爲文，自然輝光日新。揆諸次山詩文之稱頌於後世，信不誣也。

第二節　次山與唐代古文

古文之名，漢已有之，然而或指文字，或謂經籍，第以交體爲言，則自唐韓愈起。故方苞約：「自魏晉以後，藻繪之文興，至唐韓氏，起八代之衰，然後學者，以先秦盛漢辨理論事、質而不蕪者爲古文。」〔註5〕曾國藩亦曰：「古文者，韓退之氏厭棄魏晉六朝駢儷之文，而返之於六經兩漢，從而名焉者也。」〔註6〕後世探論古文，亦必集於韓氏。實則韓氏之前，北齊有顏之推之折衷古文；北周有蘇綽、魏收、邢邵之尊古崇理；隋初有李諤之上書復古，

〔註4〕見《新校元次山集》卷十文編序。
〔註5〕見方苞《古文約選序》例。
〔註6〕見曾國藩〈復許孝廉振禕書〉，另吳敏樹〈與薛岑論文派書〉亦有類似見解。

隋末更有文中子王通「古之文約以達」之說；此皆六朝以來復古之人物。即以有唐一代而言，陳子昂、姚察、蕭穎士、李華、獨孤及、元結提倡古體均較韓愈爲早，其中尤以次山最爲特出。

有關唐文之變革，說者甚眾，要以《新唐書‧文藝傳》敘及梁蕭〈唐左補闕李翰前集序〉兩說爲最著。《新唐書‧文藝傳》敘云：

> 唐有天下三百年，文章無慮三變：高祖、太宗，大難始夷，沿江左餘風，縟句繪章，揣合低昂，故王楊爲之伯。玄宗好經術，群臣稍厭雕琢，索理致，崇雅黜浮，氣益雄渾，則燕許擅其宗。是時唐興已百年，諸儒爭自名家。大曆貞元間，美才輩出，儒濟道眞，涵泳聖涯，於是韓愈倡之，柳宗元、李翱、皇甫湜等和之，排逐百家，法度森嚴，抵轢晉魏，上軌漢周，唐之文，完然爲一王法，此其極也。〔註7〕

按此言唐文一變於王勃、楊炯，再變於頲、張說，三變而至韓愈、柳宗元，然後唐代古文方臻大成。梁蕭〈唐左補闕李翰前集序〉亦云：

> 唐有天下幾二百載，而文章三變：初則廣漢陳子昂以風雅革浮侈；次則燕國張公說以宏茂廣波瀾；天寶以還，則李員外、賈常侍、獨孤長州比肩而出，故其道益熾。若乃其氣全、其辭辯，馳鶩古今之際，高步天地之間，則有左補闕李君。」〔註8〕

此說亦主唐文三變，然初變推陳子昂而略去王勃、楊炯，三變則增李華、賈至、獨孤及、李翰，而不及韓愈、柳宗元，此或因韓、柳生於梁蕭之後故也。今考初唐各家文集，仍多藻繪雕鏤之文，猶有齊梁習氣，體格猶尙駢儷。故確以古體爲文，首開風氣者，當推李、賈諸子，謂爲韓愈前驅，殆無可疑。然而上述兩引，皆不及元結，必至宋歐陽修始表彰之，歐陽修《集古錄》云：

> 唐自太宗致治之盛，幾乎三代之隆，而惟文章獨不能革五國之弊，既久而後韓柳之徒出，蓋習俗難變，而文章變體尤難也。次山當開元天寶時，獨作古文，其筆力雄健，意氣超拔，不減韓之徒也，可謂特立之士哉。〔註9〕

〔註7〕 見百納本《二十四史》，《新唐書‧文藝列傳上》第一百二十六敘。臺灣商務印書館版《二十四史》，17281頁。

〔註8〕 見梁蕭〈唐左補闕李翰前集序〉，臺灣大通書局版《全唐文》卷五一八，第6671頁。

〔註9〕 見宋歐陽修《集古錄》卷七，〈唐元次山銘〉條。引自世界書局版《歐陽修全集》第1178頁。

《四庫提要》卷一五〇《毗陵集》二十卷下云：

> 考唐自貞觀以後，文士皆沿六朝之體，經開元天寶，詩格大變，而
> 文格猶襲舊規。元結與及，始奮起湔除，蕭穎士、李華左右之，其
> 後韓柳繼起，唐之古文，遂蔚然極盛，斲雕爲樸，數子實居首功。
> 〔註10〕

此言唐興以來，文章仍祖徐、庾之風，至陳子昂始變雅正，然陳子昂於詩格
所變較多，文章所變實少，就文章而論，獨孤及、元結之斲雕爲樸，應居首
功，亦近事實。宋董逌《廣川書跋》云：

> 結以能文，卓然振起衰陋，自以老於文學，故嘗頌國之中興。嘗謂
> 唐之文弊極矣，結以古學爲天下倡，首芟擢蓬艾，奮然拔出數百年
> 外，故其言危苦險絕，略無習態，氣質高古，踔厲自將。嘗約：山
> 蒼然一形，水泠然一色，大抵以簡潔爲主。韓退之評其文，謂以所
> 能鳴者，余謂唐之古文，自結始，至愈而後大成也。〔註11〕

此言元結之文以高古振衰陋，與當時文人不同，故遽推元結爲唐代古文之始，
是獨孤及、李華可謂之變習俗，而變文體則必推元結也。故次山之於古文發
展，實居首要地位焉。《四庫提要》卷一四九《元次山集》十二卷下云：

> 結性不諧俗，亦往往跡涉詭激，初居商餘山，自稱元子，……頗近
> 古之狂。然制行高潔，而深抱閔時憂國之心。文章戛戛自異，變排
> 偶綺靡之習。杜甫嘗和其〈舂陵行〉，稱其可爲天地萬物吐氣，晁公
> 武謂其文如古鐘磬，不諧俗耳。高似孫謂其文章奇古不蹈襲。蓋唐
> 文在韓愈以前，毅然自爲者自結始，亦可謂拔俗之姿矣。〔註12〕

至是，吾人不難獲知次山之文與唐初四傑、蘇頲、張說固然不同，與獨孤及、
李華等人變六朝之文，明而未融亦復有異。唐文經三變至元結，可謂已盡去
六朝之餘習，而自成一格矣。然而次山何以未能與韓愈齊名？錢基博曰：

> 其爲文章，寧樸無華，寧瘦無腴，寧拙無巧，而微傷削薄，未能雄
> 渾。長於使勁，短於運氣，以故道而寡變，精而不宏，然戛戛自異。
> 唐文在韓柳之前，力掃雕藻綺靡之習，而出以清剛簡直者，不得不
> 推結爲傲落權與。韓愈柳宗元之前有元結，猶陳涉之開漢高項羽乎！

〔註10〕見《四庫全書總目提要》，臺灣商務印書館國學叢書本第四冊，第3135頁。
〔註11〕見董逌《廣川書跋》，收入藝文印書館版適園叢書第五集。
〔註12〕見《四庫全書總目提要》，臺灣商務印書館國學叢書本第四冊，第3130頁。

所惜頓宕而波瀾不平，拗折而筋節太露。韓愈文雄而茂，筆險而渾；結則不能渾而為道，不能渾而削。柳宗元文雅而健，筆廉以悍，結則不同雅而同健，不同悍而同廉，此結之所為具體而微也。獨孤及與結並世能文，而亦以開韓柳之前茅，然元結之筆道峭，獨孤之勢寬衍；結之規模狹；而及之波瀾平。〔註13〕

此於次山之長，表而彰之；於其短處，亦不掩飾。平心而論，次山文之氣象不及昌黎宏放，議論不及昌黎完具；次山之文間有詭激僻澀，趨於怪奇之作；亦有纖瑣零碎，害於渾成之文，此所以未能與昌黎齊名。雖然，次山之碑、頌實開昌黎之肅括，次山之雜記已有柳州之刻鏤；其詩又開韓愈「以文為詩」一脈；近則元和之孟郊、賈島，遠則明代竟陵派鐘惺、譚元春等人之以幽深孤峭救公安派之浮淺，無不胎息元次山，乃知次山文學之不可輕視也。況次山寄身亂世，振頹扶傾，功業彪炳，其人格清直，風操高標，足為後人師法者，又山豈獨文學而已？！

〔註13〕見錢基博《中國文學史·上冊》第 340 頁。海國書局版。

參考書目

一、專　書

1. 《唐元次山文集》，四部叢刊景印明湛若水校本，臺灣商務印書館。
2. 《新校元次山集》，孫望新校本，世界書局。
3. 《篋中集》，虞山毛氏汲古閣本，元結編，臺灣大通書局。
4. 《欽定全唐文》，臺灣大通書局。
5. 《全唐詩》，文史哲出版社。
6. 《北史》，百納本二十四史，臺灣商務印書館。
7. 《魏書》，百柄本二十四史，臺灣商務印書館。
8. 《舊唐書》，百衲本二十四史，臺灣商務印書館。
9. 《新唐書》，百納本二十四史，臺灣商務印書館。
10. 《國史補》，李肇撰，筆記小說大觀正編第一冊，新興書局。
11. 《北朝胡姓考》，姚薇元撰，華世出版社。
12. 《唐詩紀事》，計有功撰，鼎文書局。
13. 《唐才子傳》，辛文房撰，世界書局。
14. 《全唐文紀事》，陳鴻墀撰，世界書局。
15. 《容齋隨筆》，洪邁撰，臺灣商務印書館。
16. 《郡齋讀書志》，晁公武撰，廣文書局。
17. 《直齋書錄解題》，陳振孫撰，廣文書局。
18. 《通志》，鄭樵撰。
19. 《四庫全書總目提要》，永瑢等撰，臺灣商務印書館。
20. 《善本書室藏書志》，丁丙輯，廣文書局。
21. 《新校陳子昂集》，世界書局。

22. 《杜詩詳註》，仇兆鰲撰，文史哲出版社。

23. 《文藪》，皮日休撰，臺灣商務印書館。

24. 《歐陽修全集》，世界書局。

25. 《章氏遺書》，章學誠撰，大通書局。

26. 《子略》，高似孫撰，臺灣中華書局。

27. 《老子探義》，王淮撰，臺灣商務印書館。

28. 《莊子集釋》，郭慶藩撰，世界書局。

29. 《古文辭通義》，王葆心撰，臺灣中華書局。

30. 《古文通論》，碼書耕、金仞千合著，雲天出版社。

31. 《中國散文史》，陳柱撰，臺灣商務印書館。

32. 《中國文學史》，錢基博撰，海國書局。

33. 《中國文學批評史》，郭紹虞撰，明倫出版社。

34. 《中國文學批評史》，羅根澤撰，學海出版社。

35. 《古文關鍵》，呂祖謙撰，蘭臺書局。

36. 《正續文章軌範》，謝枋得撰，廣文書局。

37. 《文章指南》，歸有光撰，廣文書局。

38. 《唐宋八大家文格纂評》，唐順之、應德逋選評，新文豐圖書公司。

39. 《藝概》，劉熙載撰，華正書局。

40. 《涵芬樓文談》，吳曾祺撰，臺灣商務印書館。

41. 《文學研究法》，姚永樸撰，臺灣商務印書館。

42. 《中國詩學通論》，范況撰，臺灣商務印書館。

43. 《桐城吳氏古文法》，吳闓生撰，臺灣中華書局。

44. 《古文筆法百篇》，李扶九撰，文津出版社。

45. 《拙堂文話》，日本‧齋藤謙撰，文津出版社。

46. 《韓愈志》，錢基博撰，河洛圖書出版社。

47. 《文心雕龍注》，范文瀾撰，明倫出版社。

48. 《文章辨體序說》，吳訥撰，長安出版社。

49. 《文體明辨序說》，徐師曾撰，長安出版社。

50. 《古文法纂要》，朱任生編著，臺灣商務印書館。

二、論　文

1. 〈唐元次山世系表〉，孔德撰，《語歷所周刊》五卷五十六期，民國 17 年 11 月。

2. 〈元次山年譜初稿〉，孫望編，《金陵大學文學院季刊》二卷一期，民國 24 年金陵大學文學院學生自治會編印。

3. 〈元次山評傳及年譜〉，孔德撰，《說文月刊》四卷合訂本，中央銀行經濟研究處印行，民國 33 年。

4. 〈元次山年譜〉，孫望編，民國 37 年，收入氏《新校元次山集·附錄》之中，世界書局，民國 53 年 2 月。

5. 〈詩人元結〉，龍龔撰，《文學遺產增刊》第二期，218～140 頁，民國 45 年（1956）1 月。

6. 〈元結和他的作品〉，湯擎民撰，《中山大學學報》第一期，民國 46 年（1957）4 月，又《唐詩研究論文集》，198～223 頁，北京人民文學出版社，民國 48 年（1959）2 月。

7. 〈元結年譜〉，楊承祖撰，《淡江學報》二期，民國 52 年。

8. 〈元結年譜辨正〉，楊承祖撰，《淡江學報》五期，民國 55 年 11 月。

9. 〈元結文學的軌跡〉，川北壽彥撰，《目加田誠博士古稀紀念中國文學論集》，255～275 頁，1974 年 10 月。

10. 〈篋中集作者事輯〉，孫望撰，金陵大學中國文化研究所刊《金陵學報》八卷一·二期合刊。